발해, 새벽의 제국

발해, 새벽의 제국

초 판 1쇄 2025년 11월 18일

지은이 안지상
펴낸이 류종렬

펴낸곳 미다스북스
본부장 임종익
편집장 이다경, 김가영
디자인 임인영, 윤가희
책임진행 김요섭, 이예나, 안채원, 김은진, 국소리

등록 2001년 3월 21일 제2001-000040호
주소 서울시 마포구 양화로 133 서교타워 711호
전화 02) 322-7802~3
팩스 02) 6007-1845
블로그 http://blog.naver.com/midasbooks
전자주소 midasbooks@hanmail.net
페이스북 https://www.facebook.com/midasbooks425
인스타그램 https://www.instagram.com/midasbooks

© 안지상, 미다스북스 2025, *Printed in Korea*.

ISBN 979-11-7355-593-0 03810

값 20,000원

※ 파본은 구입하신 서점에서 교환해드립니다.
※ 이 책에 실린 모든 콘텐츠는 미다스북스가 저작권자와의 계약에 따라 발행한 것이므로 인용하시거나 참고하실 경우 반드시 본사의 허락을 받으셔야 합니다.

미다스북스는 다음세대에게 필요한 지혜와 교양을 생각합니다.

안지상
장편소설

발해,
새벽의 제국

미다스북스

여전히 피가 흘렀다.
갑옷 사이를 파고든 화살이 팔뚝을 찔렀다.
온 힘을 다해 화살을 빼내자 피가 솟구쳤다.

피는 손목을 타고 뚝뚝 흘러내렸다.
피를 멈추게 하려고 천으로 상처를 꾹 눌렀지만
천은 더욱 붉게 물들 뿐이었다.

014　　주요 등장인물
019　　프롤로그　살아남은 피

제1부　무너진 성벽, 사라진 제국

027　　제1장　비에 젖은 안시성
035　　제2장　불발된 야습의 밤
045　　제3장　토산
056　　제4장　반격
064　　제5장　시대호의 정체
070　　제6장　박작성 전투
078　　제7장　이세민의 죽음
085　　제8장　대조영의 탄생
091　　제9장　횡산 전투
101　　제10장　연개소문의 최후
108　　제11장　촛불과 그림자
115　　제12장　고구려의 내분
124　　제13장　골육상잔
133　　제14장　길을 바꾼 연남생
142　　제15장　끝내 무너진 고구려

제2부　사라진 제국을 향한 몸부림

153　　제16장　마지막 불씨를 향하여
162　　제17장　무너진 나라에 바친 충성
168　　제18장　부흥의 꿈
177　　제19장　무너진 안시성
188　　제20장　걸사비우
197　　제21장　기습

204	제22장	토벌대
213	제23장	청년 장수들
226	제24장	불타는 안동도호부
233	제25장	압수
239	제26장	마지막 태왕
252	제27장	금마저의 이슬
260	제28장	영주
271	제29장	유민의 대표 대사리걸걸중상
277	제30장	이진충의 반란

제3부 무너진 제국 위, 다시 타오른 불꽃

289	제31장	동모산, 새 나라의 첫걸음
295	제32장	손만영의 진격
301	제33장	마미성의 고씨 부자
310	제34장	뜻을 이루지 못한 무상가한
316	제35장	이해고의 강행군
326	제36장	올가미에 걸린 걸사비우
333	제37장	대걸걸중상, 사라지다
343	제38장	천문령
353	제39장	개국
360	제40장	발해, 새벽을 열다

376	에필로그	상경용천부, 두 번째 안학궁

381	작품 이야기	발해, 역사와 허구의 경계에서
387	작품 속 등장인물의 실제 이야기	
421	감사의 글	

연대표

	640	645	650	655	660	665	670

고구려·발해
- 642. 연개소문 정변, 영류왕 사망, 보장왕 등극
- 645. 안시성 전투
- 659. 횡산 전투
- 668. 고구려 멸망
- 670. 검모잠, 고구려 부동 주도, 안승의 배로 실패
- 671. 안시성 함락

당·주
- 645. 당태종 이세민, 고구려 침공
- 649. 당태종 사망, 당고종 이치 즉위
- 659. 당고종, 고구려를 향한 국지전 진행
- 668. 당고종, 고구려 침
- 670. 나당 전쟁 발발
- 671. 고간이 안시성 공

거란
- 649. 거란 추장 이굴가, 당에 투항, 당에 거란 복속
- 660. 거란, 당에 반기를 들었으나 진압됨

돌궐
- 641. 돌궐 아사나사마, 당에 복속

신라
- 642. 대야성 전투, 김춘추 딸 고타소와 사위 김품석 사망
- 647. 비담의 난, 선덕여왕 사망
- 654. 태종무열왕 김춘추 즉위
- 660. 나당연합군, 백제 침공
- 661. 태종무열왕 사망, 문무왕 즉위
- 670. 나당전쟁
- 675. 매소성 전투
- 676. 기벌포 전투

백제
- 641. 의자왕 즉위
- 642. 대야성 전투
- 660. 백제 멸망
- 661. 백제 부흥 운동 전개
- 662. 백제 부흥 세력, 내분으로 분열
- 663. 백강 전투, 백제 부흥군 대패

왜·일본
- 641. 덴지 덴노 즉위
- 661. 왜, 백제 부흥 운동 지원
- 663. 백제 부흥군과 백강에서 나당연합군과 전투, 패배
- 672. 덴지 즉위
- 673. 고분 즉위

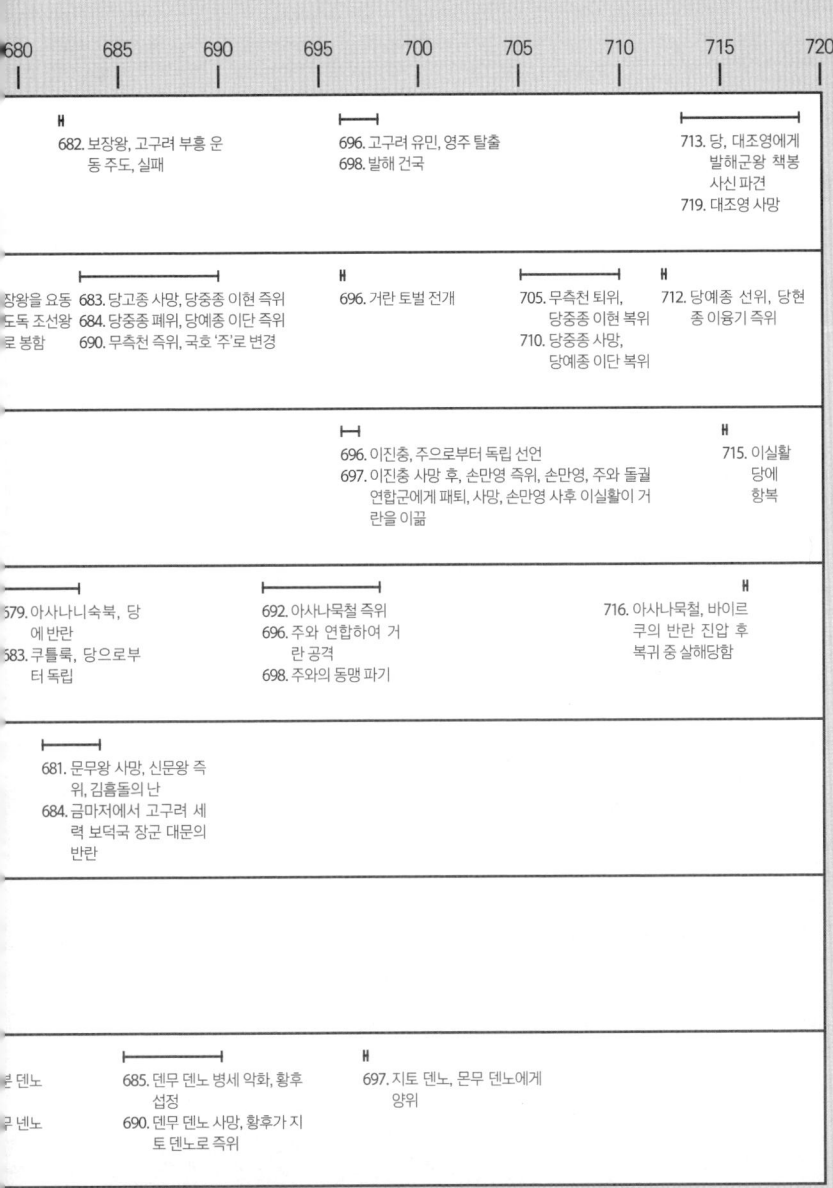

지도

돌궐

거란

영주

하북성

유주

평주

당(주)

장안

낙양

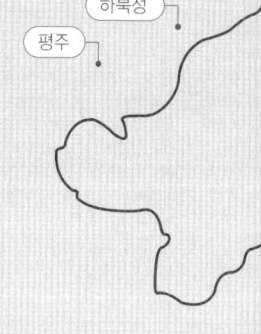

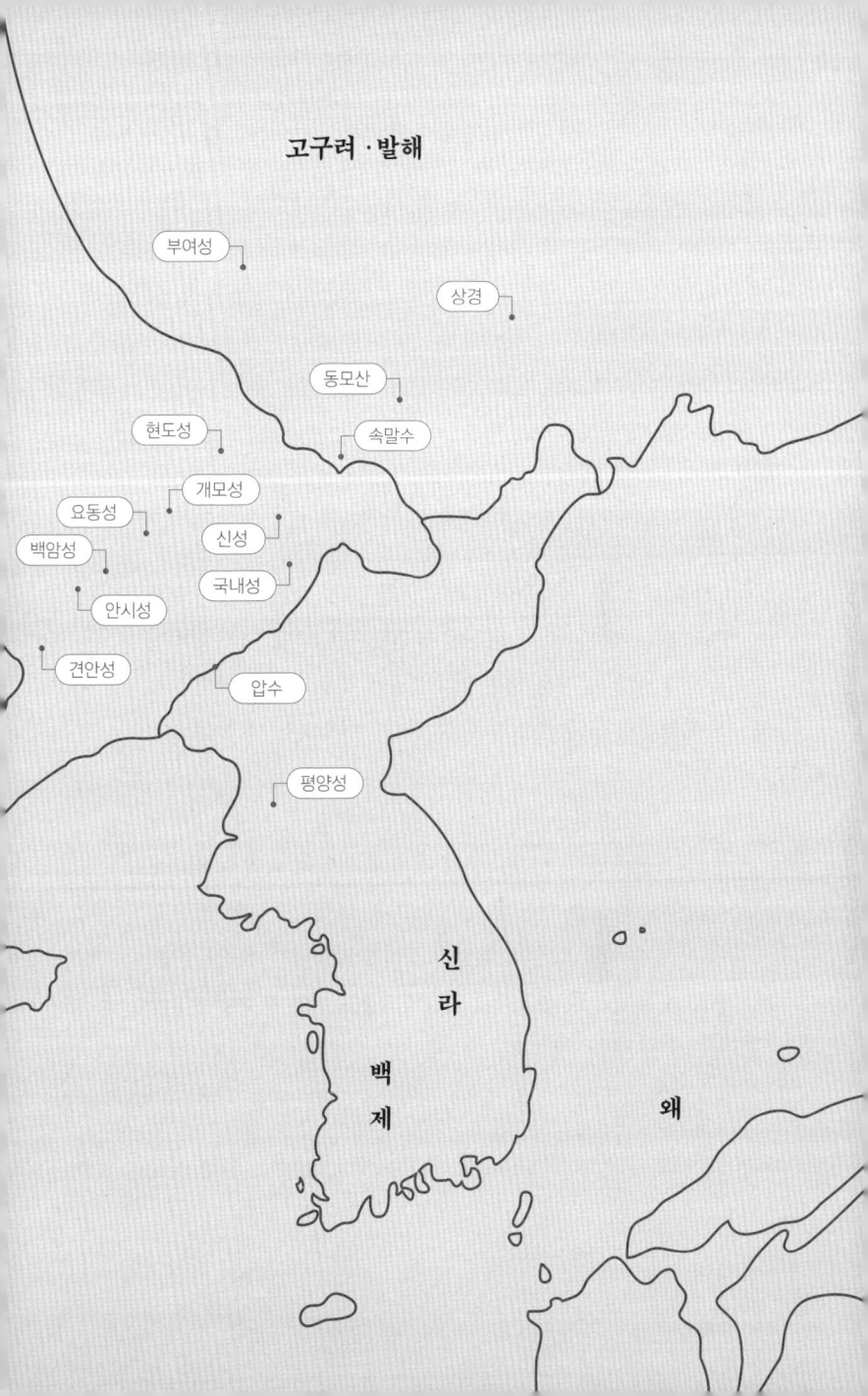

주요 등장인물

대걸걸중상 속말수에서 말갈군을 이끈 고구려 장수. 고연수의 휘하에서 주필산 전투에 참전했으나 패배, 안시성에 합류한다. 이후 안시성 전투 승리에 공을 세우고, 고구려의 장수로 활약한다. 고구려 멸망 후, 유민들을 규합하는 데 앞장선다.

대문 대걸걸중상의 아버지. 영양태왕의 후손이자 영류태왕의 측근이었다. 연개소문의 정변에 휘말려 속말수 일대로 쫓겨나고 목숨만 건진 채 살아갔으나, 대걸걸중상의 공로 덕에 다시 관직에 오른다. 후일 고구려가 멸망하자 유민들을 이끌고 부흥 운동을 전개하다 안승에게 합류하여 보장태왕을 구하려 한다.

(대조영) 대걸걸중상의 아들. 대문의 손자. 안시성 일대 요동 전선에서 고구려 장수로 활약한다. 고구려 멸망 후, 영주로 이주하여 대걸걸중상, 걸사비우와 더불어 유민들을 이끈다. 아버지 사후 유민들의 수장이 된다.

(대야발) 대걸걸중상의 아들. 대조영의 동생. 무예만큼이나 학식도 갖춘 문무 겸비형 인물. 후일 발해의 역사를 정리하는 데 앞장선다.

(시대호) 대조영의 외할아버지. 고구려의 장수로 나라에 대한 충성심이 깊다. 대문과는 깊은 우정을 나눈 막역지우다.

(시녕) 시대호의 딸. 대조영의 어머니. 군인의 신분으로 안시성 전투에 참전하였다. 이때 만난 대걸걸중상과 결혼한다.

(걸사비우) 고구려 소속 말갈군을 이끈 추장. 고구려 멸망 후, 항당 세력을 만들어 고구려 부흥 운동을 전개한다. 후일 무측천으로부터 허국공의 작위를 받지만 거부한다.

(야존곤) 걸사비우의 부장. 고구려 부흥 운동 중 당군에 의해 패퇴했으나, 흩어진 군사들을 규합해 대조영에게 힘이 되어 준다.

(후차맹) 걸사비우의 부장. 괄괄한 성격으로 고구려 내에서 만연한 정착민과 유목민의 차별에 불만이 있던 인물이다.

(연개소문) 고구려의 대막리지. 영류왕을 살해하고 보장태왕을 옹립한 권신이다.

(연수진) 연개소문의 여동생. 고구려의 여장군으로 활약했으며, 후일 발해 개국 공신이 된다.

(연남생) 연개소문의 장남. 연개소문 사후 동생들과의 권력 다툼에서 밀려 당에 투항한다.

(연헌성) 연남생의 아들. 어린 나이에 연남생의 항복 의사를 당에 전한다.

(신성) 연남건의 참모인 승려. 권력을 위해 어떤 일도 서슴지 않는다.

(고보장(보장태왕)) 고구려의 마지막 태왕. 연개소문에 의해 옹립되었지만, 국가에 대한 애정과 소신이 있었다. 당에 의해 고구려가 멸망하자 나라를 되찾기 위해 애쓴다.

(안승) 보장태왕의 서자. 고구려 부흥 운동으로 인해 왕으로 추대된다.

(고나) 보장태왕의 차녀. 대조영의 처가 된다.

(양만춘) 고구려의 안시성주. 당태종 이세민이 대군을 몰고 공격해 왔을 때 100일 넘게 버텨 결국 성을 지켜낸 용장이다.

(양천필) 대조영과 친구 사이가 되며, 후일 발해 개국공신이 된다.

(고리운) 고구려의 장수로 온사문과 함께 횡산 전투에 참전하여 설례의 군사를 기습하는 데 성공한다. 요동성주가 되어 당군과 싸웠으나 성을 잃고 항당 세력에 합류한다.

(무조) 일명 '측천무후'. 당 황제 이세민의 후궁이었다가 이세민 사후 그의 아들 이치의 황후가 된다. 이치가 죽은 뒤, 아들을 몰아내고 스스로 황제가 되어 국호를 '주'로 바꾸고, 중국사에 길이 남는 '여황제'가 된다.

(이해고) 거란의 장수. 후일 주나라에 투항한다. 대조영의 발해 건국을 막으려는 무조의 명에 따라 천문령으로 진격한다.

고질(고문) 본래 이름은 고문이었으나, 후일 고질로 개명한다. 고구려의 장수였으나 당에 투항하여 마미성을 지키게 된다.

적인걸 무조의 측근. 주나라에 항복한 이해고를 중용하자고 무조에게 건의한다.

이다조 개모성의 고구려 장수. 대조영의 친구.

일러두기
- 고구려는 장수왕 시절부터 '고려'라는 국호를 사용했다. 따라서 본작에서 고구려인들끼리의 대화에서는 나라 이름을 '고려'라고 부르며, 타국 인물들의 대화와 내용 서술에서는 '고구려'로 명기했다.
- 본작에서는 역사 기록의 공백 부분에 가공의 인물을 내세워 진행하기도 한 점을 미리 알린다.

프롤로그

살아남은 피

여전히 피가 흘렀다.

갑옷 사이를 파고든 화살이 팔뚝을 찔렀다. 온 힘을 다해 화살을 빼내자 피가 솟구쳤다. 피는 손목을 타고 뚝뚝 흘러내렸다. 피를 멈추게 하려고 천으로 상처를 꾹 눌렀지만 천은 더욱 붉게 물들 뿐이었다.

벗어나야 했다. 죽은 목숨들 사이를 넘어가야 했다. 지금은 이것이 최선이었다. 간신히 사지를 벗어나자 낯익은 물체가 보였다. 시선이 멈춘 곳에 현판이 걸려 있었다.

안시성安市城.

"드디어 도착했구나."

자신도 모르게 입에서 말이 튀어나왔다. 미친 듯이 성문을 향해 달렸다. 고통에 가득 찬 팔을 흔들었다. 피는 겨드랑이를 타고 허리를 적셔 들었다. 시야가 흐려진다. 조금만 더 가면 되는데… 그게 힘들 것 같았다. 눈꺼풀은 무겁게 내려앉고 다리는 방향을 잃은 채 흔들렸다. 점점 세상이 어두워졌다.

얼마나 지났을까. 욱신거리는 통증이 온몸을 타고 흘렀다. 통증이 잃어버린 정신을 되찾아 주는 것 같았다. 눈을 뜨자 또래로 보이는 여자가 곁에 있었다.

"정신이 드시오?"

여자가 입을 열었다. 무슨 대답을 할지 생각나지 않았다. 눈을 이리저리 굴리며 이곳이 어디인지 파악하고 싶었다. 비교적 깨끗한 실내였다. 여자가 다시 말했다.

"정신을 잃었길래 군사들과 함께 그대를 이리로 데려왔소. 보아하니 군졸을 아닌 듯하고, 장수인 듯한데……?"

그 물음에 고통을 참으며 거칠게 대답했다.

"이 몸은 성이 대大, 이름은 걸걸중상乞乞仲象이라 하오."

대걸걸중상의 대답에 여자가 자신을 소개했다.

"이 몸은 시녕時寧이라 합니다. 이곳 안시성의 무장 중 한 사람이지요."

대걸걸중상이 희미한 미소를 보이며 물었다.

"여기가 안시성 안이오?"

시녕이 미처 대답하기도 전에 날카로운 목소리가 끼어들었다.

"그렇다."

부리부리한 눈, 길고 뾰족한 코, 냉랭해 보이는 자태의 중년 여인이 칼을 차고 들어왔다. 시녕이 재빨리 자리에서 일어났다. 중년 여인이 대걸걸중상에게 가까이 다가왔다. 그 당당한 기세에 대걸걸중상도 몸을 일으키려 했다. 여인이 낮은 음성으로 말했다.

"그대로 있거라."

대걸걸중상이 긴장된 얼굴로 여인을 바라보자 뒤따라온 한 사내가 윽박질렀다.

"무엄하구나. 눈을 내리깔지 못할까?"

여인은 사내를 제지하고, 차가우면서도 부드럽게 말했다.

"소속이 어디냐?"

"고연수高延壽 북부 욕살褥薩[1] 휘하 속말수粟末水[2] 선인仙人[3] 대걸걸중상입니다."

"그럼 말갈 군사를 이끌었느냐?"

"예, 말갈군을 이끌었습니다."

여인은 대걸걸중상의 얼굴을 뚫어지게 쳐다보더니 이내 다시 물었다.

"나이가 몇이냐?"

---

[1] 고구려 지방 행정관이자 군사 지휘관.
[2] 지금의 송화강 일대로 추정한다.
[3] 고구려 14등 관직.

"열넷입니다."

여인이 눈을 가늘게 떴고, 시녕은 눈썹을 움찔거렸다.

"시녕과 동갑이구나."

그녀의 시선은 잠시 시녕에 머물다 대걸걸중상에게로 돌아갔다.

"산에서 일어난 전투에 참여했더냐?"

"예, 전투에서 패하여 이곳으로 왔습니다."

뒤에 있던 사내가 인상을 찌푸리며 말했다.

"패전지장이 아닌가? 무슨 염치로 도주했단 말인가? 성주님, 이자의 목을 베시지요."

성주라 불린 중년의 여인은 고개를 저었다.

"전투의 지휘는 고연수와 고혜진高惠眞이 한 것인데 어찌 이 사람의 목을 벤단 말인가?"

"하오나 이자도 말갈군을 이끈 장수입니다. 패전의 책임을 물어야 합니다."

시녕이 나섰다.

"고돌발高突勃 장군. 장군도 당唐군에게 포로로 잡혔다가 돌아왔거늘 어찌 그리 과격하게 말씀하십니까?"

"뭐라?"

고돌발이 흥분하자 성주가 호통쳤다.

"조용하지 못할까? 고돌발, 지금은 이곳 안시성으로 오는 패잔병들을 모아 적의 동태를 듣고 앞으로 어떻게 싸워 이길지를 고민해야 할 때다."

고돌발이 반박했다.

"하오나 패잔병 속에 세작細作이 숨어 있을지 누가 알겠습니까?"

성주는 잠시 아무 말이 없더니 이내 칼을 뽑아 대걸걸중상의 목을 겨누었다.

"우리 고려高麗, 고구려[4]의 시조가 누구시더냐?"

"추모성왕鄒牟聖王[5]이십니다."

"추모성왕께서 처음 나라를 연 도읍이 어디더냐?"

성주의 벽력같은 물음에 대걸걸중상이 침착하게 대답했다.

"홀본忽本입니다."

성주의 눈이 흔들렸고, 고돌발은 한쪽 눈썹을 추켜세웠다. 성주가 천천히 칼을 거두었다.

"세작은 아니군."

시녀가 안도의 미소를 지었다. 성주가 시녀를 보며 말했다.

"부상을 잘 돌봐주거라."

성주는 고돌발과 함께 자리를 떴다. 소년 장수 대걸걸중상은 성주의 뒷모습을 빤히 바라보았다. 이상하게도 그녀의 어깨가 유난히 크게 느껴졌다. 기묘한 기운이 자신에게 전해지는 것 같았.

---

4) 고구려는 장수왕 시절부터 고려라는 국호를 사용했다.
5) 고구려의 시조로 추모(鄒牟), 혹은 주몽(朱蒙)이라고 불린다.

제1부

무너진 성벽, 사라진 제국

"하늘은 더없이 맑았다. 어제 그렇게도 몰아치던 폭우는 언제 그랬냐는 듯 그치고 푸른 하늘에는 햇빛이 쨍쨍했다. 대걸결중상은 시녕과 만나 안시의 동산으로 갔다. 동산은 초록빛 풀들이 무성했다. 어제의 비 때문인지 풀들이 햇빛을 받아 반짝거렸다."

제1장

비에 젖은 안시성

 맑았던 하늘에서 비가 쏟아졌다. 빗물은 어린 소년의 얼굴에 떨어지며 눈물처럼 미끄러졌다. 앳된 얼굴의 소년은 한눈에 보아도 자신보다 큰 갑옷을 걸치고 있었다. 물고기 비늘을 수놓은 듯한 갑옷은 비를 맞아 반들반들 반짝였다. 비는 점점 더 거세졌다. 나뭇가지 사이에서 새들이 비를 피하느라 파닥파닥 날갯짓을 해댔다. 어느새 소년의 옷이 빗물에 젖어 살갗이 옷에 비쳐 드러났다. 그러나 소년은 그러한 것에 무심한 듯 무거운 발걸음을 뗐다. 바위처럼 굳은 입술은 누가 말을 걸어도 대답하지 않을 것만 같았다. 그의 시선에는 비에 젖은 솜처럼 천근만근인 것들 투성이었다. 쓰러져 있는 몸뚱이들, 부서진 돌벽, 살아남았지만 공포로 얼룩져 벌벌 떠는 인간들의 모습이 그것이었다.

　벌써 석 달이 다 되었다. 이 성에 고립되어 버틴 지 석 달. 함께 존재하는 목숨들은 점점 희망을 잃어갔다. 여기서 버틴다 해도 과연 살아남을 수 있을지 그 누구도 장담할 수 없는 상황이었다. 그의 눈에 보이는 커다란 산, 저 산이 있기에 이제껏 버틴 것일지도 모른다. 험준한 산을 방패 삼아 성을 넘어오려는 적들의 접근을 무력화하여 그들을 베어 버리는 것이 가장 큰 전술이었다. 그러나 시간이 갈수록 희생자는 늘어났고 적들의 공세는 멈추지 않았다. 애초에 상대는 아군의 스무 배나 되는 대군이었다. 이 정도만 버틴 것도 장한 일이었다.

"아군이 얼마나 더 버틸 수 있겠나?"

불쑥 들어오는 목소리에 소년의 귀가 번쩍 뜨였다.

뒤를 돌아보니 성주였다. 소년은 예를 갖추었다.

"성주님 오셨습니까?"

성주는 은은한 미소를 보였다.

"근심이 많아 보이는군."

"석 달 동안 적과 싸우느라 너무 많은 이들이 죽었습니다. 얼마나 더 버틸 수 있을지 저로서도 확신이 서지 않습니다."

성주는 소년의 어깨를 두드리며 말했다.

"그래도 너를 비롯하여 안시성으로 합류한 장졸들의 힘까지 더해졌기에 이제껏 버틸 수 있었던 것이다, 걸걸중상."

"과찬이십니다."

"너를 믿은 나의 판단이 틀리지 않았다. 지금처럼만 함께해다오."

"목숨을 바쳐 성을 사수할 것입니다."

성주는 걸걸중상의 얼굴을 보며 그가 안시성으로 들어왔던 날을 떠올렸다. 부상을 입고 정신을 잃었던 걸걸중상은 시녀에게 구출되어 성으로 옮겨져 치료를 받던 중 깨어났다. 고돌발은 그가 세작일까 의심했지만 성주의 시험에서 걸걸중상은 통과했다. 그럼에도 성주의 조카는 그를 의심했다.

"그 어린 소년 장수가 말갈군을 이끌었다는 게 참이겠습니까? 교묘히 꾸며낸 말로 우리를 혼란에 빠뜨리려는 적의 첩자는 아니겠습니까?"

성주가 대답했다.

"세작이었다면, 추모성왕의 도읍지를 홀본이라 대답하지 않았을 것이다. 졸본卒本이나 흘승골성紇升骨城이라 말했을 게야."

"그래도 확실하겠습니까?"

"만약 저 소년이 적의 세작이라면, 내가 그것을 역이용할 것이다."

성주는 걸걸중상을 유심히 지켜보았다. 그동안 걸걸중상을 믿고 따르던 말갈의 군사들이 하나둘 안시성으로 들어왔다. 부상을 회복하자마자 걸걸중상이 근방에 있는 패잔병들을 모아오겠다 하였고 성주는 이를 허락했기 때문이었다. 말갈군은 적과의 교전을 경험 삼아 불리함 속에서도 노련하게 적에 맞서 싸웠다. 과연 고구려의 유목 부대다웠다. 말갈군은 고구려에서 특수하게 조직된 부대로서 유목 생활을 하는 고구려인들로 구성된 기마 중심 부대였다. 이들은 돌격 임무를 자주 맡았기에 그만큼 전투에 능숙하고 용맹했다. 죽음을 두려워하지 않았고 많은 실전으로 숙련된 전투 실력을 보여주었다. 그리하여 성주는 안시성으로 말갈군을 모아온 대걸걸중상을 점점 신뢰하게 되었다.

때는 서기 645년이었다. 고구려와 당의 전쟁이 발발했다. 고구려의 국경을 넘어 침공한 당군의 숫자는 30만에 육박했다. 당 황제 이세민 李世民이 직접 육군을 이끌어 쳐들어왔고, 고구려의 북쪽 최전방의 성들인 개모성, 요동성, 백암성이 당군의 맹공에 함락되었다. 이후 당군은 남하하였고 안시성 인근 산(후일 주필산)에서 고연수와 고혜진이 이끄는 고구려 15만 대군을 궤멸에 가깝게 무너뜨렸다. 승리한 이세민은 안시성으로의 진격을 명령하였다. 하지만 안시성은 만만치 않은 곳이었다. 지형이 험하고 강한 군사들이 버티고 있었으며, 성주 양만춘 楊萬春은 지혜와 용기를 갖춘 인물이었다.

약 3개월 동안 안시성 공방전은 끝날 줄 몰랐다. 당군은 포차를 이용해 돌덩이를 날리고 대군을 풀어 성벽을 기어오르게 하는 등 맹공을 퍼부었음에도 성을 함락시키지 못하고 피해만 늘었다. 안시성에서 모든 군사와 백성들이 힘을 합쳐 적을 막아내고 있었기 때문이었다.

성주 양만춘과 그녀의 조카 양거^{楊渠}, 장수 고돌발^{高突勃}, 시대호^{時垈虎}와 그의 딸 시녕^{時寧}, 그리고 대걸걸중상^{大乞乞仲象}이 군사회의를 위해 자리했다.

"비록 적들의 수가 많다고 하나 이곳의 지형은 험하고 우리 고려군이 아니면 지리를 잘 알지 못할 것입니다. 야간 기습을 해보는 것이 어떻겠습니까?"

고돌발이 의지 가득한 목소리로 말했다. 양만춘이 고돌발을 물끄러미 바라보았다.

"야습을 하자는 말인가?"

"그렇습니다, 성주님. 지리에 밝은 군사들을 이용해 급습하는 것입니다."

시대호가 신중한 어조로 말했다.

"하지만 성문을 열고 나가면 위험 부담이 크지 않겠습니까?"

시녕도 거들었다.

"그렇습니다. 적군이 순식간에 밀어닥칠 수 있습니다."

그러자 고돌발이 염려하지 말라는 듯 여유를 부렸다.

"성문을 열고 나가는 것이 아니오이다. 줄을 타고 성벽을 내려가는 것이오."

양만춘은 일리가 있다고 생각했는지 고개를 끄덕이며 긍정적인 눈빛을 보였다.

"줄을 타고 성벽 아래로 내려간다?"

"예. 어차피 저들은 이곳의 지형에 익숙하지 않으니 잘 훈련된 우리의 정예 병사들이 공격하면 갈피를 잡지 못하고 우왕좌왕할 것입니다. 우리가 먼저 치고 나가리라고는 상상하지 못했을 테니까 말입니다."

양만춘은 고개를 끄덕였다. 어쩌면 적에게 획기적인 타격을 줄 기회가 될지도 모른다는 생각이 들었다.

안시성의 고구려군이 회의 중일 때, 당나라 진영에서도 군사 회의가 한창이었다. 장수들은 예상보다 쉽게 함락되지 않는 안시성 때문에 다들 지쳐 있었다.

"생각보다 저항이 너무나 완강합니다. 아주 지독한 놈들이에요."

당 황제 이세민의 조카 강하왕^{江夏王} 이도종^{李道宗}이 목에 잔뜩 힘을 준 채 말하자 중랑장 마문거^{馬文擧}가 덧붙였다.

"아군의 피해가 생각보다 큽니다."

"아직 시간이 있으니 좀 더 여유를 가집시다. 모두 이 정도 각오는 하지 않았소?"

대총관 이적^{李勣}이 나서자 답답함을 토로하던 장수들의 분위기가 누그러졌다. 그러자 장사귀^{張士貴}가 나서서 이세민에게 말했다.

"폐하, 한 가지 아뢸 것이 있사옵니다."

"뭔가?"

"지난 요동, 백암 등지에서 포로로 잡은 고구려인들을 내세워 적에게 항복을 권해보는 것이 어떨지요?"

"포로들을 내세운다?"

"예, 포로들을 보게 되면 안시성 군사들의 마음이 흔들릴 것이고, 설령 항복하지 않더라도 사기가 크게 저하될 것이옵니다."

"듣고 보니 일리가 있는 말이옵니다. 한번 해보시옵소서."

이세민의 처남이자 참모인 섭시중 장손무기^{長孫無忌}가 옆에서 거들었다.

"흐흠."

이세민이 쉽게 결정 내리지 못하자 장손무기가 다시 입을 열었다.

"포로 중에 요동의 장수였던 온사문이 있지 않사옵니까. 그자를 끌어내 보이면 적들의 사기에 큰 타격이 될 것이옵니다."

"그렇군. 그자를 이리 데려와 보라."

이세민의 명에 요동성에서 포로로 잡힌 장수 온사문^{溫沙門}이 끌려왔다.

"안시성은 이미 우리 손에 들어온 것이나 다름없다. 너도 그만 항복하고 안시성에 항복을 권해보는 것이 어떻겠느냐?"

이세민의 말은 통역을 통해 온사문에게 전달되었다.

"입 닥치거라! 죄 없는 우리 고려의 백성들을 살육하고 겁박한 네놈들에게 무슨 이유로 항복한단 말이냐! 이세민, 네놈이 비록 네놈 나라에서는 황제랍시고 거들먹거려도 이곳은 고려다! 결코 네놈이 지배할 수 있는 땅이 아니니라!"

주위에 있던 장수들의 인상이 험상궂게 일그러졌지만, 이세민은 태연히 미소를 띠며 말했다.

"기백은 여전하구나. 그래서 나는 네놈이 마음에 든다. 안시성이 무너진다면 너의 생각도 바뀌겠지. 장사귀 장군!"

"예, 폐하!"

"장사귀 장군은 이자와 포로들을 이용하여 안시성에 항복을 권하라. 저들의 사기를 꺾기 위해 포로들을 어떻게 다루든 상관없다."

"예, 폐하. 분부대로 하겠사옵니다."

이윽고 장사귀가 공포에 질린 고구려인 포로들을 끌어내기 시작했다.

제 2 장

불발된 야습의 밤

장사귀는 온사문과 다른 포로들을 끌어내 안시성 앞으로 갔다. 곧 안시성 보초병이 포로들을 발견하고 즉시 상부에 보고했다.

"성주님, 지금 성루에 나가보셔야 할 듯싶습니다."

장수들과 군사 회의 중이던 양만춘이 보고병에게 물었다.

"무슨 일인가?"

"당나라군이 우리 고려인들을 끌고 나왔습니다."

그 말에 양만춘과 휘하 장수들이 모두 성루로 나갔다.

당나라 군사들은 온사문과 사로잡은 포로들을 남녀노소 구분 없이 끌어냈다. 성루에 고구려 장수들이 보이자, 장사귀는 배에 힘을 주고 큰 목소리로 말했다.

"안시성에 있는 고구려 놈들은 들어라! 성문을 열고 항복하지 않는다면 여기 있는 너희들의 혈족인 고구려 놈들은 모두 죽을 것이다!"

장사귀는 잠시 숨을 고른 후 안시성을 향해 다시 소리쳤다.

"여기 이놈은 요동의 장수였던 온사문이다. 너희들도 알겠지? 요동의 대군을 이끌던 장수란 놈이 이렇게 붙잡혀 개돼지 같은 꼬락서니로 있다. 항복하지 않으면 너희들 역시 이렇게 될 것이니라!"

그 소리에 고돌발이 발끈했다.

"우욱! 저런 치졸한 놈들!"

"잘 보아라! 대당제국에 항복하지 않고 거스르는 자들의 운명을!"

장사귀의 외침과 함께 당의 무장 하나가 늙은 노인을 앞으로 끌고 나왔다. 그리고 노인의 얼굴을 붙잡은 뒤 코를 잘라냈다. 노인은 바닥에 쓰러져 뒹굴었다.

"네 이놈! 뭣 하는 짓이냐!"

그 모습을 본 온사문이 분노에 찬 목소리로 소리쳤지만, 날아온 것은 장사귀의 발길질이었다. 곧이어 젊은 여자가 끌려 나왔다. 당의 군사들이 여자의 옷을 찢어발긴 후 여자의 오른쪽 팔을 칼로 내리쳤다. 여자의 팔이 땅에 떨어지고 그녀는 비명을 지르며 쓰러졌다.

이때, 양만춘이 말없이 활을 들었다. 양만춘은 침착하게 활시위를 당겼고 날아간 화살은 정확하게 당나라 무장의 가슴에 박혔다. 무장이 쓰러지자, 장사귀는 깜짝 놀라 허겁지겁 포로들을 데리고 진영으로 도망쳤다. 장사귀가 상황을 보고하자 이세민은 껄껄거렸다.

"지독한 놈들이군. 좋다. 내 직접 저 성의 약점을 살펴보겠다."

당 황제 이세민은 대총관 이적과 유격장군 설례薛禮를 데리고 안시성 주변을 직접 정찰하며 안시성의 흠점을 찾기 시작했다. 때마침 이세민의 귀를 자극하는 소리가 희미하게 들렸다.

"대총관, 그리고 설인귀薛仁貴[6] 장군, 이 소리는 닭 소리와 돼지 소리 아닌가?"

이세민의 말에 이적과 설례도 귀를 기울였다.

"틀림없는 닭 소리와 돼지 울음소리입니다."

설례가 확신에 찬 목소리로 답하자 이적이 의아해하며 이세민에게 물었다.

"한데 왜 그러시는지요?"

"우리가 성을 에워싼 뒤부터 성안에는 밥 짓는 연기도 잘 피어나지 않더니 오늘은 닭과 돼지가 매우 요란을 떨고 있소. 이는 분명 군사들을 잘 먹여 밤에 우리를 습격하려는 것이니 우

---

6) 설례의 자(字: 동양권에서 본명 외 쓰는 이름)는 '인귀'로 일명 '설인귀'라는 이름으로 유명하다.

리 군사들을 계엄하여 이에 대비해야 할 듯하오."

이적이 고개를 끄덕이며 감탄했다.

"과연 폐하이시옵니다! 속히 군사들에게 영을 전하겠나이다."

한편, 안시성에서는 이세민의 말처럼 야습 준비가 한창이었다. 야습에 나갈 정예병들에게 닭고기와 돼지고기를 실컷 먹게 하여 사기를 올렸다. 야습대는 고돌발이 지휘하고 양만춘의 조카 양거와 대걸걸중상이 부장으로 나가기로 결정됐다. 출정 직전 양만춘은 고돌발의 어깨를 두드리며 격려했다.

"고 장군, 무운을 비네."

"걱정하지 마십시오. 잘 다녀오겠습니다."

고개를 끄덕인 양만춘이 양거를 보며 말했다.

"양거, 너도 고 장군을 잘 보필하라."

"예, 성주님."

"중상, 자네도 몸조심하게."

"예, 심려 마시옵소서."

대걸걸중상은 열네 살의 소년임에도 체구가 커서 웬만한 사내들의 몸집을 능가했다.

그날 밤, 정예 야습대가 줄을 타고 성벽 아래로 내려갔다. 그들은 당군의 진영까지 발소리도, 숨소리도 없이 재빠르게 움직여 다가갔다. 하지만 바로 그때, 사방에서 횃불이 밝혀지더니 한 무더기의 당군이 쏟아져 나왔다. 매복이었다. 당 황제 이세민이 직접 군사들을 준비시켜 매복했던 것이었다.

"한 놈도 살려 보내지 마라!"

이세민의 우렁찬 목소리가 밤공기를 가르며 고돌발의 귀에 꽂혔다.

"이럴 수가!"

고돌발은 당황하여 주변을 둘러보았다. 오히려 역으로 기습을 당한 꼴이었다. 대걸걸중상이 군사들을 독려하며 외쳤다.

"침착하게 대응하라!"

어둠 속에서 난전이 벌어졌다. 수적으로 불리한 데다 갑작스러운 매복에 당황한 고구려군이 밀리기 시작했다. 양거와 대걸걸중상은 닥치는 대로 적을 베고 찔렀다. 하지만 끝없이 밀려오는 적을 감당하기란 어려웠다.

"장군, 이대로는 전멸합니다. 성으로 후퇴해야 합니다."

대걸걸중상이 고돌발에게 달려와 말하자 고돌발은 원통한 듯 가슴을 치며 울부짖었다.

"이럴 수가 있는가!"

"장군, 이미 군사들의 절반 이상이 당했습니다. 어서 빨리 후퇴해야 합니다!"

"어쩔 수 없지. 후퇴하라! 성으로 후퇴하라!"

결국 야습은 실패로 돌아갔고 고구려군은 수십여 명의 전사자를 내고 성으로 돌아갔다.

한편, 양거는 혼자서 따로 떨어져 낮에 당군들이 포로들을 살해한 곳으로 빠져나왔다. 그곳에는 오른쪽 팔이 잘린 젊은 여자가 발가벗겨진 채 쓰러져 있었다. 여자는 정신을 잃은 채 신음하고 있었다.

"이보시오! 이보시오!"

"으으으음……."

양거가 여자를 흔들자, 그녀는 거친 숨을 내쉬었다. 양거는 자신의 옷을 찢어 잘린 팔을 감싼 후, 여자를 업었다.

"면목 없습니다, 성주님."

고돌발과 대걸걸중상은 양만춘의 앞에서 곧장 무릎을 꿇었다.

"패배는 병가상사일세. 그만 일어나게. 지금은 한시가 급한 전시일세. 앞으로의 대책을 강구하세나."

양만춘은 이미 지난 일은 소용없다는 듯 조용히 말했다. 그리고 주변을 둘러보다가 양거가 없음을 깨닫고 말을 이었다.

"한데 양거는 보이지 않는구나."

대걸걸중상이 양만춘에게 떨리는 목소리로 말했다.

"그러고 보니……. 난전 중이라 미처 확인하지 못했습니다."

양만춘은 아무렇지 않다는 듯 손을 내저으며 말했다.

"됐네. 전장에서 지는 목숨이 어디 한둘이던가. 군사들을 재정비하게."

새벽이 되었다. 누군가 거친 숨소리를 내며 안시성 성문 앞에 도착하여 수비병들에게 소리쳤다.

"성문을 열어라!"

"누구냐?"

"양거다! 어서 문을 열어라! 어서!"

목소리가 울렸지만, 수비병들은 사방이 어두운 탓에 그를 확인할 수 없어 주춤거렸다.

"어두워 얼굴이 보이지 않소! 성문을 열 수 없소이다!"

수비병들이 소리쳤다. 양거가 다급하게 말했다.

"급하다! 여기 부상자가 있다! 가서 성주님이나 고돌발 장군이나 걸걸중상을 불러라!"

그 말에 수비병이 즉시 보고를 하러 갔다. 제일 먼저 달려온 사람은 대걸걸중상이었다.

"중상, 나 양거일세! 자네는 내 목소리를 알아듣겠지? 나일세! 성문을 열어주게."

대걸걸중상은 단번에 양거의 목소리를 알아들었다. 때마침 양만춘과 고돌발도 달려왔다. 양만춘이 성문 밖에다 대고 외쳤다.

"양거냐?"

"예, 성주님. 소장입니다. 지금 급한 부상자가 있습니다. 성문을 열어주십시오."

"아무리 그렇다고 하나 이 야심한 시각에 함부로 성문을 열 수는 없는 일이다!"

양만춘이 엄한 목소리로 말했다. 신중하고 냉정한 성격의 양만춘은 이것이 혹시 적의 계략일 수도 있다고 생각해 쉽사리 성문을 열려고 하지 않았다.

"성주님, 제가 밧줄을 타고 내려가서 확인하겠습니다."
대걸걸중상이 나섰다.
"자네가? 괜찮겠나?"
"예, 횃불 하나만 주시면 됩니다."
"알겠네. 그러면 자네가 살펴보게."
"예."
대걸걸중상은 한 손에는 횃불은 든 채 밧줄을 타고 성벽을 따라 조심스럽게 내려갔다.
"양거 장군!"
대걸걸중상이 횃불을 들이대었고 그 얼굴은 확실히 양거였다.
"나일세. 여기 보게. 우리 고려의 여인일세. 당군에게 부상을 입은 사람이야."
대걸걸중상의 횃불 아래, 과연 한 여인이 한쪽 팔이 잘린 채 의식을 잃어가고 있었다.
"서둘러야겠군요!"
"그렇네!"
대걸걸중상이 성문에 대고 소리쳤다.
"문을 열어주십시오! 아무 이상 없습니다!"
그제야 겨우 성문이 열렸고 양거는 성으로 귀환했다. 양거는 구출해 온 즉시 여인을 의원에게 보내 치료받게 하였다.

당군의 진영에서는 고구려군의 야습을 막은 것을 자화자찬하고 있었다.

"폐하의 혜안으로 적을 격퇴했으니 참으로 다행한 일이 아닐 수 없사옵니다."

장손무기가 야습을 격퇴한 이세민을 축하하며 말했다. 이세민은 얼굴에 주름살이 가득 잡히도록 크게 웃었다.

"고맙소. 하나 이번에는 운이 좋았을 뿐이오. 언제 놈들이 저런 짓을 또 감행할지는 모를 일이오."

"전군을 모아 다시 성을 공격하는 게 어떻겠사옵니까?"

호기 찬 중랑장 마문거馬文擧가 들뜬 목소리로 말하자 좌일마군총관 위지공尉遲公이 반박했다.

"하지만 적들의 방비가 워낙 굳건해 섣불리 밀어붙이다가는 우리의 피해가 또다시 늘게 될 것이오."

전군총관 계필하력契苾何力이 맞장구를 쳤다.

"그렇습니다. 성을 포위해 공격한 지도 오래되었는데 저들은 지치기는커녕, 오히려 성에서 나와 우리를 공격하고 있으니, 원."

비록 고구려군의 기습은 실패했어도 그 시도는 당군의 기를 질리게 만든 상황이었다.

그때, 강하왕 이도종이 이세민을 보며 아뢰었다.

"한 가지 생각한 바가 있사옵니다, 폐하."

이세민이 궁금한 눈빛으로 이도종을 바라보았다.

"음? 무언가?"

"소장과 과의果毅 부복애傅伏愛가 논의한 것이온데 공성전은 아군의 희생만 느는 격인지라 차라리 성벽보다 높게 흙을 쌓아 아래를 향해 성을 공격한다면 보다 유리하게 싸울 수가 있을 것이라 사료되옵니다."

이세민의 얼굴에 화색이 돌았다.

"오호! 토산을 쌓아 올려 적을 내려다보며 싸운다? 허허허, 기발한 묘책이로다!"

이세민이 손뼉을 치며 말을 이었다.

"그렇다면 군사들을 동원해 시행토록 하라!"

"예, 폐하!"

이도종과 부복애의 건의에 따라 개미떼 같은 당의 대군이 안시성을 집어삼킬 듯한 기세로 흙을 쌓기 시작했다.

제 3 장

토산

 안시성 성루에 선 시녕과 대걸걸중상이 당군의 움직임을 유심히 바라보고 있었다.
 "중상, 적들이 왜 저렇게 흙을 쌓고 있을까?"
 갑옷을 입은 시녕이 대걸걸중상을 보며 물었다. 시녕은 어릴 때부터 경당에서 기초적인 무술과 학문을 배웠다. 전시의 고구려에서는 남녀 모두 최대한 전투에 참여하도록 독려했던 터라 시녕 역시 전장에 나선 것이었다.
 대걸걸중상이 한숨을 한 번 내쉬고 말했다.
 "아예 성벽을 넘으려고 저러는 것일까?"
 "만약 흙이 성벽 높이만큼 쌓인다면 저 위로 적병들이 올라

오겠지?"

"그렇겠지. 하지만 적병은 아마 제대로 싸우지도 못할 것이야."

"그게 무슨 말이야, 중상?"

"저들이 흙을 빠르게 쌓기 위해서 백암白巖[7]을 바닥에 깔았는데, 이곳의 백암은 쉽게 부서지거든. 저 많은 군사들이 한꺼번에 그 위로 올라가면 쌓인 흙이 군사들의 무게를 견딜 수 있을까?"

"으음. 두고 봐야지."

시녕은 고개를 갸웃했지만 대걸걸중상의 눈에는 토산이 규모에 비해 허술하게 쌓이는 게 보였다.

토산은 어느새 성벽만큼이나 높아졌다. 이에 대한 대책 회의가 양만춘 주도 아래 진행되었다.

"적들의 토산이 성벽 높이까지 쌓였네. 이에 대해 우리가 어떻게 맞서야 할지 그대들의 의견을 듣고자 하네."

"성주님, 길게 쌓은 목책을 토산에 걸쳐서 우리가 토산을 점령해버리는 것은 어떻겠습니까?"

시대호가 먼저 의견을 제시했으나 고돌발이 고개를 가로저

---

7) 석회암 및 퇴적암.

었다.

"좋은 의견이긴 하나 목책을 통해 넘어가면 아군의 희생이 너무나도 클 것이오. 게다가 토산까지 걸칠 만한 목책은 적에게 노출될 위험도 크오."

양거가 턱을 만지작거리며 말했다.

"제 생각에는 성에서부터 땅굴을 파서 토산의 지하에 물을 흘려보내 토산을 무너뜨리는 것이 어떨까 합니다."

그러자 시녕이 이에 반대하며 나섰다.

"지난 몇 달 동안 적들과의 싸움으로 군사와 백성들 모두 지친 상태에서 이른 시일 안에 땅굴을 판다는 것은 무리입니다."

장수들마다 의견이 모두 다른 가운데 대걸걸중상이 조심스럽게 아뢰었다.

"소인이 한 말씀 올리겠습니다. 이곳 안시성 일대는 백암이 많습니다. 적들은 토산의 아랫부분을 백암으로 받치고 그 위에다 흙과 모래를 쌓고 있는데, 쌓은 것이 흘러내리지 않도록 나무지지대를 이용하고 있습니다. 그 말은 즉, 흙이 잘 흘러내린다는 말입니다. 저 대군이 토산으로 올라가면 그 무게를 견디기 힘들 것입니다. 날씨가 잘 맞아떨어져 비가 내린다면 우리가 손쓰지 않아도 저 토산은 저절로 무너져 내릴 것입니다."

대걸걸중상의 말에 장수들의 눈이 휘둥그레졌다.

"자네의 말은 저 토산을 크게 걱정하지 않아도 된다?"

양만춘이 대걸걸중상을 빤히 보며 말했다.

"예, 날씨가 따라주지 않으면 우리가 토산의 지지대를 화공으로 태워 없애는 겁니다. 그럼 토산에 균열이 점점 일어날 것입니다."

하지만 시대호는 다소 냉소적인 반응이었다.

"흠. 이거 참. 자네 전쟁을 너무 쉽게 보는 건 아닌가?"

대걸걸중상이 반박했다.

"쉬운 전쟁은 없겠지만 때를 보는 것도 병략의 하나가 아니겠습니까?"

"자네의 말은 알겠지만 그래도 너무 추상적이지 않은가?"

"하나 지금까지 제가 생각한 최선은 그것입니다. 전투에 있어서 때론 천기를 읽을 필요도 있다고 봅니다."

그 말에 대걸걸중상이 보통 인물이 아님을 직감하였으나 시대호는 직감보다는 경험을 믿고 싶었다. 대걸걸중상의 말도 맞았다. 장수라면 하늘과 땅의 조화도 읽어야 했다. 그러나 대군을 상대하는 이 불리한 형국에서는 기다림이란 위험보다는 돌파구라는 안전을 먼저 찾는 것, 그게 시대호의 경험에서 우러난 생각이었다.

양만춘은 고개를 끄덕이며 장수들에게 말했다.

"걸걸중상의 말이 맞소. 지금으로서는 하늘이 주는 날씨를 보며 싸워야 할 때인 것 같소. 걸걸중상의 의견대로 해보리다."

그러자 시대호와 양거가 반대했다.

"안 됩니다. 아무 대책도 없이 하늘에서 비가 오기만을 기다릴 수는 없습니다."

"그렇습니다. 중상의 말이 틀린 것은 아니지만 그것만으로는 승리를 장담할 수 없습니다."

대걸걸중상이 말했다.

"하늘이 비를 내려주지 않는다 해서 토산을 무너뜨릴 방법이 없는 게 아닙니다."

양만춘이 눈을 크게 뜨고 대걸걸중상을 보며 물었다.

"방도가 또 있는가?"

대걸걸중상은 결의에 찬 눈빛으로 양만춘을 바라보았다.

며칠이 지나 마침내 완성된 토산은 안시성을 집어삼킬 듯했다. 동남쪽 성벽보다 높게 솟아오른 거대한 흙성이 위용을 드러낸 것이었다.

"와하하하! 드디어 토산이 완성되었구나! 전군, 토산으로 올라가라! 안시성을 공략하라!"

이세민의 명령과 함께 당나라 대군이 일제히 토산 위로 올라가기 시작했다.

당군의 함성은 천지를 진동시킬 만큼 우렁찼다. 사기 충만한 당군은 자신만만하게 토산으로 올라가 화살을 쏘고 발석거를 이용해 돌을 날렸다.

고구려 측에서도 목책을 세우고 응사를 하며 당군에 맞섰다.

"물러서지 말고 응사하라! 적은 별거 아니다!"

시대호가 안시성의 군사들을 독려하며 소리쳤다.

"성주님, 우리 측 피해가 커지고 있습니다!"

고돌발이 다급히 달려와 양만춘에게 아뢰었다. 그러자 양만춘은 엄중한 목소리로 말했다.

"발석거에 기름 주머니를 넣어 날려라!"

양만춘의 명령에 따라 군사들은 기름이 가득 담긴 주머니를 발석거에 넣어 날렸다. 기름 주머니는 토산을 받치고 있는 나무지지대에 맞았다. 기름이 나무를 적셨다.

"토산의 지지대를 향해 불화살을 쏘아라!"

이어지는 명령에 궁수들이 불화살을 토산 나무지지대에 맞혔다. 순식간에 불길이 번져 나무지지대가 타오르기 시작했다.

"아니, 저런! 불을 꺼라! 불을 꺼!"

당군을 지휘하던 선봉대의 유격장군 설례가 지지대의 불을 끄기 위해 동분서주했다. 이세민도 불을 끄라고 마구 소리쳐댔다.

양만춘이 그 모습을 보며 미소를 보였다.

"걸걸중상의 말대로 되는군."

대걸걸중상이 양만춘을 보며 확신에 찬 목소리로 말했다.

"아직 하나 더 남았습니다."

"좋아! 다음 작전을 시행하라!"

양만춘이 명령하자 군사들이 가죽 포대에 싸인 덩어리들을 발석거의 투석구에 두었다.

"불길이 치솟는 곳을 조준하여 날려라!"

양만춘이 외치자, 발석거에서 가죽 포대들이 날아갔다. 그리고 그 포대가 불길에 닿으니, 폭발이 일어났다. 당군이 비명을 지르며 나가떨어졌고, 토산의 흙과 모래가 사방으로 튀었다. 그 광경을 본 이세민은 기가 질렸다.

"대체 저게 무엇인가?"

가죽 포대가 불에 닿으면서 폭발과 함께 사방으로 불꽃이 날아갔다. 그것은 대걸걸중상이 양만춘에게 건의했던 토산을 무너뜨릴 또 다른 무기, 바로 숯이었다. 대걸걸중상은 습기를 머금은 숯이 불에 닿으면 대단한 폭발력을 발휘한다는 것을 알았다. 그랬기에 토산의 지지대를 불태우고 충격을 주어 무너지도록 한 것이었다.

그때, 하늘에 먹구름이 끼더니 빗방울이 떨어지기 시작했다. 비가 오자 이세민이 기뻐하며 말했다.

"비가 오는구나! 하하하! 고구려 놈들, 토산의 받침대에 불을 붙이면 뭣하나. 하늘이 이렇게 불을 꺼주는데! 하하하!"

이세민이 마구 웃어댔다. 빗방울은 곧 폭우가 되어 쏟아졌다. 토산 위의 당의 대군과 안시성의 고구려군은 폭우 속에서도 치열한 전투를 벌였다. 한참을 싸우던 중 갑자기 토산에 균열이 생기기 시작했다. 불길에 의해 상당 부분 파손되었던 나무지지대는 수십만 병력의 무게를 이기지 못했다. 이어 폭발의 충격과 내리는 비로 인해 쌓여 있던 흙과 모래가 흘러내렸다.

"어어어어어!"

토산 위의 당 군사들은 마치 지진이라도 난 것처럼 흔들림을 감지하고 혼란에 빠지기 시작했다. 토산은 마침내 여지없이 무너져 내렸고 토산의 잔해는 안시성의 동남쪽 성벽을 덮치며 흘러내렸다.

"지금이다! 토산을 점령하라! 무너진 토산을 점령하라!"

양만춘이 군사들을 동원해 무너진 토산을 점령할 것을 명령하였다. 시대호와 시녕 부녀, 고돌발, 양거 등 휘하 무장들도 일제히 무너진 토산에 달려들었고, 혼란에 빠진 당군은 고구려군에게 철저하게 대패했다. 고구려군은 이렇게 토산을 점령했다.

"저게 무슨 꼴이냐! 토산이 무너지다니! 토산이 무너졌다니!"

애써 만든 토산이 무너진 데다 심지어 그 토산을 고구려군에게 빼앗기기까지 하자 이세민은 화가 머리끝까지 치솟아 날뛰었다.

"고구려군에게 저곳을 빼앗기다니! 책임자 부복애를 끌고 와라!"

대로한 이세민은 직접 부복애의 목을 쳐 효시[8]했다. 그리고

---

8) 죄인의 목을 베어 막대기에 걸어 내보임.

이도종에게는 토산의 탈환을 명했다. 사흘 동안 토산을 탈환하기 위해 계속 공격했으나 결국 실패로 끝났고, 이도종은 맨발로 죄받기를 청했다.

이세민은 분했지만, 조카인 이도종을 죽일 수 없었다.

"너의 죄는 죽어 마땅하다. 하지만 나는 한무제가 왕회를 죽인 일이, 진목공이 맹명을 다시 등용한 것보다 못하다고 생각한다. 네게 개모성과 요동성을 깨뜨린 공이 있기 때문에 특별히 용서하겠다. 내일은 짐이 직접 지휘하여 토산을 되찾을 것이다! 그리 알라!"

다음 날, 이세민은 직접 군사들을 이끌고 토산을 되찾기 위해 공격을 시작하였다.

"저기 선두에 서서 군사들을 지휘하는 자가 당의 황제 이세민이렷다!"

양만춘은 즉시 활을 들고 이세민의 머리를 겨냥해 화살을 날렸다. 날아간 화살은 이세민의 얼굴로 날아갔는데 전쟁터에서 잔뼈가 굵었던 이세민은 본능적으로 몸을 틀었다. 그러나 불행인지 다행인지 화살은 이세민의 머리는 비껴갔으나 그의 왼쪽 눈을 스쳐 지나가는 바람에 찢어진 눈에서 피가 흘러내렸다. 황제를 호위하던 무장들이 황급히 이세민을 둘러쌌고, 놀란 다른 장수들이 이세민을 후방으로 옮겼다. 이세민은 군막으로 옮겨져 군의軍醫에게 치료를 받는 신세가 됐다.

"으윽! 적에게 이런 수모를 당하다니!"

이세민은 병상에 누워 이를 갈았다.

"이보게, 군의. 폐하의 용태는 어떠하신가?"

위지공이 군의에게 물었다. 군의는 염려하는 목소리로 나직이 대답하였다.

"매우 안 좋습니다. 안질이 있으신 눈에 화살을 맞아 쇳독이 상처에 들어갔습니다. 아뢰옵기 송구하오나 왼쪽 눈은 앞으로 보시기 힘드실 것입니다."

"어허, 이런!"

다른 장수들이 안타까운 탄식을 하며 서로를 바라보았다. 그때, 군막 밖에 있던 중랑장 마문거가 들어와 이세민에게 말했다.

"폐하, 다른 전선의 소식을 가지고 온 전령이 당도했습니다."

"들라 하라."

전령이 이세민의 앞에 부복하며 소식을 알렸다.

"폐하, 평양을 향해 바다를 건너가던 장량張亮 장군의 수군이 연수영淵秀英이 이끄는 고구려 함대에 궤멸당했사옵니다."

이세민의 이마에 핏대가 섰다.

"무엇이?"

"뿐만 아니라 연개소문淵蓋蘇文이 이끄는 군사들이 안시성을 지원하고자 이곳으로 몰려오고 있다는 급보이옵니다."

"뭐라! 연개소문이 이곳으로? 어허, 이럴 수가 있나!"

이세민은 마치 숨넘어갈 듯한 목소리를 냈다. 그러자 요동도행군대총관 이적이 침착한 목소리로 그를 달래듯 말했다.

"폐하, 고정하시옵소서."

"이럴 수가 있나."

이세민이 가슴을 치며 통탄해하자 장손무기가 나섰다.

"폐하, 어쩔 수가 없사옵니다. 속히 퇴각해야 하옵니다."

그러나 이세민은 여전히 가슴을 치며 분함을 감추지 못했다.

"내가 저 작은 성 하나를 넘지 못하다니!"

장수들의 분위기가 일제히 얼음장처럼 차가워졌다. 모두 안시성에 막혀 고구려 정벌이 실패로 돌아갔다고 하니 자괴감에 빠진 분위기였다. 한참을 비통해하던 이세민은 이내 정신을 가다듬고 주변에 명령했다.

"비단 백 필을 포로로 잡았던 온사문과 함께 안시성으로 보내라. 성주의 용기를 치하한다고 말이다."

신하들이 의아한 목소리로 말했다.

"폐하, 어찌하여 안시성에 그런 재물을 보내시옵니까?"

"짐이 비록 패했다고 하나, 명색이 대당제국의 황제인데 어찌 볼품없이 꽁무니를 빼겠는가!"

이세민이 신하들을 둘러보며 위엄 있게 말하자, 신하들은 아무 말이 없었다. 이세민은 숨을 크게 들이마신 후 엄숙하게 말했다.

"그리고 전군 철수한다."

제 4 장

반격

 당군에게서 석방된 온사문이 비단 백 필과 함께 안시성에 도착했다.
 "온사문 장군, 무사하셔서 다행이오!"
 양만춘이 기쁘게 온사문을 맞이했다. 그러나 온사문은 죽을 죄를 지은 표정으로 고개를 푹 숙인 채 무겁게 입을 열었다.
 "적에게 포로로 잡히고… 부끄럽소이다."
 "어인 말씀이시오. 노고가 크셨소. 피로한 몸을 쉬시구려."
 때마침 안시성에 전령이 도착했다.
 "성주님, 보고드립니다. 수군 원수 연수영 태대사자께서 바다에서 당나라 수군 장수 장량이 이끄는 적선을 궤멸시켰다는 승전보입니다."

"오오, 그래! 우리가 저 당나라 놈들을 이겼구나!"

양만춘은 기쁨을 감추지 못했다.

육지에서는 양만춘이, 바다에서는 연수영이 침략자들을 모두 물리친 것이었다.

그때, 또 한 명의 전령이 도착했다.

"성주님, 대막리지 각하께서 이끄는 군사들이 이세민을 추격하기 위해 이곳으로 오고 있습니다. 성주님께서도 군사들을 재정비하시어 함께 추격하자고 하십니다."

"알겠다. 그리하마."

양만춘은 군사들을 재정비했다. 이어 연개소문이 이끄는 군사들이 안시성에 도착했다.

"양 성주, 수고하셨소. 함께 저 이세민을 잡으러 가십시다."

연개소문이 호탕하게 말하자 양만춘도 미소를 지으며 답했다.

"예, 그러지요!"

양만춘과 연개소문의 군사들은 패전으로 지쳐 철수 중인 이세민의 당군들을 추격하기 시작했다. 그 소식은 퇴각하는 이세민에게 전해졌다.

"급보이옵니다! 연개소문과 양만춘이 이끄는 고구려군이 아군을 추격해 오고 있사옵니다!"

전령의 다급한 보고였다.

"무, 무어라! 어서어서 서둘러 후퇴하라!"

"폐하, 신 마문거가 가서 연개소문을 막겠나이다! 그사이에 얼른 피하소서!"

중랑장 마문거는 군사들을 이끌고 고구려 추격대를 막기 위해 나섰다. 마문거는 연개소문을 도발해 시간을 벌 심산으로 직접 앞으로 나섰다.

"적장 연개소문이 누구인가? 나는 대당제국의 중랑장 마문거다! 나와 자웅을 겨루자!"

마문거가 소리치자, 연개소문이 콧방귀를 뀌었다.

"가소로운 놈! 후회하지 말거라!"

연개소문이 즉시 대도를 빼 들고 마문거에게 달려들었다. 불과 몇 합 만에 마문거는 피를 토하며 말에서 떨어졌다. 대장 마문거가 죽자, 고구려군을 막으러 왔던 군사들은 우왕좌왕하다가 결국 모두 전사하고 말았다. 여세를 몰아 연개소문은 당나라 후군을 몰아쳤다.

"모조리 쓸어버려라!"

연개소문은 무섭게 당군을 몰아쳤다. 당군은 연개소문의 용맹스러움을 보고는 그야말로 공포에 질려 달아나기에 바빴다.

"아니, 고구려군들이 여기까지!"

이세민은 깜짝 놀라고 말았다. 고구려군이 이미 자신의 바로 뒤까지 추격해 오고 있었다. 그 선두에 선 연개소문이 이세민의 군사들을 무자비하게 베고 있었다.

"으아! 어서 빨리 가자!"

연개소문의 위용에 겁먹은 이세민이 소리쳤다. 그러자 설례가 나섰다.

"폐하, 소장 설인귀가 연개소문을 막겠사옵니다! 어서 가시옵소서!"

설례는 곧장 연개소문을 향해 달려들었다.

"연개소문! 나는 대당의 장수 설례, 설인귀다! 오늘 나와 한번 겨뤄 보자꾸나!"

"네놈도 마문거라는 놈처럼 되고 싶은 모양이구나! 오냐, 오너라!"

연개소문은 달려오는 설례를 맞아 직접 싸우려 들었다. 주변에서는 연개소문을 말렸으나, 그는 듣지 않았다. 연개소문이 뛰어난 무예를 지녔다지만 설례도 만만치 않았다. 그는 연개소문의 칼을 요리조리 피하더니 일부러 도망치는 척을 했다.

"서라, 이 쥐새끼 같은 놈아!"

그런 연개소문을 향해 양만춘이 외쳤다.

"각하, 쫓지 마시오!"

하지만 연개소문은 설례를 잡기 위해 빠르게 말을 몰았다. 그러다 설례가 몸을 돌려 연개소문을 향해 활을 쏘았다. 꼼짝없이 화살에 맞을 상황이었다. 그때 대걸걸중상이 번개처럼 말을 몰고 와서 방패로 화살을 막아냈다.

때마침 시녕이 말을 몰아 설례를 잡으러 군사들과 함께 돌격해 들어갔다. 설례의 부장 하나가 시녕의 앞을 가로막았다.

"네 이년! 감히 여기가 어디라고 계집이 설치느냐?"

시녕이 창을 겨누며 외쳤다.

"닥쳐라! 나는 고려의 장수 시녕이다! 너는 누구냐?"

"나는 대당의 장수 이승윤李陞鈗이다. 어디 네년의 솜씨 구경이나 해보자꾸나!"

이승윤이 창을 꼬나잡고 말을 몰아 시녕에게 달려들었다. 시녕은 이승윤과 무기를 맞대며 자웅을 겨루었다. 두 사람의 승부가 쉽사리 나지 않는 와중에 이승윤의 병사들이 시녕의 말을 향해 화살을 날렸다. 화살을 맞은 말이 꼬꾸라지면서 시녕도 땅바닥에 뒹굴었다. 이승윤이 회심의 미소를 지으며 시녕에게 창을 찌르려는 찰나, 대걸걸중상이 바람처럼 달려와 이승윤의 목을 날렸다. 이승윤은 비명도 못 지르고 말에서 굴러 떨어졌다.

"어서 내 손을 잡아!"

대걸걸중상이 시녕의 손을 잡아 자신의 말에 올려 태웠다. 시녕은 자신을 구해준 대걸걸중상의 용맹한 모습에 깊은 호감이 생겼다.

한편, 접전이 벌어지는 동안 이세민은 멀리까지 도망쳤고, 황제가 멀리까지 후퇴했다는 보고를 받은 설례는 그제야 군사를 물리기 시작했다. 이세민은 간신히 산해관으로 들어온 후에야 안심할 수 있었다. 그야말로 처참한 대패였다.

전투가 끝난 후, 안시성에서는 당군에게 한쪽 팔을 잃고 양거에 의해 구출된 차희가 양거와 혼인을 맺었다. 양거는 전쟁터에서는 담대한 장수였고, 일상에서는 속이 깊은 사내였다. 양거는 차희를 지극정성으로 돌보았고 그리하여 두 사람은 혼인하기에 이르렀다.

한편, 연개소문은 전투 중 자신에게 날아온 화살을 막은 대걸걸중상을 불렀다.

"그대가 대걸걸중상이라고?"

연개소문은 부리부리한 눈으로 대걸걸중상을 정면으로 보았다.

"그렇습니다."

"전투에서 나를 지키기 위해 몸을 날린 용기가 참으로 가상하구나. 너의 출신이 어떻게 되느냐?"

"저는 속말수에서 말갈군으로 있다가 이곳까지 차출된 선인입니다."

"아직 나이가 어려 보이는데 그대의 부친은 누구인가?"

"제 아비는……."

대걸걸중상이 대답을 망설이자, 연개소문이 의아한 목소리로 물었다.

"왜 대답을 망설이는가?"

대걸걸중상은 아버지를 떠올리자 슬픈 감정이 밀려오는 듯 착잡한 얼굴을 하며 말했다.

"속말수에서 말갈과 함께 지내고 있는, 벼슬 없이 나라를 위해 자신을 바치고 있는 대문大文이라는 사람이 바로 제 아비입니다."

그 대답에 연개소문이 놀란 얼굴을 하며 되물었다.

"뭐라? 대문? 영류왕에게 붙어 나에게 반기를 들었던 그 대문이 너의 아비란 말이더냐?"

대걸걸중상이 천천히 고개를 끄덕이며 대답했다.

"그렇습니다, 각하."

연개소문의 얼굴이 일그러지며 자리를 박차고 일어났다.

"영류왕에게 붙어 나를 죽이려고 했던 자의 아들이 바로 네 놈이구나!"

대걸걸중상은 그 자리에 무릎을 꿇고 머리를 조아렸다.

"대막리지 각하, 비록 제 아비가 각하께 크나큰 죄를 지었습니다만, 단순히 굴종적인 형태로 나라를 위태롭게 만들려 한 것은 아니었사옵니다. 그저… 그저 태왕의 권위를 먼저 생각했을 뿐입니다. 각하와 방법은 달랐어도 뜻은 같았습니다. 그래서 각하께서도 제 아비의 목숨만은 보전하여 속말수로 가도록 한 것이 아니시었습니까? 저도 그런 아비의 마음을 이어받아 어떻게든 나라를 위해 일하고 싶었습니다. 그래서 말갈군에 들어간 것입니다."

대걸걸중상의 강한 호소에 연개소문의 표정이 누그러졌다.

"그래, 그건 네 말이 맞다. 대문은 죽은 영류왕을 우선으로 충성한 것이지, 이 나라를 당에 팔아먹으려 했던 다른 대신들과는 달랐어. 그래서 비록 내 목숨을 노리는 데 동참했어도 내가 특별히 목숨만은 부지하게 해주었지."

"그저 감사할 따름입니다. 세월이 지나고 나서야 그때 각하를 해하려 한 것이 얼마나 어리석은 것이었는지 제 아비도 크게 뉘우치고 있습니다."

그러자 양만춘이 끼어들었다.

"그 마음은 나도 가졌었네."

연개소문과 대걸걸중상의 시선이 양만춘에게로 향했다. 양만춘이 연개소문을 보며 말했다.

"기억하시오? 3년 전, 이 몸이 군사를 일으켜 대막리지를 치려 했잖소."

연개소문이 껄껄거리며 대꾸했다.

"그렇지. 그때 우리가 타협하지 않았다면 오늘 같은 승리도 없었을 거요."

연개소문은 대걸걸중상을 직접 일으키며 말했다.

"우리 이제 지난 일은 털어버리고 함께 이 나라를 위해 일해 보세. 그대의 부친이 국정에 복귀할 수 있도록 내가 태왕 폐하께 말씀드리겠네."

대걸걸중상이 감읍한 표정으로 답했다.

"감사하옵니다, 대막리지 각하!"

연개소문의 반응에 대걸걸중상이 보일 듯 말 듯 희미한 미소를 지었다.

제 5 장

시대호의 정체

연개소문을 만나고 나온 대걸걸중상의 앞을 시대호가 가로막고 섰다. 자신을 빤히 보는 시대호의 눈길에 대걸걸중상은 자신도 모르게 긴장했다. 시대호의 손이 대걸걸중상의 얼굴로 향하자, 대걸걸중상이 본능적으로 피했다. 시대호는 멈칫하더니 웃음을 지어 보였다.

"그 얼굴이 있어. 그 얼굴!"

시대호의 난데없는 말에 대걸걸중상이 고개를 갸웃거렸다. 시대호가 대걸걸중상의 손을 부여잡으며 말했다.

"네가 대문의 아들이더냐?"

시대호의 물음에 대걸걸중상이 고개를 끄덕이며 답했다.

"그렇습니다만……?"

"네 아버지의 얼굴이 있구나."

시대호가 감격에 젖은 표정을 지었다. 대걸걸중상은 시대호가 자신의 아버지를 아는 듯하여 물었다.

"제 아버지를 아십니까?"

"잘 알지. 어린 시절 나와 동문수학한 사이였다. 네가 태어났을 때 너를 봤는데 어느새 이렇게 몰라보게 자랐구나."

"저를 보신 적이 있습니까?"

"그래. 네가 갓 태어났을 때 평양성에서 봤었지. 얼마 지나지 않아 나는 장성 축조를 위해 요동 전선으로 오게 되면서 이곳에 쭉 있게 되었단다. 네 아버지와는 서신으로만 소식을 주고받다가 나라의 큰일이 생긴 이후 연락이 끊겼는데 여기서 너를 만나는구나."

시대호의 말에 대걸걸중상은 정식으로 예의를 갖춰 인사했다.

"아버지의 벗을 미처 알아뵙지 못했습니다. 송구합니다. 대걸걸중상, 인사 올립니다."

시대호가 대걸걸중상의 어깨를 두드리며 말했다.

"아니다. 송구랄 게 뭐 있느냐? 아, 그리고 아까 전투에서 내 딸을 도와줘서 고맙다."

"할 일을 했을 뿐입니다."

시대호가 시원한 웃음을 터뜨렸다.

"겸손한 장부로다. 이렇게 만나서 반갑다, 대걸걸중상!"

시대호가 대걸걸중상의 어깨를 감싸 쥐었다.

"혹 네 아버지와 연통할 수 있느냐?"

"예, 가능합니다."

시대호가 기쁜 얼굴을 하던 찰나 묵직한 목소리가 그들의 귓가에 들렸다.

"연통만 해서 되겠는가? 아예 이곳으로 오라고 하게."

연개소문이었다.

"각하!"

시대호가 연개소문에게 고개를 숙였다. 연개소문이 시대호와 대걸걸중상을 번갈아 보며 말했다.

"우선 대문을 불러 이곳 안시성의 일을 돕도록 하고, 내가 평양으로 돌아가서 태왕 폐하와 함께 어떻게 복직할 것인지를 논의하겠네. 걸걸중상, 자네는 어서 부친에게 이리 오라고 연통을 넣게나."

연개소문의 말대로 대문을 부르는 전령이 속말수로 향했다. 그리고 얼마 후, 대문이 안시성으로 왔다. 시대호는 뛸 듯이 기뻐하며 그를 맞이했다.

"이게 얼마 만인가? 대문, 정말 오랜만이야. 어찌 그간 연락이 없었던 것인가?"

대문이 시대호를 얼싸안으며 말했다.

"나라의 일이 생긴 후, 몸을 낮추며 사느라 그랬네. 어쩔 수가 없었다네. 미안하이. 사정이 나아지면 자연스레 연통을 넣으려 했다네."

"그래, 자네도 나름의 고충이 있었겠지. 이렇게 다시 만나 한없이 기쁘네."

"나 역시 마찬가지일세. 그나저나 내 아들이 여기 있다던데?"

"허허허, 아주 훌륭한 장부로 성장했더군. 중상, 어서 이리로 오게. 자네 부친께서 오시지 않았는가?"

시대호의 부름에 몇 걸음 떨어져 있던 대걸걸중상이 다가왔다. 대문은 아들을 보고 은은한 미소를 지었다.

"고생했다."

그때, 연개소문이 그들을 향해 다가왔다.

"그대의 아들이 아니었으면 내 목숨도 없어질 뻔했다오."

대문이 연개소문을 보고는 잠시 멈칫했지만 이내 웃음을 지으며 예를 갖추었다.

"각하의 배려로 이곳까지 오게 되었습니다. 황감합니다."

"아니오. 나라를 위한 그대의 충정이 그대의 아들을 통해 증명된 것이 아니겠소? 이제부터 이 안시성에서 일을 맡아주시구려."

"감사할 따름입니다."

"자, 그럼 할 얘기들이 많으실 터이니 나는 이만 물러가겠소."

연개소문이 자리를 비켜준 뒤, 대문과 시대호는 오랜만에 술잔을 기울였다.

"자네가 장성 축조를 위해 오랜 시간 요동에 있는 동안 평양에서는 대막리지와 영류태왕榮留太王 사이가 벌어져 결국 변고가 터지고야 말았어. 그때 나는 영양태왕嬰陽太王의 후손인지라 영류태왕의 대막리지 암살 모의에 동조했었다네. 물론 나는 내키지 않았지만 어쩔 수 없었어. 그래서 병을 핑계로 행동에 동참하지 않았고, 결과적으로 그게 내 목숨을 살렸지."

대문이 자신의 지난 이야기를 하자 시대호가 고개를 끄덕였다.

"다행일세. 내가 듣기에 그때 암살 모의가 탄로 났다면서?"

"그렇네. 결국 대막리지의 역공에 신료들이 도륙 나고 종국엔 영류태왕마저 목숨을 잃었지."

"안타까운 일이야."

시대호가 술을 한 모금 마시면서 쓸쓸하게 말하자 대문이 격한 목소리를 냈다.

"속말수에 있으면서 많은 것을 느꼈네. 나 역시 영양태왕의 후손인데 남에게 휘둘려 이 꼴이 된 것이 우스웠네! 그래서 더 이상 누군가에게 휘둘리며 살지 않겠다고 다짐했지."

대문의 눈에 눈물이 글썽였다. 시대호는 대문의 잔에 술을 따라주었다. 대문은 단번에 술잔을 비우고 말했다.

"속말수에서…… 안사람이 죽었네. 평양에서 귀하게 컸던 사람이니 그곳의 풍토를 견디지 못했지. 내가 힘이 없어 내 가족을 속절없이 떠나보내야만 할 때 나는 그 어느 때보다도 강한 힘을 가지고 싶었네……. 이 나라, 고씨와 해씨가 이끈 이 나라에서, 나 역시 태왕의 피가 흐르는 당당한 천손이 되고 싶었어!"

대문의 말에 시대호는 멈칫했지만 이내 껄껄 웃으며 말했다.
"그래서 이렇게 나라를 위해 목숨 바쳐 일하고 있지 않은가? 난 자네가 지금 내 앞에 있어 정말 기쁘기 그지없네. 자네는 정말 훌륭한 태왕 폐하의 혈족이야."

대문은 스스로 취기가 많이 올랐음을 느끼고는 더 이상의 말은 자제했다. 술잔을 들어 시대호의 잔과 부딪혔다.

"고맙네, 시대호! 자, 마시세. 우리의 우정을 위하여!"

제 6 장

박작성 전투

이세민은 당나라로 물러간 뒤에도 지속적으로 고구려 정벌의 기회를 노렸다. 그는 지난번처럼 자신이 직접 대규모 병력을 이끌고 지휘, 공격하기보다는 배를 타고 바다를 통한 공격을 진행했다. 그러면서도 동시에 요동의 육지 거점인 신성 방면으로 기습을 감행했다. 하지만 그러한 공격에도 고구려군이 지속적으로 당군을 격퇴했기 때문에 큰 성과없는 소모전만 계속되었다. 이에 이세민은 우무위대장군 설만철薛萬徹에게 새로운 공격 방향을 제시했다. 바다를 통해 압수[9]로 진입하여 상

---

9) 압록강.

류, 박작성[10]을 공격케 했다. 설만철은 이세민의 명에 따라 속전속결 압수로 진입했다. 순식간에 설만철의 군대가 박작성 남쪽에 도착했다.

박작성의 성주 소부손所夫孫은 군사 1만 명을 데리고 성 밖으로 나가 전투를 벌였는데, 오히려 설만철의 역공에 당해 대패하여 성으로 철수다. 소부손은 오골성과 안시성 등에 지원을 요청했다.

안시성에 소부손의 구원 요청이 도착하자 양만춘은 군사 회의를 열어 누가 갈 것인지를 논의했다.

"제가 가서 박작성을 돕겠습니다. 저는 장성 축조 경험이 있어 압수 일대 지형을 잘 압니다."

시대호가 자원했다. 그러자 대문도 나섰다.

"저 역시 속말수에 오래 있었기에 박작성의 사정을 잘 압니다. 함께 보내주십시오."

"두 사람이 오랜 지기 사이이니 좋은 협동이 될 것 같군. 좋소. 시대호와 대문, 두 장군이 다녀오시오."

양만춘의 말에 따라 시대호와 대문이 군사들을 이끌고 안시성을 나섰다. 대걸걸중상도 부장으로 따라나섰다.

"우리 두 사람이 함께 이렇게 전투에 나서다니 감개무량하구먼."

---

10) 압록강 하구의 요충지.

시대호가 호방한 웃음을 보이며 말하자 대문도 호쾌하게 답했다.

"물론일세. 우리 두 사람이 힘을 합치면 못할 것이 없을 게야."

대문의 말에 무언가 뜻이 있음을 시대호는 느꼈지만, 그저 크게 웃었다.

이 무렵, 박작성의 구원 요청을 받은 고구려 조정의 고문高文이 오골성의 군사를 거느리고 대문, 시대호와 합류했다. 지원군의 수는 총 3만에 이르렀다. 이들의 군사는 설만철의 군사보다 3배나 많았다. 고문이 설만철의 진영을 보며 말했다.

"우리의 군사가 훨씬 많으니, 성에 있는 성주와 협공하면 저들을 무너뜨리는 것은 시간문제일 거요."

"성주에게도 협공을 하자고 전합시다."

대문이 말하자 고문이 전서구[11]를 박작성으로 보냈다. 전서구가 보낸 글을 읽은 소부손은 협공에 응하는 답을 보냈다.

한편, 설만철은 대규모의 고구려군이 나타나자, 그들을 어떻게 물리칠 것인가를 함께 온 보좌 배행방裵行方과 의논했다.

"적들의 수가 우리보다 훨씬 많으니, 계책을 쓰지 않으면 이기기 어려울 것이오. 내게 생각이 있긴 하나 위험할지 걱정입니다."

설만철의 말에 배행방이 물었다.

---

11) 통신용 비둘기.

"무엇이 걱정입니까?"

"부총관께서 적진에 다녀올 수 있겠소?"

배행방이 웃음을 터뜨리며 대답했다.

"그게 뭐 그리 큰일이라 그러십니까? 제가 무엇을 하면 되는지 일러주시지요."

설만철의 명령을 받은 배행방이 야음을 틈타 변복한 채 박작성으로 가서 소부손을 만나게 해달라 청했다. 고구려 군사들은 처음에는 그를 미친 사람 취급했으나 당나라 대장기를 보고는 곧장 배행방을 포박하여 소부손 앞으로 끌고 갔다.

"누구길래 이 야심한 시각에 나를 만나자고 하는 것인가?"

소부손의 물음에 배행방이 대답했다.

"저는 당의 장수 배행방이라 합니다."

"당의 장수가 어찌 나를 만나러 왔는가?"

"본래 저는 싸울 뜻이 없었으나, 당 황제의 강압으로 전장에 나왔습니다. 저의 대장인 설만철은 무도하기 짝이 없어 날마다 핍박하니 제가 견디다 못해 그의 대장기를 빼앗아 투항하러 온 것입니다."

"뭐라? 투항?"

"예, 그리고 성주께서 설만철에게 당한 빚을 갚을 수 있는 묘책 또한 가져왔습니다."

"묘책이 있어? 말해보라."

설만철에게 대패했던 소부손은 마음이 솔깃했다.

"예, 지금 저들은 식량이 부족해 곧 있으면 본국으로 철수할 것입니다. 제가 신호를 드리면 성주께서 군사를 이끌고 공격하십시오. 저도 내응(內應)하여 저들을 쳐부수겠습니다."

"하지만 내가 너의 말을 어떻게 다 믿겠느냐?"

"저는 당나라에서 우위장군직을 받은 사람입니다. 정 믿지 못하시겠다면 제가 압수에 정박한 당나라 배에다 불을 지르겠습니다. 불길이 치솟으면 그때 오십시오."

소부손은 잠시 생각에 잠기더니 이내 그의 말을 따르기로 했다.

"좋다. 네가 배에다 불을 지르면 그때 공격하겠다."

배행방은 당의 진영으로 돌아왔고, 설만철과 함께 소부손을 끌어내어 쳐부술 준비를 끝냈다.

며칠 후, 설만철은 군사들을 배에 오르게 했다. 그런데 갑자기 배에서 불길이 치솟더니 당나라 군사들이 혼란에 빠져 우왕좌왕했다. 소부손은 그 광경을 보고 즉시 군사를 몰고 나갔다. 고문을 비롯해 대문, 시대호도 그 모습을 보았다.

"어허, 적들의 배에서 불길이 치솟고 있군?"

고문이 의아한 듯 고개를 갸웃거리자, 시대호가 말했다.

"공격해도 되지 않겠소?"

대문이 침착한 어조로 말했다.

"조금 더 관망하는 건 어떤가?"

그때, 소부손이 보낸 전령이 세 장수 앞에 와서는 함께 적을 치자고 요청했다. 고문은 흔쾌히 그 제안을 받아들였고, 대문과 시대호도 함께 움직이기로 했다.

 소부손의 군사들이 당나라 진영까지 순식간에 들이닥쳤다. 소부손이 불타고 있는 전선 위에서 혼란에 빠진 당나라 군사들을 향해 화살을 쏘라고 명령했다. 바로 그때 구덩이를 파고 그 속에 숨어 있던 설만철의 군사들이 튀어나와 일제히 고구려군에게 화살을 쐈다. 우왕좌왕하던 전선 위 군사들도 곧장 자세를 가다듬고 활시위를 당겼다. 불길 속에서 혼란스러워 한 모습은 모두 그들의 연극이었다. 소부손의 군사들이 맥없이 쓰러졌다. 배행방이 박작성에 잠입하던 시각에 설만철은 야음을 틈타 군사들에게 땅을 파서 숨도록 하여 매복하고 있었던 것이다. 아수라장이 된 소부손의 군사들은 명령이 제대로 전달되지 않아 서로 뒤엉켜 짓밟고 쓰러지며 아비규환을 만들었다. 그 와중에 협공하러 달려오던 고문과 대문, 시대호의 군사들도 어리둥절했다. 선봉으로 나섰던 대걸걸중상의 부대가 배행방에 의해 포위됐다. 배행방의 부장 홍대洪大가 칼춤을 추며 대걸걸중상에게 달려들었다.

 "하하하! 고구려 놈들을 모두 황천길로 보내주마!"

 그때, 고문이 벼락처럼 달려와 홍대를 향해 화살을 날렸다. 고문이 쏜 화살이 홍대의 갑옷을 뚫고 들어갔다.

 "꺄아아아악!"

 홍대가 찢어지는 비명을 내지르며 말에서 떨어졌다. 잠깐의 혼란한 틈에 대걸걸중상은 당군의 포위를 뚫고 나왔다.

"고맙소, 고문 장군!"

대걸걸중상이 고문에게 고마움을 표하자, 고문이 한쪽 눈을 찡긋했다.

"별말씀을!"

하지만 홍대의 죽음으로 인해 당군은 오히려 더 성난 파도처럼 밀려들었다.

"안 되겠소. 후퇴합시다!"

고문이 후퇴를 주장했고, 대문과 시대호도 그 말에 따랐다.

대문과 시대호가 함께 안시성의 군사들을 이끌고 적진을 빠져나오려고 할 때, 당군이 미리 파놓은 함정에 군사들이 빠져 버리는 상황이 발생했다. 말과 병사들이 겁을 집어먹고 여기저기 부딪히고 날뛰었다.

"침착하라. 거리를 유지하라…… 으앗!"

시대호도 군사들을 지휘하다 구덩이에 빠지고 말았다. 구덩이는 시대호의 키보다 높았다. 설만철의 병사들이 함성을 지르며 다가오고 있었다.

"대호!"

대문이 말에서 내려 시대호가 떨어진 구덩이를 내려다보았다. 시대호는 대문에게 가라는 손짓을 하며 소리쳤다.

"그냥 가게! 나는 이미 늦었어!"

"무슨 소리! 우리가 예전에 생사를 함께하기로 맹세했는데, 어찌 그냥 가겠나?"

대문이 긴 창대를 가지고 와서 시대호에게 내밀었다.

"어서 잡게!"

시대호가 창대를 붙잡자, 대문이 괴력을 발휘해 그를 끌어올렸다. 간신히 구덩이에서 빠져나오니, 당군이 코앞까지 와 있었다. 대문은 창을 휘둘러 당군들을 쓰러뜨리고는 기병이 타고 있던 말을 빼앗았다. 그리고 시대호를 먼저 태우고 그 뒤에 자기가 올라타 말을 몰았다.

"고맙네."

시대호가 고마워하자 대문이 호탕하게 말했다.

"이 정도면 함께할 만하지 않은가?"

제 7 장

이세민의 죽음

649년, 이세민은 풍질風疾까지 앓게 되어 서서히 생명의 끈이 약해지고 있었다.

"폐하, 어서 기운을 차리셔요. 폐하께서 다시 일어나셔야 저 간악한 고구려를 다시 정벌할 수가 있지요."

이세민의 후궁 무미랑武媚娘이 그를 돌보며 걱정 어린 목소리로 말했다. 이세민은 힘없이 고개를 저으며 대꾸했다.

"미랑, 나는 이미 천명을 다한 것 같구나."

"무슨 그런 약한 말씀을 하셔요. 폐하께서는 아직 할 일이 많으셔요. 어서 빨리 일어나셔요."

그때, 인기척이 나더니 이세민의 아들 이치李治의 목소리가 들렸다.

"폐하, 소자 치이옵니다."

"들거라."

"폐하, 용환은 어떠시옵니까?"

"많이 안 좋구나. 내가 죽거든 네가 이 나라를 잘 다스려야 한다."

"폐하, 제발 그런 말씀은 하지 말아주시옵소서!"

"아니다. 사람은 죽을 때를 아는 법이지. 내가 죽거든 이 나라를, 나와 네 할아버지가 이룩한 이 당나라를 잘 다스려야 한다. 백성들을 자식처럼 아끼고, 신료들의 말을 듣되, 옳고 그름을 잘 가려야 하느니라."

"폐하……."

이치가 눈물을 흘렸다. 이세민은 그런 이치를 보더니 심란한지 눈을 붙이며 말했다.

"음, 그만 좀 자고 싶구나."

"편히 주무시옵소서."

이세민이 잠을 청하자, 이치는 이세민의 방에서 나왔다. 무미랑도 따라 나와 이치에게 다가갔다.

"태자, 태자께서는 참 효성이 지극하군요."

"아니옵니다. 소자는 아직 폐하를 따라갈 수가 없기에……."

이치가 쭈뼛거리면서 말하자 무미랑은 부드러운 미소를 지으며 말했다.

제1부 무너진 성벽, 사라진 제국

"태자, 저를 너무 어려워 말아요."

"무 재인才人[12]께서는 폐하께서 아끼시는 분이시고, 제게는 어머니나 다름없으신 분이옵니다. 어찌 함부로 하겠습니까."

"그렇지 않아요, 태자. 저는 태자를 자식이라기보다 남자로 보고 있어요."

무미랑의 도발적인 말에 이치는 깜짝 놀라고 말았다. 이치의 놀란 표정이 재미있는지 무미랑은 한쪽 입꼬리를 올리고는 그의 어깨를 쓰다듬으며 말을 이었다.

"앞으로는 힘든 일이 있거나 하고 싶은 말이 있으면 제게 말해요."

이치는 알 수 없는 감정에 사로잡혔다. 어릴 때부터 가족에게 그다지 많은 정을 받지 못하고 자란 이치였기에 무미랑의 그런 행동은 이치를 유혹하기에 충분했다.

다음 날, 이치는 다시 이세민을 간호하기 위해 이세민의 처소로 들었다. 역시나 무미랑은 그곳에 있었다.

"태자, 어서 와요."

"태자가 왔구나."

이세민이 병상에 누운 채로 이치를 보며 말했다.

"폐하, 그리고 무 재인. 평안하셨사옵니까?"

"그래. 역시 내 아들이로구나. 이렇게 늙은 나를 돌보느라 고

---

12) 당나라의 정5품 후궁.

생이 많다."

"어인 말씀이옵니까."

이치는 이세민의 머리맡에 앉아 정성껏 이세민을 간호했다. 이세민은 어느새 다시 잠에 빠져들었다. 이때, 무미랑이 차를 가지고 들어왔다.

"드세요, 태자."

"차가 아니옵니까?"

"제가 직접 끓인 차니 어서 드셔보셔요, 태자."

무미랑은 차를 건네며 이치의 등을 부드럽게 쓰다듬었다. 이치는 너무나도 당황하여 얼굴이 붉어졌다. 무미랑은 그런 이치의 모습이 재미있는지 웃음을 띠었다. 이치는 부끄러워 고개를 들지 못했다. 이후에도 무미랑은 그런 행동을 자주 보였다. 이치는 점점 그녀에게 마음을 빼앗기고 있었다.

어느 날, 이세민이 침대에 누워 잠이 든 깊은 밤이었다. 이치는 홀로 이세민의 옆에 앉아 책을 읽고 있었다. 그때, 누군가 처소로 들어왔다. 무미랑이었다. 무미랑은 가슴이 보일 듯 말 듯한 얇은 옷을 입고 이치 앞에 아무 말없이 섰다. 이치는 눈을 돌렸다.

"무, 무 재인."

"태자, 왜 고개를 돌리셔요? 저를 봐요."

"무 재인. 저는……!"

무미랑이 이치에게 다가와 어깨를 감쌌다.

"태자, 제가 말했죠. 하고 싶은 말은 언제든지 해도 된다고."

그제야 이치는 가슴 속에 있던 말을 꺼내기 시작했다.

"무 재인, 뭔지 모르겠지만 언제부터인가 무 재인만 보면 마음이 편안해집니다. 그리고 무 재인이 없으면 왠지 모르게 마음이 초라해지고 외로워지는 것 같아요. 왜 이런 건가요?"

"태자, 아직도 모르겠어요? 그건 태자가 이 사람을 여자로 보고 있는 거예요."

놀란 이치가 까무러칠 듯 큰 소리를 냈다.

"무 재인!"

무미랑은 이치의 입을 막으며 속삭였다.

"목소리를 낮추셔요. 그럼 저는 돌아가서 자겠습니다."

무미랑이 나간 후, 이치의 머릿속엔 온갖 생각들이 난무했다. 심지어 아버지 이세민이 빨리 죽기를 바라는 감정까지 싹트고 있었다. 이세민의 병세는 하루가 다르게 점점 더 악화되었다. 이치는 항상 이세민 옆을 떠나지 않은 채, 새벽까지 자리를 지켰다. 새벽녘이 되었을 때, 이치는 측간厠間에 가고 싶어 이세민의 침소를 빠져나왔다. 궁녀들이 기둥에 기대어 조는 모습이 간간이 눈에 띄었다. 그는 궁녀들을 깨우고 싶지 않아 조용히 걸음을 옮겼다. 측간에 다다랐을 때, 등뒤에서 가벼운 발걸음 소리를 들었다. 고개를 돌려 바라보니 바로 무미랑이었다. 이치는 반가워했다.

"주무시는 줄 알았는데, 무 재인은 어떻게 이곳에 왔습니까?"

무미랑은 가볍게 무릎을 접으며 예를 올리고 대답했다.

"태자를 만나기 위해서는 측간이 좋을 듯하여 왔습니다."

황족들이 볼일을 보는 측간은 크기가 꽤 크고 은밀해서 옷을 갈아입기도 하는 공간이었다. 이치는 가슴이 떨려 말이 쉽게 나오지 않았다. 그런 이치의 마음을 읽었는지 무미랑이 측간의 문을 열어 들어오라는 손짓을 했다.

측간에서 볼일을 마친 이치는 끓어오르는 감정을 주체할 수 없었다. 그는 무미랑을 끌어안았다. 무미랑은 그런 이치의 웃옷을 벗기고서 품 안에 얼굴을 묻었다. 이치는 그녀의 뜨거운 숨을 느끼며 쿵쿵 뛰는 가슴을 진정시키려 입술을 깨물었다. 그러자 무미랑이 이치의 입에 입을 맞추었다.

"소첩은 이미 태자의 것이에요. 오로지 태자만을 바라보며 살고 싶어요. 이 몸을 받아줄 수 있겠어요?"

무미랑은 눈물까지 글썽였다. 비록 황제의 후궁이었지만, 무미랑은 이세민의 핏줄을 잉태하지 못했다. 그녀는 자녀를 낳지 못한 후궁의 운명을 잘 알았다. 이세민이 죽으면 무미랑은 절에 출가하여 비구니로 살아야 했다. 그러기엔 무미랑의 가슴속에 품은 포부가 너무나 컸다. 그런 그녀에게 선택할 수 있는 방법은 다 죽어가는 황제가 아닌, 다음 황제가 될 몸에 매달리는 것이었다. 다행스럽게도 차기 황제는 그녀의 생각대로 움직이고 있었다.

"내가 황제의 자리에 오르면 반드시 그대를 나의 여인으로 삼을 것이오."

"정말이에요? 절대 마음이 변해서는 안 됩니다, 태자."

"이미 무 재인께 제 마음을 드렸습니다. 이제 나의 밤은 오직 무 재인과 함께할 것이니, 무 재인도 저를 잊지 말아 주십시오."

두 사람은 서로를 바라보며 남몰래 포옹하였다. 두 사람의 사랑이 깊어질수록 이세민의 병세는 끝을 보이고 있었다. 마침내, 이세민의 눈앞에 죽음이 다가왔다.

"경들은 들으시오. 내가 이제 곧 죽을 것 같으니 이를 유언이라 생각하고 꼭 실천해 주시오. 태자 치는 아직 어리오. 정사를 돌보다 실수하거든 지체 없이 치에게 아뢰시오. 그리고 항상 이 당나라를 위해 충성해 주길 바라오. 백성들을 아끼고 돌봐 주시오. 마지막으로 절대 요동의 고구려를 침략하지 마시오."

이세민은 그 말을 남기고 얼마 안 가, 52세의 나이로 세상을 떠났다. 정관의 치라는 칭송을 받으며, 혼란기를 통일했던 중국 최고의 제왕 중 하나인 이세민은 고구려 원정의 뼈아픈 후유증으로 인해 숨을 거두게 되었다.

제 8 장

대조영의 탄생

 안시의 하늘은 흐렸다. 비가 세게 몰아치며 내렸다. 대걸걸중상은 폭우 속에서도 갑옷을 입고 성루에 올라 병사들과 함께 보초를 서고 있었다. 빗물이 대걸걸중상의 얼굴을 적시고 있을 때, 낭랑한 목소리가 들렸다.
 "비도 오는데 이렇게 나서서 고생하고 있어?"
 걸걸중상은 목소리 쪽으로 고개를 돌렸다. 시녕이었다.
 "녕, 비도 오는데 여기는 무슨 일로 왔어?"
 "네가 자진해서 보초를 선다기에 들러보았지."
 시녕도 갑옷을 입고 허리에 장검을 차고 있었다. 시녕이 대걸걸중상의 옆에 서면서 말을 이었다.

"나도 같이 셀게."

"너도?"

"응, 우리 언제나 함께 있어야지!"

대걸걸중상은 미소를 지었다. 두 사람은 완전한 정인情人이 되어 있었다. 목숨이 오가는 전투라는 상황에서 남녀가 함께 생사를 나누었으니 그 사랑은 누구보다 깊었다.

"내일은 공무가 없는데 뭐할 거야?"

대걸걸중상이 시녕에게 물었다.

"내일? 글쎄. 날씨가 이러니 집에 앉아서 책이나 읽어야겠어."

"날씨가 좋아지면 같이 산책 가보는 게 어떻겠어?"

대걸걸중상이 말했다.

"산책?"

"응, 근처 동산童山에 가자."

"그래, 그러자. 비가 안 내리면 가자꾸나."

시녕이 수락했다.

다음 날 아침이 되었다. 대걸걸중상은 시녕과의 약속을 생각하며 잔뜩 기대에 부풀었다. 하늘은 더없이 맑았다. 어제 그렇게도 몰아치던 폭우는 언제 그랬냐는 듯 그치고 푸른 하늘에는 햇빛이 쨍쨍했다. 대걸걸중상은 시녕과 만나 안시의 동산으로 갔다. 동산은 초록빛 풀들이 무성했다. 어제의 비 때문인지 풀들이 햇빛을 받아 반짝거렸다.

"어머! 풀들이 반짝인다! 정말 예쁘다!"

시녀가 초록빛 풀들을 보며 말했다.

"이렇게 둘이 함께 여유를 즐기니 참 좋다."

대걸걸중상이 시녀의 손을 잡으며 말했다.

"그러게. 계속 이렇게 평화가 지속되었으면 좋겠다."

시녀가 조용히 속삭였다.

"저기 봐! 꽃잎이 날린다!"

시녀가 손으로 공중을 가리켰다.

꽃이 핀 나무에서 꽃잎들이 떨어져 바람결에 날렸다. 빗물을 머금은 꽃잎은 햇빛을 받아 반짝이며 흩날렸다. 대걸걸중상과 시녀는 흩날리는 꽃잎 사이에서 손을 잡고 그 광경을 지켜봤다.

대걸걸중상은 시녀를 끌어안았다. 시녀도 대걸걸중상의 품 안에 파고들었다.

"중상, 왜 그렇게까지 열심히 일하는 거야? 어제도 굳이 자진해서 보초를 서고 말이야."

그 질문에 대걸걸중상은 뜨끔했다. 속내를 들킨 것 같았다. 대걸걸중상의 심장이 빨리 뛰는 것을 느낀 시녀가 다시 물었다.

"나한테 얘기해 줄 수 있어?"

대걸걸중상은 잠시 망설였다. 이 사람에게 말해도 될까? 시녀에 대한 감정은 깊었다. 하지만 자신이 품어왔던 속내를 듣고 그녀가 실망하여 떠날까 봐 두려웠다. 이 모든 걸 잘 포장해서 말한다면 조금 더 이해해 줄 수도 있지 않을까? 혹 자신의 뜻을 이루고자 하는 것이 시녕을 힘들게 할 거라면 이쯤에서 갈라서는 게 서로를 위한 길이 아닐까? 그녀를 잃을까 두려웠다.

"나는 지난날 평양성에 있었던 시절처럼 나의 가문을 다시 일으키고 싶어."

대걸걸중상이 나지막하게 말하자 시녕이 그의 얼굴을 빤히 쳐다보았다. 대걸걸중상이 침을 한 번 삼킨 후 말을 이었다.

"아버지가 대막리지에 의해 쫓겨나셔서 속말수로 갔을 때, 우리 가족의 고통은 상상을 초월했어. 평양에서 귀한 대접을 받으며 살았던 우리가 흙탕물을 마시고 지독한 배앓이에 시달리고, 말똥 냄새가 나는 짚단에 누워 자야 했지. 그 고통을 못 이긴 어머니가 세상을 떠나셨고, 많은 혈족이 제대로 적응하지 못하고 세상을 등졌어. 내 아버지는 영양태왕의 후손이심에도 불구하고 벼슬 하나 없이 말갈군을 뒤치다꺼리하며 버티셨어. 그때 다짐했지. 어떻게든 평양으로 돌아가 고구려 최고의 자리에 오르겠다고. 그리고 뜻을 이루기 위해서 허리는 유연할수록 좋다는 것도 배웠어. 나는 말이야. 그 어떤 어려운 일도 모두 해내는 힘을 가지리라 맹세했어. 고구려 최고의 사내가 되기 위해, 고구려 최고의 가문을 만들기 위해서 말이야."

"큰 뜻을 품고 있었구나. 혹시 그 여정에 내 자리도 있니?"

대걸걸중상은 이 여자야말로 자신과 평생을 함께할 사람이란 걸 깨달았다.

"녕, 우리 혼인하자."

대걸걸중상은 시녕을 끌어안은 채 그녀의 왼쪽 귀에다 속삭였다. 시녕의 얼굴이 붉어지더니 이내 미소를 지었다.

얼마 후, 한 쌍의 남녀가 혼례를 올렸다. 대걸걸중상과 시녕의 혼인이었다. 젊은 두 남녀의 결혼에 안시의 장수들도, 군사들도 축하를 해주었다. 대걸걸중상의 아버지 대문과 시녕의 아버지 시대호는 흐뭇하게 그 광경을 지켜보았다.

"참 좋은 사돈들이 되었구려."

안시성주 양만춘이 대문과 시대호에게 말했다.

"고맙습니다, 성주님."

두 사람이 정중히 예를 표하자, 고돌발이 손뼉을 치며 기쁜 목소리를 냈다.

"이런 경사가 또 어디 있겠소! 하하하!"

"모두가 잘 보살펴주신 덕이지요."

시대호가 겸손한 어조로 말했다.

이로써 대걸걸중상과 시녕은 완전한 부부가 되었고 두 사람의 결혼 생활이 시작됐다. 몇 달 후, 시녕은 잠이 들었는데 꿈속에서 북두칠성이 나타났고 그 속에서 피어오른 자줏빛 안개를 자신이 삼키는 것이었다. 그 꿈을 꾼 지 얼마 되지 않아 시녕은 아이를 가졌음을 알게 되었다. 다시 몇 달이 지나 아이가 태어났고 부부는 아이의 이름을 '조영祚榮'이라 지었다.

"꿈속에서 부인이 북두칠성에서 나온 자줏빛 안개를 삼켰으니 이는 북두칠성의 정기를 삼킨 것이오. 하늘이 내린 큰 뜻이 있는 상서로운 징조이니 크고 복된 삶을 살라는 의미로 아이의 이름을 대조영大祚榮이라 짓고 싶소."

대걸걸중상이 아이를 보며 흐뭇해했다.

몇 해가 흐른 후, 걸걸중상과 시녕이 둘째 아들을 낳으니 그 아이의 이름은 대야발大野勃이었다. 대조영, 대야발 형제는 대걸걸중상과 시녕의 손에서 무럭무럭 자라났다.

제 9 장

황산 전투

 이세민의 뒤를 이어 당의 황제가 된 이치는 아버지의 원수를 갚고, 대외적인 국가 팽창을 위해 정복 전쟁을 선언했다. 그는 이세민의 유언을 어겨가며 고구려 침공을 진행했는데, 아버지와는 다른 전략을 택했다. 이세민은 대규모 병력으로 전면전을 진행했었다. 반면에, 이치는 지속적인 국지전으로 고구려의 국력을 소모하게 만들어, 힘이 빠졌을 때 일격을 가하는 장기전을 택했다. 그 전략의 일환으로 659년, 당은 설례를 출병시켜 고구려를 침공했다. 이에 고구려 평양에서는 대응책을 의논하는 회의가 펼쳐졌다.
 "이번 전투에 소장이 직접 나가 적을 맞아 무찌르겠사옵니다."

장군 온사문이 앞에 나서며 말했다. 이에 보장태왕寶藏太王은 활짝 웃었다.

"오오! 온사문 장군! 좋소, 군사를 이끌고 나가 적을 맞아 싸우시오!"

보장태왕은 기뻐하며 말했지만, 신하 중 부가변富加卞이 반대하며 나섰다.

"폐하, 적장 설인귀는 지략과 무예가 출중한 당의 명장이옵니다. 온사문 장군은 성격이 저돌적이라 적임이 아닌 것으로 사료되옵니다."

"신 선도해先道解의 생각도 같사옵니다."

대신 선도해도 나서며 반대했다. 그 말을 들은 온사문이 역정을 냈다.

"이보시오! 그대들은 나를 어찌 그리 보신단 말씀이오? 내 비록 성정이 급한 면이 있으나 당의 졸장 따위에게 질 성싶소이까?"

그러자 연개소문이 온사문을 깔보는 듯한 목소리로 말했다.

"설인귀는 그대 생각처럼 만만한 자가 아니야. 지난 요동 침공 때 설인귀의 활약을 그대도 보지 않았는가?"

"대막리지 각하, 너무하시옵니다!"

이어 온사문은 보장태왕을 보며 간청했다.

"폐하, 소장이 이번 싸움에서 진다면 죽음으로써 그 죄를 대신할 것이오니 제발 허락하여 주시옵소서!"

온사문의 간청에 보장태왕이 윤허했다.

"이렇게까지 간청을 하는데 한 번 온사문 장군을 믿어봅시다."

"망극하옵니다, 폐하! 소장, 이번 기회에 대고려의 위상을 높여 보겠사옵니다!"

659년 11월, 온사문은 뇌음신惱音信과 고리운高利雲을 부장으로 삼아 군을 이끌고 설례가 진격해 오는 횡산橫山으로 나갔다.

"장군, 어디에 진영을 세울 작정이옵니까?"

부장 고리운이 온사문에게 물었다.

"강을 배후에 두고 배수진을 칠 것이다."

온사문이 대답했다. 그 말에 뇌음신이 반대했다.

"그것은 불가합니다. 배수진이라니요! 너무나 위험한 결정입니다!"

"아니다! 죽기를 각오하고 싸운다면 싸움에서 지지 않을 것이네. 이번 전투 때, 나는 반드시 고려의 위상을 올리고 내 가문의 명예를 드높일 것이다! 만약 그리하지 못한다면 나는 이 횡산에서 죽을 것이다!"

온사문이 결연에 찬 목소리로 말했다. 뇌음신은 고개를 저으며 말했다.

"장군, 아무리 그래도 안 됩니다. 제발 재고하십시오!"

고리운 역시 온사문을 말리기 위해 간곡하게 말했다.

"장군, 배수진이 아니어도 이기는 길은 있습니다. 다른 전략을 구축하십시오."

"그만하게! 내게 모든 결정권이 있다. 이 전투의 총지휘관은 나란 말이다. 그러니 두 부장은 그만하라."

결국 온사문은 횡산의 강을 뒤로 둔 채, 배수진을 쳤다.

뇌음신의 군막 안에서는 뇌음신과 고리운이 온사문의 결정에 대해 불만을 늘어놓고 있었다.

"적은 우리보다 수가 많소이다. 이렇게 배수진을 쳐서 죽기를 각오하고 싸운다 한들, 이긴다는 보장이 있겠소?"

고리운이 먼저 입을 열어 말했다. 이에 뇌음신이 고개를 끄덕이며 대꾸했다.

"그러게 말이오. 설인귀는 당의 명장이오. 우리가 배수진을 치고 있으면 분명 무슨 계략을 꾸밀 게 분명하오."

"온 장군에게 다시 재고를 요청해야 하는 것이 아니오?"

뇌음신은 고개를 가로저었다.

"들어줄 것 같소? 말해봐야 소용없을 것이오."

"하지만 이대로 대안도 없이 전투를 치를 수는 없소이다. 내가 가서 다시 말해보겠소."

고리운은 온사문을 찾아가 진지를 옮기자고 다시 건의했으나 온사문은 역시나 화를 내며 말했다.

"그대는 어찌 내 계획에 일일이 토를 다는가? 장수가 그런 행동을 보이면 병사들의 사기에 영향을 미치는 것을 모르는가! 썩 물러가게!"

온사문은 단호했다. 배수진으로, 죽기로 싸우는 계획밖에 없는 듯했다. 고리운은 별수 없이 밖으로 나왔다.

"아, 용맹은 뛰어나지만, 지혜가 없으니…!"

고리운은 밖을 나서며 한탄했다. 고리운이 나가자, 온사문은 한숨을 쉬었다. 온사문이 이렇게까지 고집을 부리는 이유가 있었다. 이세민이 죽은 후, 그 뒤를 이은 이치는 노골적인 국지전을 통해 고구려의 국력을 지치게 했다. 고구려 군사들은 지속된 전투로 지쳤고 싸움을 피하고 싶어 했다. 온사문은 이런 상황에서 군사들이 도망치지 못하도록 강경한 전략을 써야 한다고 판단했다. 그래서 배수진을 택한 것이었다. 온사문의 입장에서는 군사들이 뒤로 물러나면 죽음밖에 없다는 공포심리를 이용해 적을 치고 나가도록 만들고자 한 것이다.

당군의 진영에서는 설례가 온사문의 배수진 소식을 듣고 크게 비웃었다.

"온사문이란 놈이 강을 등지고 배수진을 쳤다? 으하하하!"

"장군, 뭐가 그리 즐거우십니까?"

설례의 부장 주청周靑이 물었다.

"잘 봐라. 지금 바람이 어디로 부느냐? 저놈들 진영 쪽으로 불고 있지 않느냐. 게다가 날씨가 추워지면서 땅도 건조하다. 이럴 때는 어떻게 해야겠느냐?"

"화공입니다."

"그래그래! 역시 주청이구먼! 허허허! 주청, 화공 준비를 하라고 일러라!"

"예, 장군."

주청이 즉시 군사들에게 화공 준비를 시켰다.

고구려 진영에서는 고리운이 홀로 막사 안에 앉아 고민하고 있었다.

'날씨는 춥고 건조하다. 바람은 이리로 불고, 적이 화공을 쓰면 우리는 전멸을 면치 못한다. 그래, 한 번만 더 장군께 말씀드려보자.'

고리운은 다시 온사문에게 갔다. 고리운이 오자 온사문은 영 불쾌한 표정을 지으며 말했다.

"또 무슨 일인가?"

"장군께 아뢰겠습니다. 지금 날씨는 춥고 건조하며, 바람은 우리 진영으로 불고 있어 적이 화공을 쓰면 우리는 전멸을 면치 못합니다. 진영을 옮겨주소서!"

그러자 온사문이 화를 내며 탁자를 쾅 쳤다.

"적이 화공을 쓴다는 보장도 없는데 혼자 그런 과한 생각을 한다니!"

"장군께서 진영을 옮기지 않으실 것이라면 소장 휘하의 군사들이라도 다른 곳에 진을 옮겨 대비할 수 있도록 해주십시오!"

고리운이 무릎을 꿇고 간절히 청했다. 온사문은 잠시 말없이 생각하더니 이내 고리운에게 말했다.

"그렇다면 고리운 부장만 휘하 장졸들을 데리고 다른 곳에 진을 쳐보게."

고리운은 물러난 뒤, 밤을 틈타 자기 병사들만 이끌고 강에서 벗어나 야산에 진을 쳤다. 혹시 설례가 화공을 쓴다면 당군의 옆구리를 찌르기 위해서였다.

다음 날, 설례는 부장들과 말을 타고 적진을 살펴보았다. 온사문의 군사들이 강물을 퍼담아 모으는 게 보였다.

"저것들이 뭘 하는 거지?"

설례의 말에 주청이 답했다.

"방화수를 모으는 게 아닐까요?"

"뭣이? 놈이 화공을 예견한 것인가?"

설례가 깜짝 놀란 얼굴을 했다. 그의 말대로 온사문은 고리운의 말을 되짚어 보며 혹시 모를 화공에 대비해 방화수를 준비하도록 군사들에게 일렀다. 온사문은 이 정도 대비면 충분히 불길을 잡을 수 있을 거라 여겼다.

주청이 설례를 안심시키며 말했다.

"그렇다면 오늘 밤, 불을 놓으시지요. 지금이 적기입니다. 바람의 방향 때문에 방화수가 있다고 한들 크게 효력을 보지 못할 것입니다."

주청의 말에 설례가 고개를 끄덕이며 기분 좋게 말했다.

"암! 그래야지! 싸움을 길게 끌 필요는 없지."

그날 밤 설례의 군사들이 온사문의 진영 앞에 불을 질렀다. 건조한 날씨와 바람으로 인해 불길은 순식간에 온사문의 진영을 태워버렸다. 당황한 고구려 병사들은 비명을 지르며 달아나 강에 빠져 죽거나 불에 타 죽었다. 방화수를 사용했지만 바람이 거세 무용지물이었다.

"으하하! 고구려 놈들! 지금까지 우릴 괴롭혔으니, 네놈들도 한번 당해보거라! 하하하!"

설례가 불길을 보며 마구 웃어댔다.

한편, 온사문은 불길이 올라 진영이 불타고 군사들이 죽어가자, 고리운의 말을 듣지 않은 것을 후회했다.

"이럴 수가! 고리운의 말이 맞았구나. 방화수로는 어림없구나……."

"장군, 불길이 진영을 포위해버려 도무지 달아날 방도가 없습니다!"

부장 뇌음신이 달려와 보고했다.

"아아!"

온사문은 어안이 벙벙해졌다. 자신의 휘하 군사들이 불길 속에서 모두 처절한 비명을 지르며 쓰러져갔다. 온사문은 간신히 이성의 끈을 잡으며 외쳤다.

"불길에 휩쓸리지 않은 자들은 강물을 퍼서 불을 끄게 하라! 어서!"

"예, 알겠습니다!"

뇌음신이 멀쩡한 군사들을 데리고 불을 끄기 위해 나섰다. 그러나 불길은 거세게 빠른 속도로 그들의 숨통을 죄고 있었다.

그때, 설례가 궁수들을 배치했다.

"화살을 날려라! 모두 쏴 죽여버려라!"

당나라 궁수들의 활에서 일제히 화살이 날아갔다. 불길 속에 갇힌 고구려군은 속수무책으로 화살을 맞아 죽어 나갔다.

"우욱! 이럴 수가! 어찌하여!"

온사문은 이를 갈았다.

그 순간, 화살 하나가 날아와 온사문의 왼쪽 가슴을 뚫었다. 설례가 멀리서 온사문을 알아보고 조준하여 날린 화살이었다.

"억!"

온사문은 그대로 고꾸라졌다. 온사문이 죽자, 고구려군은 아수라장이 되었다. 뇌음신 또한 갈피를 잡지 못하고 죽음을 각오했다. 이때, 야산에서 한 무리의 고구려군이 달려 나와 당군을 급습했다. 예상치 못한 기습에 당황한 당군은 우왕좌왕했다.

"이게 뭐야? 저놈들은 대체 뭐야?"

설례도 어리둥절 어찌할 바를 몰랐다.

간밤에 진영을 옮겼던 고리운의 부대였다.

"당나라 놈들을 모조리 격파하라!"

고리운이 큰 소리로 명령했고 그의 부하들이 당군에게 달려들었다.

"대체 이게 무슨 일이야! 저놈들을 막아라! 어서!"

설례가 고함쳤다.

일대 격전이 벌어졌다. 그렇게 아침이 밝았다. 불길에 갇혔던 온사문과 뇌음신의 병사들은 거의 다 전멸하였고, 온사문은 시체로 발견되었다. 뇌음신은 간신히 목숨만 건진 채 만신창이가 되어 있었다. 그리고 예상치 못한 기습에 당군도 적지 않은 피해를 보아 진을 물린 상태였다.

"이런 이런! 다 이긴 싸움에 그 웬 놈들이 튀어나온 게야!"

설례가 투덜거렸다. 그러자 주청이 말했다.

"사로잡은 고구려 병사들의 말에 의하면 야음에 인근 야산으로 진영을 옮긴 고리운이라는 자의 병사들이었다고 합니다."

"대체 이게 뭐야! 온사문을 맞힌 거는 분명한데 그놈의 수급도 자르지 못하고 이렇게 도망쳐오다니! 아, 이런! 어쩔 수 없다. 군사 손실 때문에 더 이상의 진격은 무리다! 철수하라! 철수!"

설례가 이끄는 군대는 당으로 철수했다.

고구려군도 귀환했다. 보장태왕은 온사문의 죽음을 안타까워하면서도 고리운의 공적을 인정하여 마침 공석이 된 요동성주 자리에 임명하였다.

제 1 0 장

연개소문의 최후

660년, 백제가 멸망했다. 한때 강국으로 불렸던 백제는 당과 신라의 공격에 사직의 문을 닫고 말았다. 백제가 멸망한 후, 661년에 당의 장수 소열蘇烈[13]은 패강[14]을 거슬러 올라와서는 고구려의 평양 앞까지 나타나 주둔하기에 이르렀다. 이때, 당에서 보낸 계필하력契苾何力의 군대가 출진하여 고구려의 북쪽을 공격하기 시작했다. 이에 고구려 조정에서도 이를 막을 장수로 연개소문의 장남 연남생淵男生을 파견하였고 연남생은 압

---
13) 소열의 자(字)는 정방(定方)으로 일명 '소정방'으로 불린다.
14) 대동강.

수를 사이에 두고 계필하력의 군대와 대치하였다.

그리하여 압수에서는 화살이 빗발치고 대접전이 벌어졌다.

"공격하라!"

연남생이 이끄는 고구려군에 의해 당의 계필하력이 이끄는 군대는 산산이 깨어져 압수 밖으로 물러났다. 압수에서의 첫 번째 전투는 고구려의 승리로 돌아간 것이었다.

계필하력은 전투에서 패해 노하여 투덜댔다.

"이 무슨 참패인가? 우리가 평양성 앞까지 다가간 소정방과 빨리 힘을 합쳐야 저 평양성을 함락시킬 수 있어!"

"빨리 가야 하오. 우리에게 식량 사정이 여의치 않소."

부여도행군대총관 소사업蕭嗣業이 말했다.

"하지만 저렇게 고구려 놈들이 막고 있는데 무슨 수로 이 압수를 건넌단 말인가!"

"날씨가 추워지면서 이 압수 강물이 얼기 시작했소. 사람이 건널 수 있을 만큼 언 곳으로 병사들을 건너게 하여 양옆에서 기습전을 펼칩시다."

소사업의 말에 계필하력이 무릎을 탁 쳤다.

"오, 그게 좋겠소이다."

당나라군은 얼음이 언 곳을 찾아 압수를 건넜다. 그리고는 고구려군을 포위하며 진격했다. 마침내 당군은 양옆과 정면, 세 방향에서 연남생이 이끄는 고구려군을 공격하였고, 연남생은 대패하여 도주하였다. 계필하력의 군대는 거침없이 고구려 영토 안을 진격해 들어와 평양성 밖에 주둔하고 있던 소열의 부대와 합류했다. 평양성은 함락되기 일보 직전인 절체절명의 위기를 맞았다. 이때, 폭설이 내리면서 당군은 군량 조달 불가의 위기에 처하여 전투 불능 상태에 빠졌다. 그리하여 당에서는 좌효위대장군 방효태龐孝泰에게 10만 대군을 주어 평양으로 진격하게 하였고, 신라에 군량미 조달을 요청, 신라의 김유신金庾信이 직접 군량미 조달에 나섰다. 방효태는 패강의 상류인 사수를 건너 평양성의 동쪽을 향해 진격했다.

"사수로 적들이 온다면 수월하게 모조리 격파할 수 있을 것이다."

대막리지 연개소문이 평양에서 장수들과 모여 의논하는 과정에서 자신의 계획을 피력했다.

"각하, 대체 어찌할 생각이옵니까?"

대형大兄 벼슬에 있는 검모잠劍牟岑이 물었다.

"별동대 3만과 발석거를 준비해 주시게. 그리고 동문으로 나가 사수로 갈 것이야. 사수로 오는 방효태의 10만 대군을 모조리 사수 강물에 처넣을 걸세."

연개소문이 이끄는 별동대 3만이 즉시 눈보라를 헤치고 사수를 향해 달려갔다. 한편, 방효태가 사수에 도착하자 강폭이 좁고, 강물이 얼어 있었다.

"모두 배에서 내려라. 빨리 평양성을 함락시켜야 한다."

방효태와 그의 아들 13명, 10만의 당군이 사수의 얼음 위에 내렸다.

 이때, 연개소문의 별동대는 방효태가 들어올 길목 양옆에 매복하고 있었다.

 "돌을 날려라!"

 연개소문의 명령과 함께 발석거에서 거대한 바위가 날아가 사수 얼음판을 깨뜨렸다.

 쾅! 얼음판이 박살 나면서 당병들은 차가운 사수 강물에 빠지고 돌에 맞아 흰 눈에 붉은 피를 뿌리며 쓰러져갔다.

 "상륙을 중지하고, 배에 올라라!"

 방효태가 필사적으로 소리쳤다.

 돌과 함께 날아온 화살에 방효태는 그의 13명 아들들과 전사하고 10만 당군은 모조리 궤멸당하고 말았다.

 이 상황은 평양 앞에 주둔하고 있던 소열의 진영에 급보가 되어 도착했다.

 "아룁니다! 사수로 진격했던 방효태 장군의 10만 대군이 연개소문의 기습공격에 모조리 전멸을 당했습니다!"

 "뭣이? 방효태 장군은 어찌 되었느냐?"

 "전사하셨습니다."

 "이럴 수가!"

 보고를 들은 소열은 눈을 크게 뜬 채 어안이 벙벙해져 꼼짝을 못 했다.

 "큰일 났소! 군량은 없고, 눈보라는 거세지니 이래서는 도저히 저 평양을 빼앗을 수가 없소."

계필하력이 불안함에 찬 목소리로 말했고, 이어 소사업이 한탄스럽게 말했다.

"이를 어쩌면 좋습니까?!"

"별수 없소. 이대로는 우리 또한 전멸을 당할 것이오. 신라군에게서 군량을 조달받는 대로 즉시 퇴각할 것이오."

소열이 무거운 얼굴을 하며 끝내 고개를 떨구었다.

얼마 후, 신라의 김유신에 의해 군량을 조달받은 소열은 군사들을 이끌고 물러갔다. 이렇게 당의 2차 침입도 끝이 났다.

전쟁이 끝난 후, 고구려에서는 무거운 일이 생겼다. 전투의 피로와 여러 국정 탓에 심신이 지친 연개소문이 몸져누운 것이다. 그의 나이 이미 쉰을 넘긴 터라 쉽게 몸을 회복하지 못했다.

"형님, 이제 무리하지 마시고 쉬십시오. 국사는 제가 잘 처리하겠습니다."

연개소문의 동생 연정토淵淨土가 무리하게 국정 일을 보려는 연개소문을 말렸지만, 연개소문은 그 말을 듣지 않았다.

"아니야. 대막리지인 내가 직접 가야 해."

연개소문은 병중의 몸으로도 입성해 나랏일을 돌보곤 했다. 그것은 자신이 건재하다는 것을 조정 대신들에게 보이기 위함이기도 했다. 그러나 아무리 연개소문이라도 체력의 한계는 찾아오는 법이었다. 누적된 피로로 연개소문은 식은땀을 흘리며 자리에서 일어나지 못했다.

"아버지, 어서 기운을 차리소서!"

연개소문의 세 아들 연남생, 연남건淵男建, 연남산淵男産이 병상에 누운 연개소문을 보며 안타깝게 말했다.

"난 평생을 조국 고려를 위해 살아왔지. 불과 열다섯의 나이로 조정에 출사한 후, 당나라에 굽실대려던 고건무高建武[15]와 신하들을 척살했어. 그리고 서토[16]로 쳐들어가 이세민의 간담을 서늘케 했었다. 참 꿈같은 시간이었구나. 말을 타고 광활한 벌판을 달리던 젊은 시절이 그리워."

연개소문이 아련한 옛 추억을 떠올리며 희미한 미소를 지었다.

"너희 형제는 절대 싸우지 말고 함께 힘을 합쳐 이 나라를 지켜나가라. 절대 서로 간의 싸움이 있어서는 안 될 것이다."

연개소문이 세 아들을 보며 말을 잇자, 세 아들은 슬픈 눈을 하며 대답했다.

"명심하겠습니다, 아버지."

"인생 한번 짧구나. 숨 가쁘게 살다 보니 어느새 죽을 때가 오다니……."

연개소문은 그렇게 숨을 거두었다. 영류태왕과 180여 명의 신하들을 죽이고, 보장태왕을 옹립한 후, 여러 차례 당의 침공

---

15) 영류태왕의 본명.
16) 중국 땅.

을 막아내고, 당을 위협했던 고구려 대막리지 연개소문의 죽음이었다.

안시에서는 대조영이 수련장에서 무예를 연마하고 있었다. 대조영은 하급 무장의 직책을 받아 안시에서 활동했다.
"이보게, 조영!"
누군가 달려와 대조영을 불렀다. 대조영과 비슷한 또래의 그는 양만춘의 조카 양거의 아들 양천필楊千弼이었다.
"오, 천필이 아닌가?"
"급한 보고가 들어왔다네."
"급한 보고라구?"
"대막리지 각하께서 숨을 거두셨다고 하네."
놀란 대조영이 양천필을 보며 물었다.
"무어라? 하면 누가 그 뒤를 잇는다고 하던가?"
양천필이 대답했다.
"장남 연남생이 뒤를 잇는다고 하더군."
그 말을 들은 대조영의 눈빛이 불안하게 흔들렸다.

제11장

촛불과 그림자

촛불이 그림자를 밝혔다. 네 사내의 얼굴에는 수심이 드리웠다. 대문과 대걸걸중상, 그리고 대조영과 대야발, 네 사람은 거울처럼 서로를 바라보고 있었다.

누구도 먼저 입을 열 수 없었다. 그들은 자신들이 어떤 목표를 위해 살아왔는지를 잘 알았다. 그리고 그 목표를 위해 이제껏 모든 것을 감내하며 살아왔다. 목표를 위해 희생도 마다하지 않았다. 그리하여 사람들의 마음을 얻고, 과거의 실수를 만회하는 데 성공했다. 이제 남은 것은 그 목표를 이룰 수 있도록 지원사격을 해줄 거물의 결정만 남아 있었다. 그런데 그런 거물이 사라졌다. 이 상황에서 누가 먼저 감히 말을 함부로 할 수 있으랴. 살얼음 같은 적막도 한참, 먼저 입을 뗀 것은 대문이었다.

"대막리지께서 운명하셨으니, 우리 가문의 행보도 바꿔야 한다."

그 말에 다들 대꾸가 없었다. 또다시 적막이 흘렀다. 잠시 눈을 지그시 감고 있던 대걸걸중상이 한숨을 한 번 내쉬고는 불만스럽게 말했다.

"안시에 있은 지 스무 해가 넘었습니다. 안시성 싸움 이후 계속 당의 침입으로 소모전을 하느라 평양으로 가지 못한 채 한 해 한 해 희망만 품다 시간이 흘렀습니다. 내년이면 대막리지께서 불러 주시겠지, 올해는 평양으로 가겠지, 한 게 스무 해란 말입니다."

대씨 가문은 평양에 입성하고 싶다는 뜻을 지속적으로 연개소문에게 내비쳤다. 하지만 계속된 당과의 국지전으로 인해 그 시일이 한정 없이 미뤄졌다. 특히 지난 박작성 전투에서 성주 소부손이 전사하고 수만의 군사들이 죽는 바람에 그 일대를 정비할 인력이 절실하여 계속 미뤄질 수밖에 없었다. 그러고서 긴 기다림 끝에 결국 맞닥뜨린 것은 연개소문의 죽음이었다.

"목소리를 낮춰라. 난 오히려 잘된 건지도 모르겠다는 생각이 든다."

대문이 대걸걸중상에게 주의를 주자, 대걸걸중상의 눈썹이 꿈틀거렸다.

"잘된 것이라뇨?"

대걸걸중상은 이해가 되지 않는다는 표정을 보였지만, 대문의 얼굴은 여유가 있었다.

"최고 권력자가 죽었다. 지금 평양성이 어떻게 되어가겠느냐?"

"……."

"하나의 큰 기둥이 무너지면 그 아래엔 깊이를 알 수 없는 큰 구멍이 생긴다. 우리가 거기에 빠지지 않으리란 보장이 있느냐?"

대문의 말을 이해하면서도 대걸걸중상은 답답한 듯 말했다.

"하지만 언제까지 여기에 있어야 합니까?"

"우리가 스무 해 동안 여기 있을 때 무엇을 해야 한다고 일렀더냐?"

대문이 서릿발같이 물어오자, 대걸걸중상은 잠시 주춤한 뒤, 대답했다.

"인심을 얻으라 하셨습니다."

"그렇다. 우리가 비록 평양이 아닌, 변방의 작은 성에 있더라도 이곳 사람들의 인심을 얻어 두어야 한다. 그래야 어떠한 소요가 발생해도 그것이 큰 힘을 발휘한다. 지금, 이 일대에서 우리 가족의 입지가 얼마나 공고히 다져졌는지 너도 보고 있지 않느냐? 평양이 아니라면 이 요동 땅에서라도 우리의 힘을 확실히 갖고 있어야 한다. 그래야 이 나라 전체를 아우르는 힘이 생겨. 여기서 힘이 있어야 평양에 가더라도 우리를 뒤에서 밀어줄 힘이 존재하게 된다는 말이다."

대문의 말에 대걸걸중상은 수긍하며 고개를 끄덕였다. 이어 대문이 대조영과 대야발을 보며 말했다.

"조영과 야발, 너희도 내가 말한 것처럼 절대 사람들의 신망을 잃어서는 안 된다. 그런 짓은 절대 하면 안 돼. 알겠느냐?"

"예."

손자들의 대답을 들은 대문은 지난 일을 회상했다. 연개소문의 부친이었던 막리지 연태조淵太祚가 사망했을 때, 귀족들과 대신들은 연개소문의 작위 세습을 반대했다. 그러자 연개소문은 자신을 반대하는 사람들을 하나하나 찾아가 연신 허리 숙여 부탁하고, 안 될 때는 무릎 꿇고 조아리며 빌었다.

"제가 만약 조금이라도 잘못한다면 대인에게 목숨을 내놓겠습니다!"

연개소문의 그 간절한 청에 결국 그를 반대하던 이들도 그에게 기회를 주었다. 목표를 위해서라면 자존심을 내던질 수 있는 모습이었다. 하지만 작위를 이은 연개소문은 풍파를 갖고 왔다. 당시 국왕이던 영류태왕과 대당 노선이 달랐기 때문이었다. 영류태왕과 그 측근들은 은밀히 연개소문을 죽이고자 했다. 대문에게도 동참하라는 영류태왕의 밀교가 있었으나 대문은 연개소문의 의견에도 일리가 있다고 생각했다. 당나라와 화친한다는 명목으로 승전기념물을 철거하고 군사 기밀이 유출되는 상황이 발생하는 것은 국가가 크게 위태로워질 수 있는 일이었다.

대문은 조정 회의 때 연개소문의 의견에도 귀를 기울여야 한다고 태왕에게 말했으나 태왕은 같은 일족이 되어 어찌 연개소문의 편을 드느냐고 면박을 주었다. 그리고 연개소문을 죽이자는 밀지에 서명을 강요했다. 하지만 암살에는 끝내 동참할 수 없었던 대문은 연개소문 암살에 마지못해 동의했지만, 몸이 아프다는 핑계로 암살 모의에 적극적으로 가담하지 않았다. 그 덕에 대문은 목숨을 구할 수 있었다. 암살 모의는 사전에 유출되었고 연개소문의 역공으로 영류태왕을 비롯한 수많은 신하가 참살당했다.

목숨을 보전받은 대문은 거친 유목의 땅으로 가야 했다. 그곳 생활에 적응하는 과정에서 가족들이 죽었고, 풍토병에 시달려야 했다. 대문은 결심했다. 자신이 언젠가 다시 평양에 입성하면, 지존의 자리까지 넘보아야겠다고. 연개소문은 최고 권력자가 되었지만, 왕실의 피가 섞여 있지 않았기에 그는 왕위를 함부로 넘볼 수 없었다. 하지만 대문은 달랐다. 엄연히 영양태왕의 피가 흐르고 있었다. 자신이 연개소문처럼 사람들에게 허리 숙여 그들의 마음을 확실하게 사로잡고, 권력을 차츰 확장하여 일격에 일어선다면 최고의 자리는 그리 어려운 일도 아닐 것이었다. 성이 대씨라서? 이미 과거 고구려에서 고씨와 해씨가 왕위를 나눠 이은 적이 있었다. 아니, 고구려를 건국한 추모성왕도 본래는 해씨였다.

해모수解慕漱의 아들이었던 추모성왕은 부여에서 탈출한 뒤, 홀본에 정착했다. 그리고 그곳의 최고 권력자 연타발延陀勃의 딸 소서노召西奴와 결혼하면서, 해씨를 버리고 고씨를 택했다. 하지만 정작 추모성왕의 아들이었던 유리명왕琉璃明王은 해씨를 선택했다. 그렇게 해씨 왕들이 왕위를 이어가던 중, 국조태왕國祖太王[17]에 이르러 다시 고씨가 왕을 했다. 고씨가 비록 오랫동안 왕을 하고 있지만, 다시 성이 바뀌지 말란 법이 있다던가? 이웃 나라 신라는 박씨, 석씨, 김씨가 번갈아 가면서 왕이 되는 마당에 대씨라고 왕이 되지 말란 법이 있으랴.

'신라에서는 여자도 왕위를 잇는다. 고려라고 해서 왕위에 새로운 바람이 불지 않는다는 보장이 어디 있는가.'

영양태왕의 부친이었던 평원태왕平原太王은 신흥 친위 세력 구축을 위해 미약한 가문 출신이던 온달溫達을 부마[18]로 삼았다. 당시로서는 파격적인 행보였다. 그래서 왕실 내에서는 평원태왕이 부마에게 왕위를 주려는 게 아닌가 하는 과장된 소문이 돌기도 했다. 물론 온달은 처신을 잘했고, 영양태왕이 즉위했을 때 스스로 가장 위험한 전선으로 출진했다가 결국 죽었지만······.

그래서 대문은 아들은 물론, 손자들에게까지 철저한 지도자 교육을 했다. 사람을 모으고 다스리는 방법을 가르쳐 만약 자신이 지존이 되지 못하면 후손이라도 반드시 왕으로 만들고 말겠다고 다짐했다.

---

17) 고구려 제6대 국왕 태조대왕(太祖大王)을 일컫는다.
18) 왕의 사위.

이제 연개소문에게 기대할 수 있는 시간은 지났다. 상황을 다시 봐야 했다. 대문은 지금은 평양보다는 오히려 요동 전선에 있는 것이 훨씬 안정적이라 판단했다. 최고 권력자의 죽음, 그것은 또 다른 폭풍을 몰고 올 것이 자명했기 때문이다.

제 1 2 장

고구려의 내분

평양 안학궁에서 보장태왕과 태자 고복남은 마주 앉아 차를 마시며 담소를 나누고 있었다.

"폐하, 연남생이 대막리지에 올랐으나 소자는 걱정이 앞서 옵니다."

태자 고복남高福男의 말에 보장태왕은 의아한 눈빛을 보였다.

"태자, 무슨 걱정이 있다는 게냐?"

"연남생에게는 두 동생이 있습니다. 이들 또한 지기를 싫어 하는 강인한 성품으로 연개소문 대막리지를 꼭 빼닮았사옵니 다. 혹시 이들끼리 싸워 나라가 흔들릴 것이 걱정입니다.

"그렇긴 하다만 이들도 나라에 대한 충심은 누구보다 깊으니 걱정할 것 없을 거다."

보장태왕이 별것 아니라는 듯 웃으며 답했다. 그때, 밖에서 내관이 고했다.

"폐하, 공주들이 들었사옵니다."

"오, 어서 들라 해라."

보장태왕의 거소로 네 명의 공주들이 들어왔다. 첫째 공주 고현高泫, 둘째 공주 고나高娜, 셋째 공주 고희高喜, 넷째 공주 고소옥高少玉이었다.

"폐하, 소녀들이 문후 올리옵나이다."

첫째 공주의 인사에 보장태왕이 사람 좋은 낯으로 웃었다.

"어서 오거라. 태자와 담화 중이었다."

"폐하, 태자 전하와 무슨 말씀을 나누셨습니까?"

고현이 물었다.

"그냥 연개소문 대막리지가 죽은 후, 그의 아들들에 관한 이야기를 나누었다."

"폐하, 소녀의 생각으로는 연씨 삼 형제는 화합하지 못할 것이옵니다."

둘째 공주 고나의 말에 주변 사람들의 눈빛이 모두 그녀에게 쏠렸다.

"그게 무슨 말이더냐?"

보장태왕이 의아한 눈으로 고나를 바라보았다.

"연남생의 경우에는 성품이 냉정한 면이 있으나 온화하여 주위 사람들의 분노를 살 행동은 하지 않사옵니다. 하오나 연남건의 경우는 그 아비의 급한 성격을 물려받은 탓인지 매사에 급하며, 깊이 생각할 줄을 모르옵니다. 게다가 연남건은 연남생에 비해 욕심이 많은 야심가이옵니다. 형의 빈틈을 노려 형을 궁지에 몰아넣을지도 모르옵니다."

고나가 조리 있게 말하자 고현도 덧붙였다.

"소녀의 생각도 같사옵니다. 궁궐을 다니면서 쭉 보아왔는데 연남건은 궁궐을 다니면서 신료들에게 자신이 연개소문 대막리지의 후계자가 될 것이라는 말을 은근히 하고 다녔사옵니다."

"소녀의 생각도 마찬가지이옵니다."

고소옥도 나서서 동조하자 보장태왕은 다소 심각한 표정을 지었다.

"허허, 공주들이 어찌 이렇게까지 말한단 말인가!"

"폐하, 이 태자의 생각도 공주들과 같사옵니다. 연남건은 반드시 나라의 화를 불러일으킬 것이옵니다. 그자는 너무 호전적이옵니다."

태자 고복남이 말하자 보장태왕의 표정이 굳어지며 한숨을 내쉬었다.

"어허! 연개소문 대막리지가 죽으니 갑자기 이런 소문이라… 내가 연씨 삼 형제를 제대로 알지 못했던가?"

연남생은 나라의 형편을 알리기 위한 순시를 위해 고구려 각지의 성을 둘러볼 작정이었다. 그는 두 동생 연남건과 연남산을 불러 일렀다.

"내가 전국을 다니는 동안, 평양성은 아우들이 책임을 져야 하네. 알겠는가?"

"걱정 마시오, 형님."

"염려 놓으시고 다녀오십시오."

연남건과 연남산이 당차게 대답했다.

"아우들이 있으니 마음이 놓이네. 그럼 출발하겠네."

연남생이 출발한 후 연남건은 마치 제 세상을 얻은 듯 행동했다. 연남생을 대신해 권력을 휘두르다 보니, 묘한 쾌감과 그것에 대한 야욕이 생기기 시작했다. 이때, 연남건의 책사로 있던 승려 신성信誠은 연남건을 대막리지로 만들어 놓고 본인이 권력을 좌지우지하기 위해 연남생과 연남건, 연남산을 완전히 갈라놓을 계책을 세웠다.

"남생 대막리지는 두 아우가 권력을 갖는 것을 껄끄럽게 여기고 있사옵니다. 지금 대막리지가 고구려의 각지를 순시하는 것은 자신의 세력을 모으기 위한 의도가 내포되어 있사옵니다. 그러니 남건 공자와 남산 공자는 먼저 계교를 마련하셔야만 하옵니다."

신성이 교묘하게 연남건에게 말하자 연남건은 발끈한 목소리로 말했다.

"아니, 신성 거사. 그것이 무슨 말씀이오? 형님께서 우리를 내치기라도 한단 말이오?"

"그렇사옵니다. 하늘에 태양이 하나이듯, 산중에도 호랑이 두 마리가 살 수는 없는 법이지요."

"그렇다고 함께 자란 형제끼리 어찌 서로를 의심한단 말이오!?"

옆에서 듣고 있던 연남산이 반박했다.

"그건 남산의 말이 맞소. 아버지의 유언을 잊으셨소? 서로 힘을 합치라 하셨소."

연남건이 말했다. 하지만 연남건의 마음 한구석에는 신성의 말대로 자신이 권력을 차지할 수 있을 것 같은 은근한 기대가 자리잡았다. 신성은 물러 나온 후 자신의 심복 오사烏沙를 불렀다.

"오사, 부하 중 몇 명을 골라 남건 공자를 암살하라."

오사는 소스라치게 놀라 되물었다.

"거사님, 그게 대체 무슨 말씀입니까?"

"진짜로 암살하라는 게 아니야. 남건 공자를 대막리지 자리에 올리기 위한 계략이야. 그들을 시켜 암살하는 척, 붙잡히도록 하게. 그리고 시킨 이를 연남생이라고 말하도록 하게."

"알겠습니다, 거사님."

오사는 부하 세 명을 골라 연남건이 국정을 살피고 연남산과 함께 퇴궐할 때, 길에서 연남건을 공격하라고 시켰다.

달이 하늘 가운데까지 오른 시각에서야 연남건과 연남산은 궁궐을 나와 서로 이야기를 주고받으며 집으로 가고 있었다.

쉭!

"으윽!"

호위하던 무장 한 명이 비도를 맞고 말에서 떨어졌다. 놀란 연남건과 연남산이 주위를 둘러보며 소리쳤다.

"웬 놈들이냐?"

"썩 모습을 보여라!"

쉭! 쉭! 비도가 연남건과 연남산을 스쳐 지나갔다.

그때, 군마를 이끈 한 무리의 군사들이 몰려와 연남건과 연남산을 감싸고 비도가 날아온 곳으로 달려가 세 명을 모두 붙잡았다. 오사가 이끌고 온 군사들이었다.

"아니, 자네 오사가 아닌가?"

"늦은 밤에 오신다길래 걱정이 되어 나왔사옵니다. 자객들을 모두 잡았으니 안심하소서."

이어 군사들이 세 사람을 끌고 왔다.

"이놈들! 네놈들은 대체 누구길래 나를 죽이려 드는 게냐?"

연남건이 자객들에게 윽박질렀다.

"자객은 말하지 않는다! 어서 죽여라!"

연남산이 자객들을 노려보며 말했다.

"당돌한 놈들! 배후가 있구나. 누구냐? 누가 시켜서 이런 것이냐?"

"말할 수 없다."

연남건이 한쪽 입꼬리를 올리며 말했다.

"그래? 이놈들을 끌고 가서 문초하여라! 가혹한 고문도 상관없다! 끌고 가라!"

오사는 세 명의 자객을 끌고 가서 주리를 틀고, 채찍질하고, 불도 지지며 가혹하게 고문을 했다. 하지만 이는 모두 신성이 만들어낸 연극이었다. 며칠 뒤, 오사는 연남건에게 갔다.

"남건 공자님, 한 놈이 입을 열었사옵니다. 놈의 실토를 직접 들으시지요."

"그래? 남산, 신성 거사. 가십시다."

연남건은 연남산과 신성을 데리고 실토했다던 자객에게 갔다.

"이놈입니다. 이놈이 자백했사옵니다."

오사가 자객 셋 중 하나를 가리키며 말했다.

"남건 공자님, 제발 살려만 주십시오. 저는 절대로 공자님께 원한이 있어 한 일이 아니옵니다."

그 자객이 연남건에게 빌며 말했다.

"바른대로 말한다면 절대로 네 목숨을 빼앗지 않을 것이다. 말하라. 누가 너희들을 보냈느냐?"

"소인은 연남생 대막리지의 밀명을 받고 왔사옵니다."

자객의 말에 연남건의 얼굴이 새파랗게 질렸다.

"뭐, 뭐라고? 형님이 보냈다고?"

"예, 두 아우를 살려둔다면 훗날 자신의 권력에 맞서는 걸림돌이 될 것이라며 일찍 싹을 도려내야 한다고 했사옵니다."

"한 치의 거짓도 없으렷다!"

연남건이 눈을 부라리고 손을 부들부들 떨면서 말했다.

"목숨이 오가는 판에 어찌 거짓을 고하리까. 제발 목숨만은 살려주십시오, 공자님!"

"으음. 어찌 이런 일이!"

신성이 옆에서 바람을 넣었다.

"보십시오. 남생 대막리지는 두 아우분에게 이미 마음이 떠났사옵니다. 순시를 한다고 떠난 뒤 암살을 지시하여 자신은 암살과 무관하도록 계략을 꾸민 것이옵니다."

연남산이 흥분하여 주먹을 떨었다.

"어찌 남생 형님이 우리를!"

"일단 이들을 가둬두어라!"

연남건은 밖으로 나왔다.

연남건은 갈등했다. 어쩌면 지금이 기회였다. 형은 자신을 죽이려 했고, 형은 도성에 없었다. 자신의 힘으로 나라의 권력을 모두 차지할 수 있을지도 몰랐다. 기회를 놓치고 싶지 않은 연남건이었다. 평생 형 연남생의 아래에서 뜻도 한번 못 펴고 살 바엔 다른 길을 택하고 싶었다. 연남건은 결심을 굳혔다.

한편, 신성은 남몰래 부하 고요묘高饒苗를 연남생에게 보냈다.

"자네는 가서 남생에게 '두 아우는 형이 돌아와서 권세를 독차지할까 염려하여 형을 도성에 들여놓지 않으려 한다.'라고 전하게."

"예, 거사님."

"그리고……"

신성은 귓속말로 은밀한 나머지 지시를 내렸고, 고요묘는 즉시 현도성으로 가서 연남생에게 신성이 시킨 대로 전했다.

"뭐라고? 아우들이 권세를 빼앗길까 두려워 나를 평양에 오지 못하도록 막는다고?"

그 이야기를 들은 연남생이 기가 막혔다.

"예, 대막리지. 소인이 직접 그것을 보고 대막리지께 전하러 몰래 달려왔사옵니다."

"이럴 수가 있는가! 어떻게 아우들이 나를! 안 되겠구나. 석표石剽!"

연남생은 부하 장수 석표를 불렀다.

"예, 대막리지 각하."

"여기 있는 요묘와 함께 자네는 평양성에 가서 두 아우의 동정을 살펴보고 오라!"

제 13 장

골육상잔

고요묘와 연남생의 부하 석표는 평양성으로 향했다. 그러나 고요묘는 평양성 앞에서 다른 일이 있다는 핑계로 어디론가 가고 석표 홀로 평양성에 들어갔다. 고요묘는 석표가 온 것을 신성에게 전했고 연남건의 집 근처를 배회하던 석표는 신성에 의해 사로잡혔다. 곧이어 연남건과 연남산이 도착했다.

석표의 얼굴을 본 연남건이 냉정한 목소리로 말했다.

"네놈은 석표가 아니냐?"

옆에 있던 연남산은 두 눈을 찌푸리며 석표에게 물었다.

"무슨 일로 왔다가 이렇게 잡혔나?"

"남건과 남산이 권세를 빼앗기지 않기 위해서 대막리지 각하를 들여놓지 않으려 한다는 말을 듣고 왔소."

석표의 대답에 연남건이 눈을 크게 뜨고 언성을 높이며 물었다.

"무어라? 누가 그런 말을 하더냐?"

"평양성 군부에 있는 고요묘가 현도성에 찾아와서 말했소이다."

"그자는 어디 있는가?"

"평양성 앞에서 일이 있다며 어디론가 가버려서 헤어졌소."

석표의 말에 연남산이 화를 냈다.

"이놈! 말도 안 되는 소리를 지껄이는구나! 요묘는 지금 신라 전선에 가 있다."

신성은 고요묘를 신라 전선으로 보냈다고 연남건에게 미리 거짓 보고를 해두었다. 석표는 억울해하며 말했다.

"분명 사실이오!"

"닥치거라! 형님, 이자는 남생 형님이 우리의 암살에 실패하자 동향을 알아보기 위해 보낸 자일 것이오."

연남산이 말하자 연남건이 고개를 끄덕였다.

"내 생각도 그렇다."

"무슨 말이오? 암살이라니?"

석표가 그들의 대화를 듣고 무슨 말인지 몰라 당황해하며 말했다.

"모르는 척하지 마라! 더 듣고 싶지 않다. 이놈의 목을 쳐라!"

연남건이 석표의 목을 베라는 명을 내리자, 석표는 당혹스러웠다.

"남건 공자!"

"에잇!"

옆에 있던 오사가 그 자리에서 석표의 목을 베어버렸다.

이어 연남건과 연남산은 안학궁으로 가서 보장태왕을 알현했다.

"두 형제분께서 어인 일로 찾아오셨소?"

연남건이 먼저 입을 열었다.

"폐하, 나라 안에서 역모의 기운이 발견되었사옵니다."

"역모? 역모라니! 대체 누가?"

보장태왕이 놀라며 말했다.

"대막리지 연남생이옵니다."

"대막리지요?"

"그러하옵니다. 연남생은 지역 순시를 핑계로 각 지역의 성주들과 무장들을 부추겨 군사를 모아 나라를 장악하려는 야욕을 지녔사옵니다. 그리하여 평양성을 염탐하려는 무리와 소신들을 죽이려는 자객까지 보냈사옵니다."

"뭐요? 그게 사실이오?"

"그러하옵니다, 폐하."

"하면 대막리지가 역도라는 증거는 어디 있소?"

"자객에게 자백을 받아냈사옵니다. 틀림없사옵니다. 정 의심이 되거든 폐하의 명으로서 연남생을 불러들이소서."

"알겠소. 알겠소이다."

연남건의 말에 보장태왕의 눈앞이 깜깜해졌다. 또다시 변란의 조짐이 보이고 있었다. 태자와 공주들의 예상이 적중했다.

현도성의 연남생에게 평양으로 돌아오라는 태왕의 영이 떨어졌다. 그러나 연남생은 돌아갈 수 없었다. 부하 석표도 돌아오지 않았을뿐더러 상황도 모르고 평양에 입성했다가는 두 아우의 계교에 당할지도 모른다는 불안감이 몰려왔다.

연남생이 평양으로 돌아오지 않자, 연남건은 그의 가족들마저 역적으로 몰고는 연남생의 집으로 군사들과 들이닥쳤다.

"집에 있는 자들을 모조리 끌고 나와라!"

곧이어 연남생의 첫째 아들 연헌충淵獻忠과 그의 가족들이 모두 집 마당으로 끌려 나왔다.

"숙부님! 대체 이게 무슨 짓입니까?"

"네 아비가 역모를 꾀했다. 그러니 가족들도 용서할 수 없는 일이다!"

"소인은 전혀 몰랐사옵니다."

연헌충이 억울하다는 듯이 말했다.

"시끄럽다! 역적은 물론 그 식구들도 모두 죽여야 한다! 이제 너는 더 이상 내 조카가 아니다!"

"숙부님! 어찌 이러실 수 있습니까?"

연헌충이 울부짖었다. 그러나 냉정해진 연남건은 칼을 치켜들었다.

"숙부님, 남건 숙부님! 제발!"

연헌충이 애걸했다.

"이야압!"

연남건의 칼에 연헌충의 목이 땅에 떨어졌다. 이어 연남생의 부인 이선아(李腺亞) 역시 끌려 나왔다.

"남건 공자, 살려주시오."

이선아가 연남건에게 머리를 조아리며 빌자, 연남건이 차갑게 대꾸했다.

"형수님, 이미 아들도 죽은 마당에 어찌 저에게 살려달라 하십니까? 역적은 참수를 받는 게 국법입니다."

"예로부터 우리나라는 형이 죽으면 아우가 그 부인을 취한다고 했소. 공자께서는 내 남편의 동생이고, 역적은 죽은 목숨이나 다름없으니 부디 나를 아내로 취하고 이 목숨을 보전해주시오."

하지만 연남건은 고개를 가로저었다.

"이건 나랏일입니다. 이미 이 사람은 역적과 형제의 연을 끊었으니, 그대를 내 처로 맞이할 이유도 없소."

"제발 내 목숨만은 살려주시오!"

이선아가 애걸했다. 그녀는 자신의 옷을 풀어헤치며 외쳤다.

"그대가 지금 당장 내 몸을 탐해도 좋소. 자, 다 가지시오. 살려만 주시오. 죽기 싫소. 그대는 나를 여인으로 받아줄 수 있잖소?"

연남건은 대꾸 없이 그 자리에서 그녀의 목을 베었다. 연남생의 가족들을 주살한 연남건은 스스로 대막리지 자리에 올랐다. 그리고 즉시 군사를 내어 현도성의 연남생을 공격하러 출정에 나섰다.

"남건이 나를 치러 온다고?"

연남생은 연남건이 공격하러 온다는 소식을 듣고 기가 막혔다. 한 형제로 믿고 또 믿었던 아우의 배신이 황당하고 어이가 없었다. 연남생은 자기 부하들을 이끌고 연남건의 군대와 맞닥뜨렸다.

"남건아! 이게 대체 무슨 일인 게냐?"

연남생이 군사 대열에서 앞으로 나와 연남건을 향해 외쳤다.

"나라를 위한 일이오!"

연남건이 짧게 대답했다.

"나라를 위한다?"

"그렇소! 형님은 나를 죽이려 들지 않았소! 게다가 형님은 이 나라를 이끌 재목도 되지 않소이다!"

"남건, 너 미쳤느냐? 내가 언제 너를 죽이려 했단 말이냐? 그리고 아버지의 유언을 잊었더란 말이냐?"

연남생은 자신이 하지도 않은 일을 했다고 말하는 연남건에게 답답하고 화가 났다.

"뻔뻔스럽구려! 형님은 자객 놈들을 보내 나를 해치려 했고 실패하자 석표를 보내 나를 염탐하려 했소! 내 말이 틀렸소?"

연남건은 형 연남생이 모르는 체한다고 생각해 더욱 화가 치밀었다.

"닥치거라, 네 이놈! 어디 요설을 해대는 것이냐! 지금이라도 내게 잘못을 빌고 용서를 구한다면 내 너의 무례를 용서해 줄 것이야!"

"닥치시오! 난 속지 않소이다!"

"어리석은 놈! 내가 없는 동안 네놈이 권력욕에 빠지고야 말았구나!"

"난 어릴 때부터 야망과 포부가 컸소. 형님처럼 졸장부가 아니란 말이외다!"

"이놈! 형에게 못 하는 말이 없구나! 내 가족들은 어찌하고 왔느냐?"

"죽였소."

연남생은 실색했다. 그는 떨리는 목소리로 물었다.

"죽이다니? 대체 왜 죽였단 말이냐?"

"역적의 식솔들을 어찌 살려둘 수 있겠소! 형님의 부인과 큰아들 헌충을 내 손으로 처단했소!"

연남건의 말에, 연남생이 몸을 떨며 울부짖었다.

"이놈! 이놈! 어떻게 형수와 조카를 죽일 수 있느냐? 이놈!"

"시끄럽소! 어서 장부답게 내게 목을 내어주시오!"

"그렇게는 못 한다! 남건, 남산! 내 네놈들의 목을 쳐 내 아내와 아들의 원수를 갚을 것이다!"

"어리석구려. 아직도 상황을 파악하지 못하시겠소? 공격하라!"

연남건의 군사들이 연남생의 군사들에게 달려들었다. 순식간에 연남생의 군사들이 죽어 나갔다. 연남생은 분노에 가득 차 연남건의 군사들을 향해 창을 휘둘렀지만 이길 수 없었다. 연남생은 함께 있던 둘째 아들 연헌성淵獻誠을 데리고 간신히 국내성으로 도주했다.

한편, 평양에서는 신성이 연남생과 연남건, 연남산 사이를 갈라놓기 위해 보냈던 가짜 자객들을 만났다.

"자네들을 구슬리기 위해 재물을 썼지만 이제 끝맺음을 확실히 해야 할 것 같군."

신성의 말에 자객들은 어리둥절했다. 당연히 빼내 줄 것이라 생각했다.

"신성 거사, 어서 우리를 빼내 주시오."

"입막음을 위해서라도 죽어줘야겠네."

신성이 말했다.

"뭐, 뭐요? 당장 연남건 공자에게 말하겠소."

자객들은 당황했지만 신성의 얼굴은 태연했다.

"자객은 살려두지 말라는 지시를 이미 받고 왔네. 여봐라, 없애라!"

신성의 명령에 따라 자객들은 그 자리에서 참살당했다.

신성의 얼굴에 묘한 웃음이 흘렀다. 그는 세상을 자신의 것으로 만들고자 하는 욕망으로 불타올랐다. 그의 생각을 행동으로 옮기는 이가 바로 연남건이었으므로 그는 뒤에서 연남건을 조종할 수 있었다. 신성은 원래 고구려의 불교를 크게 일으키려 했으나 당으로부터 도교를 받아들여 불교를 탄압한 연개소문에게 반감을 품게 되었다. 다만 어릴 적부터 불교에 심취하여 신성이 있던 사찰에 자주 들렀던 연남건, 연남산과 가까워져 그들의 책사 노릇을 하게 된 것이었다. 연남건과 연남산은 야망과 포부가 컸지만 아버지 연개소문이 모든 것을 좌지우지했던 탓에 이를 실현시킬 방법은 잘 몰랐다. 그런데 그들의 야망을 현실로 만들어 줄 대안을 가장 잘 모색하는 인물이 바로 신성이었고, 따라서 그들은 누구보다 신성을 신뢰하고 있던 것이다.

제 1 4 장

길을 바꾼 연남생

 연남생은 국내성에 틀어박혀 옴짝달싹 못 하는 신세가 되었다. 그곳에서는 연남건을 공격할 만한 전투력도 없을뿐더러 평양으로 돌아갈 방법조차 없었다. 연남생은 혼자서 앉아 고뇌했다.

 '이렇게 당할 수는 없다. 차라리 당나라로 가야겠다. 내가 남건을 쳐부술 수 있는 곳은 오직 당나라뿐이다.'

 연남생은 아들 연헌성을 불렀다. 연헌성은 아직 16세밖에 되지 않은 소년이었다.

 "헌성아, 이대로 여기 있다간 우리 부자는 평양성의 네 숙부들에게 죽을 것이다. 우리는 당나라로 가야 한다. 연개소문의 장남 연남생이 항복하겠다는 의사를 밝힌다고 네가 사자로 당나라에 다녀오거라."

"알겠습니다, 아버지."

연헌성은 호위 부장들을 이끌고 국경을 넘어 당나라로 들어갔다.

당나라 장안에서는 연개소문의 손자 연헌성이 와서 항복의 뜻을 전한다는 말에 황제 이치가 실소를 금치 못하고 웃어댔다. 신하들도 눈치를 보고는 실실거리며 웃었다. 당나라를 그렇게도 괴롭혔던 고구려의 수괴 연개소문의 아들과 손자가 항복한다는 소식은 참으로 이변 중의 이변이었던 것이었다.

"연개소문의 장남 연남생이 나에게 항복하겠다?"

당 황제 이치는 항복을 밝히는 연헌성을 보며 내내 실실 웃으며 말했다.

"예, 폐하. 거두어주시옵소서."

연헌성이 대답하자, 이치는 억눌려 있던 웃음을 화산처럼 터뜨렸다.

"이게 대체 무슨 조화인가? 우리 당나라를 괴롭혔던 연개소문의 아들이 나에게 항복하다니? 대체 고구려에서 무슨 일이 벌어졌는가?"

"제 아비의 형제들이 부친을 밀어내고 대막리지 자리에 오르기 위해 풍파를 일으켰사옵니다. 그래서 제 아비는 그들에게 쫓겨 당나라에 항복하겠다는 의사를 밝혔사옵니다."

"하하하, 연개소문이 죽자 나라 꼴이 말이 아니로구나. 권세를 찬탈하기 위해 아들들끼리 싸우다니. 좋다. 내 그대들을 받아들일 것이나 대신 내 앞에서 충성 맹세를 해야 할 것이다."

"알겠사옵니다, 폐하."

그리하여 당으로 들어간 연남생은 당 황제 이치에게 평양도행군대총관 겸 사대절안무대사의 벼슬을 얻게 되었다. 그리고 그해 12월, 당에서 고구려 정벌을 위한 군대가 파견되었다. 이적이 요동도행군대총관 겸 안무대사로, 계필하력과 방동선龐同善이 요동도행군부대총관으로 파견되었으며 연남생 또한 함께 출진했다.

한편, 연개소문의 동생 연정토는 나라에서 내분이 일어나자, 내외정세에서 이미 고구려가 크게 불리해졌음을 알고 신라에 귀순해 버렸다.

667년 9월 신성新城[19]이 당군에 의해 함락되었다. 신성의 성주는 부하였던 사부구師夫仇의 배신으로 이적에게 어이없이 성을 넘겨주고 말았다. 신성이 함락되자, 연남건은 군사를 보내 신성을 공격하도록 했다. 이때 당군은 장군 고간高侃을 보내 고

---

19) 현재의 랴오닝성 혼하 북쪽 기슭 고이산성으로 추정.

구려군과 싸우게 하였으나 금산에서 고간은 패배하고 말았다. 하지만 그사이 이적은 부여성을 함락시키고 고구려의 성들을 하나씩 하나씩 무너뜨려갔다.

이 무렵 당 장안에서는 시어사 가언충賈言忠이 황제 이치에게 전황을 보고했다.

"폐하, 소신 시어사 가언충, 요동으로부터의 전황을 알리기 위해 돌아왔사옵니다."

"수고가 많소이다. 그래, 신성과 부여성을 무너뜨렸다면서요?"

"그렇사옵니다. 이적 장군은 곧 남하하여 평양성을 함락시킬 것이옵니다."

"그 말을 들으니 기쁘오만 이번에는 고구려를 이길 수 있겠소?"

"반드시 이길 것이옵니다. 지난날 선제께서 뜻을 이루지 못하신 것은 고구려에 연개소문이 있어서 그 빈틈이 없었기 때문이었사옵니다. 그러나 이번에는 연개소문이 죽고 나서 그 아들들이 내분을 일으켰고, 연남생이 항복을 해 그들의 정세를 속속들이 파악할 수 있사옵니다. 게다가 고구려의 비기에 '900년이 못 되어 80대장이 멸망시킨다.'라고 적혀 있는데 이는 고구려의 역사가 현재 800년이기에 900년이 못 되었고, 이적 대총관의 나이가 80세가 다 됐으니 이는 틀림없는 고구려의 멸망 징조이옵니다."

"오오, 그렇구려."

이치는 그 말을 듣고 매우 기뻐했다.

한편, 이적은 요동성, 안시성, 백암성을 우회하여 진군했다. 이전에 고구려 침공을 진행하면서 공격하는 데 희생이 컸던 지역을 피하여 신속하게 고구려의 심장부로 가기 위해서였다.

이 무렵, 고구려 조정에서는 사태의 심각성 때문에 부여성과 신성을 탈환하기 위해 연남건이 직접 병사 5만을 이끌고 이적의 군사와 전투를 벌였다. 그러나 설하수에서 이적에게 패배, 5만의 군사 중 3만이 죽고 연남건은 평양으로 퇴각하고 말았다. 이적은 즉시 대행성을 함락시키고 압수까지 진군하기에 이르렀다.

"막아라! 이 압수를 적들이 넘게 해서는 안 된다!"

시대호가 이끄는 고구려군이 압수에서 당군과 격전을 벌이고 있었다.

"몰아쳐라! 한 놈도 남기지 말고 쓸어버려라!"

설례와 방동선이 이끄는 당군은 물러섬 없이 돌격해 들어왔다. 대격전 끝에 고구려군은 패퇴했다. 시대호도 평양으로 퇴각했다.

"대체 이를 어찌하면 좋소이까? 시대호 장군이 압수에서 적에게 패했소. 적들이 물밀듯이 다가오고 있소이다!"

보장태왕의 다급함에도 불구하고 대신들은 아무 말도 못 하고 있었다. 그때, 상부 위두대형 감자椰子가 말했다.

"폐하, 차라리 요동으로 밀사를 파견해서 요동의 부대로 하여금 적을 치도록 명하소서."

감자의 주장에 연남건이 반박했다.

"적은 이미 요동 지역을 우회해서 오고 있기 때문에 밀사를 파견한다는 것은 불가한 일이오."

"이대로 마냥 앉아서 당할 셈이오?"

감자가 연남건을 보며 답답한 어조로 말하는 순간, 밖에서 급한 전령이 당도했다.

"폐하, 신라군이 남쪽에서 쳐들어오고 있사옵니다! 남쪽 국경과 변방을 넘어 곧장 평양성을 향해 북진하고 있사옵니다!"

"위에서는 당나라가 쳐들어오고, 아래는 신라가 쳐들어오다니……! 대체 이를 어찌한단 말인가!"

보장태왕이 눈을 질끈 감고 한탄했다.

안시를 지키고 있는 성주 양만춘과 휘하 고돌발, 대문, 대걸걸중상, 시녕, 대조영, 대야발, 양거, 양천필은 심각해진 전투 상황에 다들 고심하고 있었다. 압수로 출진했던 시대호가 패하여 평양으로 퇴각했다는 것은 보통 일이 아니었다. 당군은 이미 평양으로 진격하고 있었다.

"당나라 놈들이 우리가 있는 곳을 우회하여 도성으로 진격하고 있습니다. 우리가 출진해서 적을 쳐야 하지 않겠습니까?"

고돌발이 의견을 냈으나, 양만춘은 고개를 가로저었다.

"그건 아니 되오. 이곳을 비운다면 저놈들은 물밀듯이 쳐들어올 것이오. 저들이 이곳과 요동, 백암을 우회한 것은 그만큼 우리의 방어가 견고하기 때문이오. 우리가 성을 비우고 나가면 저들을 이길 수 있을 것 같소? 어느 정도의 기습전에는 유리해도 수적으로도 결코 저들을 당해낼 수가 없소이다."

"하지만 평양성이 무너지는 것을 이대로 지켜만 볼 작정이십니까?"

"평양성은 쉽게 무너질 곳이 아니오. 연남건 같은 자가 있다면 더더욱 무너지지 않을 것이오. 시간을 끌어 장기전에 돌입한다면 우리는 저들의 보급로를 끊어서 몰살시킬 수 있을 것이오."

그때, 전령이 들어왔다.

"급한 보고입니다! 백암성의 강후姜侯 성주께서 군사 2만을 이끌고 당군의 배후를 치기 위해 출정했다는 보고입니다!"

대걸걸중상이 화색을 보였다.

"2만이면 백암성의 대부분 군사를 모두 출정시킨 것입니다. 승산이 있지 않겠습니까?"

하지만 양만춘은 탄식하며 말했다.

"안 된다. 백암성이 빈 것을 적들이 알게 되면 순식간에 무너지고 만다. 이곳 요동 전선이 무너질 수 있음이야. 그리되면 고려 전체가 완전히 무너지는 꼴이 돼!"

양만춘은 심호흡한 후, 주변을 보며 말을 이었다.

"우리는 요동 전선을 지켜야 하오. 이곳을 지켜야 혹여 평양이 무너져도 우리가 버텨서 고려를 지킬 수가 있소. 아무래도 요동 전선의 성주들에게 내 의견을 보내야겠소."

양만춘은 요동 전선의 건안성주 연수진淵秀珍, 청석관 수장 연수영淵秀英, 요동성주 고리운에게 나가서 싸우면 적의 계략에 떨어지니 꼭 성을 수비하고 있으라는 조언의 글을 보냈다.

한편, 당군은 압수를 건넌 상태였다. 이때, 백암성주 강후의 부대 또한 당군의 뒤를 바짝 따라붙고 있었다. 이 상황은 즉시 이적에게 보고되었다.

"후방에서 적이 나타났다고?"

전령이 대답했다.

"백암성의 군사들입니다."

"그래? 수는 얼마냐?"

"2만입니다."

"2만이면……?"

이적이 잠시 머뭇거리자, 전령이 말했다.

"백암성 대부분의 군사가 빠져나왔습니다."

"그래? 그렇다면 설인귀 장군!"

이적이 설례를 불렀다.

"예, 대총관."

"장군이 병사 3만을 이끌고 가서 저놈들을 격퇴하고 백암성까지 점령하시오."

"하하하! 여부가 있겠습니까? 당장 나가서 저놈들을 짓밟고 백암성을 함락시키겠습니다."

설례가 호탕하게 웃으며 자신만만하게 나섰다.

백암성주 강후는 설례와 대치했다. 강후가 군사들을 독려하며 말했다.

"나의 자랑스러운 백암성의 군사들은 들으라! 우리들은 저 간악한 당군을 격퇴하여 도성을 지키고 위기에 처한 나라를 구할 것이다! 모두 한마음으로 적과 용감히 싸우자!"

강후 휘하의 병사들이 깃발을 흔들고 북을 치며 함성을 질렀다.

설례는 부장 주청에게 공격 명령을 내렸다.

"주청, 공격하라!"

"예, 장군! 용사들이여, 공격하라!"

그렇게 백암성의 군대와 설례의 부장 주청이 이끄는 군대가 충돌했다.

제 15 장

끝내 무너진 고구려

 압수의 이적에게 설례의 전황이 보고되었다.
 "설례 장군이 이끄는 부대가 고구려 군대를 전멸시키고 곧장 백암성으로 진격하여 적장 강후의 목을 베고 백암성을 함락시켰습니다."
 그 말에 이적을 비롯한 장수들의 눈이 동그래졌다. 이에 계필하력이 전령에게 물었다.
 "대체 어떤 전법으로 고구려군을 물리쳤는가?"
 "부대를 셋으로 나누어 한 부대가 싸우다 퇴각하고 다시 다른 부대가 몰아붙여 싸우다 퇴각하고, 이런 식으로 적을 지치게 만들어 공격했습니다."

"과연 설인귀로다."

이적이 중얼거렸다.

그때, 또 다른 전령이 들어와 보고했다.

"보고드립니다. 장세렬張勢烈 장군이 이끄는 부대가 개모성을 점령했습니다."

당나라 장수들의 얼굴에 화색이 돌았다.

"대총관, 우리도 이제 저 평양성으로 진격해야 합니다."

계필하력이 들뜬 목소리로 말하자, 방동선도 동조했다.

"그렇습니다. 진군 명을 내려주시지요."

이에 연남생이 나서며 말했다.

"소장이 선봉에 서겠습니다."

"좋소, 좋소! 그러면 연남생 장군이 선봉에 서고 다시 진군을 하십시다!"

이적이 다시 진군을 준비하는 동안, 백암성을 함락시킨 설례는 부장 주청에게 백암성을 지키도록 한 뒤 자신은 소수의 정예 병사들을 이끌고 다시 이적의 본대에 합류했다. 그리하여 이적의 당군은 평양성 앞까지 다가왔다.

"폐하, 적들이 도성을 완전히 포위해버렸사옵니다."

다급한 보고를 들은 보장태왕이 머리를 감싸 쥐며 말했다.

"아! 이를 어찌한다······."

이에 연남건이 나섰다.

"폐하, 소신이 적을 막아내겠사옵니다."

연남산도 동조하며 나섰다.

"이곳 평양성은 견고하여 쉽게 무너지지 않을 것이옵니다."

"으음. 짐이 못나 나라를 이 지경까지 이르게 했구려."

보장태왕이 탄식하자 대신 선도해가 무릎을 꿇으며 통곡했다.

"폐하, 어찌 그런 약한 말씀을 하시옵니까? 소신들의 불충이옵니다. 폐하!"

연남건은 군사들을 이끌고 평양성에서 한 달 동안 당군과 맞서 싸워 성을 지켜냈다. 그러나 전세는 점점 평양성 안이 불리해지고 있었다. 한 달간의 싸움으로 희생자는 물론, 적의 투석기에 의해 민가가 부서지고 성벽이 허물어지는 등 피해가 커지고 있었다. 상황이 이렇게 되자 연남산은 신료 98명과 흰 기를 들고 평양성 밖으로 나가 이적에게 항복했다. 그런데 이 무리 중 신성의 심복 오사, 고요묘가 섞여 있었다. 신성은 몰래 이적, 당군 장수들과 접촉하기 위해 이들을 보낸 것이었다.

"상황이 불리하니 그냥 항복하기엔 당나라에 불충을 하는 것 같사옵니다. 전공을 세울 기회를 주소서."

오사는 신성의 말을 이적에게 전했다. 신성은 상황 파악이 재빠른 인물이었다. 그렇기에 이미 연남건에게는 평양성을 지킬만한 힘이 남아 있지 않음을 알고 당에 투항하기로 결정한 것이었다.

"공을 세워 보겠다?"

이적이 재미있다는 듯이 오사를 쳐다보며 말했다.

"예, 대총관. 허락해주신다면 5일 후, 새벽에 평양성 성문을 신성과 함께 열겠습니다. 그때 군사를 몰아 쳐들어오십시오."

"그 말 참이렷다?"

"제 목숨을 걸고 맹세하겠습니다."

"좋다. 너는 평양성으로 돌아가 신성에게 그 뜻을 허락한다고 전하라. 하지만 요묘는 보증을 위해 이곳에 남아라."

오사는 평양성으로 다시 돌아갔다. 그로부터 5일이 지났다. 낮에 있었던 전투로 몸이 피로했던 연남건은 늦은 밤까지 성루를 둘러보다가 오사에게 군을 맡기고 집으로 돌아가 잠을 청했다. 이때, 신성은 즉시 당군에게 신호를 보내라고 오사에게 지시했다. 성문에서 불화살 신호가 오르자, 이적은 고요묘에게 성문으로 다가가라 지시했다. 고요묘가 평양성 성문에 도착하자 이윽고 신성이 오사와 함께 성문을 모두 열어버렸다.

이적이 만족스러운 표정을 짓더니 곧 명령을 내렸다.

"공격하라! 성안으로 들어가라!"

당군이 평양성의 열린 성문으로 몰아쳐 들어갔다. 이적이 성문으로 들어서자, 신성과 오사, 고요묘가 무릎을 꿇었다. 이적은 그들을 보며 흐뭇하게 말했다.

"수고가 많았소. 내 그대들의 공을 크게 치하하리다."

"고맙습니다, 대총관."

신성, 오사, 고요묘가 이적에게 감사를 표했다.

당군이 평양성의 궁궐 안학궁에 들이닥치자, 순식간에 아수라장이 되었다. 당나라 군사들이 침입해 약탈을 하고 방화를 저질러 신하들과 군사들, 내관, 궁녀들이 어지럽게 뒤섞여 있었다.

"폐하! 폐하! 어디 계시옵니까?"

대형 검모잠과 시대호는 보장태왕을 모시기 위해 그를 찾고 있었다. 마침, 보장태왕이 거처에서 모습을 보였다.

"이게 어찌 된 것이오?"

"폐하, 큰일이 났사옵니다! 적들이 성안으로 들어왔사옵니다!"

"무, 무어라!"

보장태왕은 깜짝 놀라 눈이 휘둥그레졌다.

한편, 집에서 잠을 자고 있던 연남건은 밖의 시끄러운 소리에 잠에서 깼다.

"대체 이게 무슨 소리냐?"

연남건의 목소리에 하인들이 들어와 다급하게 말했다.

"큰일 났습니다, 각하! 당나라군이 성안으로 들어왔습니다!"

"뭐, 뭐라! 대체 어떻게 들어왔단 말이냐!"

"신성 거사와 오사, 고요묘 장군이 성문을 열어 적들을 불러들였습니다!"

"신성과 오사와 요묘가? 이럴 수가 있는가?"

연남건은 뒤통수를 얻어맞은 것처럼 머리가 띵했다. 차라리 꿈이었으면 했다. 그때, 연남건의 집으로 당군이 들이닥쳤다. 연남생이 이끄는 군사들이었다.

"남건아, 형이 왔다."

연남생의 목소리가 밖에서 들려왔다.

"아! 이런!"

연남건은 모든 것이 피할 수 없는 현실임을 깨달았다. 연남건은 그 자리에서 칼을 뽑아 자기 가슴을 찔렀다. 때마침 연남생이 그의 방에 들어와 가슴에 칼을 꽂은 채 피를 흘리고 있는 연남건을 보고는 깜짝 놀라 칼을 뽑고 부하들에게 치료를 명했다.

"날 죽게 내버려두시오! 어찌 날 살려두는 게요?"

연남건이 악을 쓰며 외치자, 연남생은 꾸짖듯 말했다.

"못난 놈! 죽는다고 다 해결이 되느냐? 넌 내 아우가 아니더냐!"

연남생의 목소리에는 서글픔이 묻어 있었다. 형제였으나 권력 때문에 적이 되어 돌아선 자신들의 모습이 서글펐기 때문이었다.

이 무렵 평양에는 당군에 이어 신라군까지 도성에 진입했고 평양성은 방화와 약탈로 어지럽기 짝이 없었다.

"폐하, 어서 피하셔야 하옵니다."

검모잠이 보장태왕을 재촉했다.

"내 어찌 도망을 친단 말인가!"

시대호가 간곡히 말했다.

"폐하, 가셔야 하옵니다! 어서 피하셔야 하옵니다. 그리하셔야 후일을 도모할 수가 있사옵니다!"

그때, 당군이 들이닥쳐 보장태왕과 검모잠, 시대호를 발견하고 소리쳤다.

"저기 왕이 있다! 잡아라!"

"이놈들! 가까이 다가오는 놈은 저승으로 보내줄 것이야!"

검모잠이 달려나가 당병들과 싸움을 벌였다.

"시 장군."

검모잠이 적과 싸우는 사이 보장태왕이 시대호를 보며 말했다.

"예, 폐하."

"난 도망치지 않을 것이오. 적이 왔다 하여 백성들을 버리고 냅다 도망치는 태왕이 되고 싶지는 않소이다. 나는 괜찮으니 어서 내 아이들을 구해주시오."

"폐하!"

"태왕으로서 명하는 바요! 어서 가서 왕자들과 공주들을 구해주시오!"

"예, 폐하! 소장 시대호 명 받들겠사옵니다!"

시대호는 눈물을 머금고 왕자궁과 공주궁으로 갔다. 그러나 당군은 이미 왕자궁의 태자 고복남과 왕자 고임무高任武, 고덕무高德武를 포로로 잡아가고 있었다. 시대호는 별수 없이 공주궁으로 갔다. 아직 당병들이 공주궁까지 들어오지는 않았다.

"공주 전하! 공주 전하!"

시대호는 공주들을 찾아 헤매었다.

"공주 전하! 공주 전하! 시대호가 왔습니다! 어디 계시옵니까?"

"장군! 장군!"

어디선가 여자의 목소리가 들려왔다.

목소리는 어느 방에서 나오고 있었다. 시대호는 즉시 소리가 난 쪽으로 갔다. 둘째 공주 고나였다.

"무사하셨군요, 공주 전하. 당군들이 이미 이곳에 들이닥쳐 사태가 심각하옵니다. 어서 이곳을 빠져나가야 하옵니다. 소장은 폐하의 명을 받들어 공주 전하들을 모시고 이곳을 벗어나야 하옵니다. 다른 공주 전하들께서는 어디 계시옵니까?"

"저를 따라오세요."

시대호는 고나의 도움으로 고현과 고희, 고소옥을 찾아냈다. 그때, 공주들을 호위하는 무장 하나가 시대호를 가로막았다.

"이놈! 감히 이곳이 어디라고 들어오느냐?"

그러자 고나가 나섰다.

"이분은 시대호 장군으로 우리를 구하러 오신 분입니다. 물러서세요!"

무장이 물러나고, 시대호는 공주들의 앞에 부복했다.

"공주 전하, 어서 이곳을 빠져나가셔야 합니다!"

시대호는 네 공주를 호위하여 황궁을 빠져나가기 시작했다. 당병들이 앞을 가로막아 한 치 앞을 나가는 것조차 힘든 상황이었다. 그러나 다행히 궁궐의 구조를 잘 아는 공주들은 당병들이 모르는 샛길로 시대호를 안내하여 마침내 평양성을 빠져나가는 데 성공했다.

고구려의 천년 사직이 당병에 의해 무참히 짓밟히고 불타고 있었다. 아침이 되었다. 보장태왕과 고복남, 고임무, 고덕무는 이적의 앞으로 끌려 나왔다.

"그대가 이 고구려의 태왕인가?"

이적이 포박당한 보장태왕을 보며 말했다.

"그렇소."

"나라를 망하게 하다니 참으로 한심한 자로다."

이적의 비아냥거리는 말에 태자 고복남이 흥분하여 소리쳤다.

"네 이놈! 닥치지 못할까!"

설례가 화를 내며 고복남의 얼굴을 발로 찼다.

"이놈이 어디서!"

이적은 차갑게 명령했다.

"이자들을 끌고 가자!"

이로써 한반도와 중원 일대를 호령했던 고구려는 서기 668년, 사직社稷의 문을 닫았다.

제2부

사라진 제국을 향한 몸부림

안승이 자리를 비우면서 금마저 내의 경계가 허술해지자, 대문은 거사를 진행하기로 마음먹었다. 가장 밤이 길고 어두운 동짓날로.

제 16 장

마지막 불씨를 향하여

양만춘은 통탄을 금할 수 없었다. 평양이 함락되고 태왕이 당에 끌려갔다는 보고가 들어왔기 때문이었다.

"대체 어찌 되었길래 그리 쉽게 무너졌단 말인가?"

대걸걸중상이 분에 차 눈에 핏대를 세웠다.

"연남건의 부하 신성이 성문을 열었다고 합니다. 분하기 짝이 없습니다. 태왕 폐하와 왕자, 연남건까지 모두 적에게 사로잡혀 끌려갔다고 합니다."

그때, 양천필이 밖에서 다급히 들어왔다.

"성주님! 밖에 나와 보셔야 할 듯합니다!"

"무슨 일이냐?"

"공주 전하 네 분을 모시고 시대호 장군이 강기우姜琪雨라는 자와 함께 병사 십여 명을 데리고 성문 밖에 오셨습니다!"

그 말에 양만춘과 군사들이 모두 나가 공주들에게 예를 표했다.

"소장 안시성 성주 양만춘, 공주 전하께 예를 올리옵니다."

"일어들 나십시오. 이리 뵈니 그저 다행하다는 생각밖에 안 듭니다."

첫째 공주 고현이 말했다.

"황공하옵니다. 이제 이곳에서 공주 전하들을 모시도록 하겠습니다. 대조영, 대야발, 양천필은 어서 공주 전하들을 모시거라!"

양만춘의 말에 따라 대조영, 대야발, 양천필이 공주들을 모시고 들어갔다. 그 모습을 본 시대호는 자신이 해야 할 일은 다 끝난 듯 모든 긴장의 끈이 풀려, 자리에 주저앉고 말았다.

"이보게, 대호!"

대문이 달려와 시대호를 붙들었다. 시대호의 갑옷 사이로 깊이 찔린 상처가 보였다. 그는 그 고통을, 이를 악물고 참고 버티며 공주들을 모시고 이곳까지 온 것이었다. 시대호는 거친 숨을 내쉬었다.

"이제 내 할 일은 다 한 것 같군."

"그게 무슨 말인가? 정신 차리게!"

"문, 내 죽기 전 마지막 부탁을 하고 싶네."

"죽다니? 우리는 생사를 함께하기로 했는데 어찌 죽는다는 말을 함부로 하는 것인가?"

대문이 눈을 부라리며 말하자 시대호는 희미하게 웃으며 말했다.

"사람은 죽기 전에는 거짓말하지 않는 법일세. 문, 나는 이미 예전부터 자네의 마음속에 깃든 불길을 알고 있다네."

시대호의 말에 대문은 가슴이 뜨끔했다. 지존의 자리를 생각해 온 자신의 속마음이 읽힌 것 같았다.

"하지만 나는 자네가 이 나라 고려를 너무나 깊이 생각하고 사랑하기에 그런 것이라 믿어 의심치 않네. 나는 평생 나라를 위해 충성하다가 이렇게 생을 마감하니 아무런 유감이 없네. 부디 자네가 무너진 이 나라를 일으키는, 충성스러운 고려 사람이 되어 주게."

시대호는 그 말을 남기고 눈을 감았다. 대문은 비통함에 젖어 대성통곡했다. 고구려의 왕족이라는 자부심으로 지존을 꿈꿨건만 사돈이자 죽마고우였던 시대호는 죽고, 나라는 허망하게 무너졌다. 어떻게 해야 할지 감이 오지 않았다. 욕심을 부린 대가로 하늘이 엄벌을 내리는 것 같았다.

고구려의 멸망 후, 당은 평양성에 안동도호부를 설치하였고, 초대 도호부사로 설례를 임명했다. 그리고 당군은 다시 군대를 조직해 미처 공략하지 못한 요동으로 향했다.

"당군이 이 요동성을 향해 진격하고 있다고요?"

요동을 지키던 고리운이 자신의 부장을 보고 되물었다.

"그렇습니다, 성주님."

그 부장은 낭자군[20]이자 고리운의 아내 장미은張美銀이었다. 고리운은 주변 장수들에게 곧장 명령을 내렸다.

"전원 전투태세를 갖추어라."

"명 받들겠습니다!"

휘하 낭자군 무장 양혜梁彗가 대답했다.

한편, 설례가 이끄는 당군은 요동성을 압박하며 다가왔다.

"성주란 놈이 지난번 횡산에서 대적한 고리운이란 자인가?"

"그렇습니다, 장군."

설례의 질문에 주청이 대답했다.

"요동성이라… 참 견고하구나. 그러나 선황 폐하가 이끄는 군에게 함락되었던 성이기도 하다. 정면 돌파보다는 먼저 포위한 후 원거리 공격을 하겠다."

설례가 공격 명령을 내렸다.

"막아라! 요동성을 최후까지 사수하자!"

고리운은 무자비한 당군의 공격에 맞서 싸울 태세를 갖췄다. 하지만 수적 우세였던 당군은 성을 향해 엄청난 양의 화살

---

20) 여군(女軍), 여자로 이루어진 군대를 말한다.

을 날렸다. 화살이 하늘을 가렸다 해도 과언이 아니었다. 당군의 무차별 화살 세례에 고구려의 군사들과 백성들은 성루에서 죽어갔다. 투석기에서도 바위가 날아와 성벽을 부수고 민가까지 날아가 백성들의 집을 부수었다. 중과부적이었다. 게다가 설례는 성을 이곳저곳 돌아가면서 공격을 해 고구려 군사들을 지치게 했다.

"성문에 집중적으로 투석하라."

설례의 명령에 따라 바윗덩이들이 성문으로, 집요하게 날아왔다. 이어 기름이 든 항아리가 발석거에서 날아와 성문에 떨어졌고, 항아리들이 깨지면서 기름이 성문을 적셨다. 설례는 불화살을 성문에 집중 사격토록 했다. 성문들은 순식간에 불길에 휩싸였고 이내 당군에 의해 뚫리고 말았다. 성문이 돌파당하자, 당군은 요동성 안으로 들어와 시가전을 벌였다. 고리운과 장미은은 적들 사이로 난전을 벌였으나 결국 위기를 맞고 말았다.

휘하 무장이자 낭자군인 양혜가 그들을 호위하며 다급하게 말했다.

"성주님, 이미 요동성은 틀렸습니다. 어서 피하십시오!"

고리운이 깊게 탄식했다.

"내 어찌 나를 따르는 부하와 백성을 버리고 가란 말이더냐!"

"성주님! 이대로 있으면 적에게 당합니다. 어서 피하셔야 합니다!"

양혜는 고리운과 장미은을 호위하여 요동성을 빠져나와 안시성으로 말을 달렸다.

"저기 성주 고리운이 간다! 어서 잡아라!"

어느새 당군들이 성주 고리운을 잡기 위해 추격해 왔다. 추격대에는 설례의 부장 주청이 있었다.

"성주님, 어서 가십시오. 제가 저들을 막겠습니다."

양혜는 고리운이 말릴 새도 없이 곧장 말을 돌려 주청의 추격대에게 달려들었다. 고리운은 그 모습을 보고 안타까워 어쩔 줄 몰라 했다. 그의 아내 장미은이 말했다.

"성주님! 가셔야 합니다! 어서요!"

"알겠소!"

고리운은 슬픔과 괴로움에 눈을 질끈 감았다.

주청은 추격대를 향해 달려오는 양혜와 그 부하들을 보며 호통을 쳤다.

"썩 비키거라, 계집들아! 성주 고리운을 잡아야 한다!"

양혜가 소리쳤다.

"닥치거라, 당의 개자손들아! 우리 고려는 반드시 더러운 너희 당나라 놈들을 모두 무찌를 것이다!"

"모두 죽여라!"

주청의 명령이 떨어지자 양혜의 부하들은 당군에 의해 모두 처참히 죽어나갔다. 양혜만 홀로 남아 당병들을 상대하자 주청이 달려들어 양혜의 목을 쳤다. 양혜는 결국 주청의 손에 죽었다. 하지만 양혜의 분투 덕분에 시간을 벌 수 있었다. 고리운을 놓칠 수 없었던 주청이 휘하 군사들에게 계속 추격을 명하려는 찰나 한 젊은 무장이 비호처럼 달려와 주청의 부하들 가슴팍에 화살을 박았다. 군사들이 비명을 지르며 쓰러지자 주청은 하는 수 없이 군사를 물렸다. 청년은 말을 몰아 고리운에게 다가갔다. 고리운은 그가 고구려 갑주를 입었음에도 경계하며 물었다.

"그대는 누구요?"

"저는 개모성에 있던 이다조李多祚입니다. 개모성이 적에게 함락당해 몸을 피하던 중, 귀공께서 적에게 쫓기는 것을 보고 달려왔습니다."

이다조의 말에 고리운은 기뻐했다.

"고맙구려. 나는 안시성으로 가는 중이었소. 함께 갑시다."

고리운은 이다조의 도움 덕에 무사히 안시성에 도착했고, 성주 양만춘이 직접 나가 맞이했다.

"고리운 성주!"

"양 성주를 대할 면목이 없소이다."

고리운은 고개를 떨군 채 말했다.

"아니올시다. 얼마나 고생이 많으셨소이까? 어서 들어와서 쉬시오. 고 성주만의 책임이 아니오. 병가상사라 했소. 전투는 이길 때도, 질 때도 있는 것이오. 너무 상심하지 마시오."

양만춘이 위로했고 고리운은 장미은과 함께 안시성에 들어가게 되었다.

요동성을 함락시킨 설례는 군사들을 재정비하여 건안성 인근 청석관을 향해 진격했다. 청석관의 수장은 연개소문의 여동생인 연수영이었다. 연수영은 10여 년 전에 연정토, 선도해의 모함으로 인해 변방으로 쫓겨난 상태였다. 연수영은 변방 청석관에서 쥐 죽은 듯이 살아왔지만, 그녀는 무장이었다. 청석관으로 적장 설례가 쳐들어온다는 보고를 받고 즉시 전투태세를 갖추도록 했다.

하지만 전투 발발 하루 만에 청석관은 설례의 수중에 떨어지고 말았다. 기세등등한 당군의 힘 앞에 사기가 떨어진 청석관의 군사들이 결국 패하고 만 것이었다. 수로, 사기로 밀린 탓도 컸지만, 설례의 원거리 공격이 또다시 먹혀든 것이었다. 연수영은 자신의 동생 연수진淵秀珍이 지키고 있는 건안성으로 도망쳤다. 하지만 의기양양한 설례는 건안성까지 곧장 진격해 왔다.

"막아라! 적들을 막아라!"

연수진이 소리치며 당군의 공격을 막고 있었다.

"큰일 났습니다! 동문이 뚫렸습니다!"

다급한 보고에 연수진은 고개를 떨구었다.

"어쩔 수 없구나. 수영 언니, 이곳을 빠져나가 안시성으로 가십시다. 지금 그곳 말고는 모든 성이 이미 당나라 놈들 손에 떨어졌소."

연수진이 연수영을 보며 말했다.

"어찌 구차하게 살겠는가! 여기서 죽겠다!"

연수영이 거부하자 연수진이 설득했다.

"지난날을 생각해 보시오! 연정토 오라비와 선도해 등이 언니를 모함하여 죽이려 했을 때 그래도 간신히 이곳으로 축출되어 유배나 다름없는 생활을 하면서도 살아남았잖소! 그런데 이렇게 죽으면 억울하지도 않소? 성을 잃는 것은 분하지만 아직 안시성이 남아 있소. 우리는 그곳에서 후일을 도모해야 하오!"

연수진의 설득에 결국 연수영은 따르기로 했다. 두 자매는 성을 빠져나와 안시성으로 갔다. 바야흐로 살아남은 고구려인들은 모두 안시성에 모이게 되었다.

제17장

무너진 나라에 바친 충성

 시대호의 죽음, 나라의 멸망……. 그것은 대문에게 큰 충격이었다. 매일 같이 눈물짓던 대문은 곡기를 끊고 몇 날 며칠을 누워 있었다. 아픔이 온몸에 사무쳐 아무것도 할 수 없었다. 대문이 하루 종일 누워 있을 때, 누군가 그를 불렀다.
 "이보게, 문!"
 대문은 단번에 그 목소리를 알아들었다. 시대호였다. 반가움에 겨워 벌떡 일어난 대문은 시대호를 바라보았다. 그러나 시대호의 얼굴에는 노기가 가득했다.
 "이 사람아! 어찌 나를 그리 보는가?"
 대문의 물음에 시대호가 벽력처럼 소리쳤다.

"이 어리석은 사람. 어쩌자고 그렇게 누워만 있는가?"

대문은 시대호가 그렇게 화를 내는 모습은 처음 보았다. 마치 호랑이가 포효하는 듯한 음성에 대문은 오금이 저렸다.

"왜 그리 화를 내는가?"

"내가 지금 화를 안 내게 생겼는가? 나라가 무너진 마당에 다시 나라를 위해 동분서주해도 모자랄 사람이 어찌 하루 종일 누워만 있느냐 말이야!"

"내 자네를 잃고 아픔이 커서 도무지 무엇도 할 수가 없네."

대문이 흐느끼자, 시대호가 다시 소리쳤다.

"정신을 차리게! 자네는 지금 할 일이 많아. 그리고 자네를 바라보는 아들과 손자들, 부하들이 있거늘 어찌 그리 약해빠진 소리만 하는가?"

"대호……."

시대호는 잠시 말이 없더니, 부드러워진 음성으로 말했다.

"나는 이미 오래전부터 자네의 가슴 속에 어떤 야망이 있는지 짐작하고 있었네. 하지만 문, 이제 그런 마음은 흘려보내게. 자네에게 그런 욕심은 어울리지 않아. 아니, 그 욕심은 화를 불러올 뿐일세."

대문은 시대호가 죽기 전 했던 말이 다시 떠올랐다. 그는 죽어서까지 자신에게 야망을 조심하라고 일러주고 있었다.

"화를 부른다고? 나 역시 왕실의 일원인데, 대씨의 나라를 다스리는 게 잘못된 것인가?"

"아무것도 없는 나라에서 대씨가 무슨 소용이 있나?"

대문은 아무 대꾸도 하지 못했다. 시대호가 다시 말을 이었다.

"대문, 자네는 이제 그동안 가슴 속에 품어왔던 그 불길을 나라를 위해 써야 하네. 고려는 무너졌으나, 불씨는 꺼지지 않았네. 그 불씨를 키우기 위해 자네의 불길을 써야 한단 말일세. 부디 진정한 충신이 되어 주게. 내 가는 길의 마지막 부탁일세."

"대호!"

대문은 시대호의 이름을 부르며 깨어났다. 꿈이었다. 시대호의 목소리가 생생하게 남아 여전히 귓가를 맴돌았다. 시대호의 말에 대문은 지나친 욕심에 집착하여 자신을 힘들게 만들고 있었다는 것을 깨달았다. 대문은 조용히 눈을 감고 침묵의 시간을 보냈다.

아픔이 어느 정도 가신 뒤, 화창한 아침에 대문은 아들 대걸걸중상과 손자 대조영, 대야발을 불렀다.

"그동안 너희들이 신경 쓰게 하여 미안하다."

대문이 사과의 말을 먼저 건넸다. 대걸걸중상이 대문을 보며 안도하는 목소리로 말했다.

"기력을 찾으신 것 같아서 다행입니다."

대문은 대답 대신 고개를 끄덕였다. 그리고 손자들을 지그시 바라보았다. 이제 장성하여 자신의 뒤를 이어 무장으로서 재능을 맘껏 떨치고 있는 젊은이들이었다. 그들의 눈이 맑고 투명해 보였다. 그런 이들에게 그동안 자신의 욕심을 지속적으로 주입하였으니 부끄럽기 짝이 없었다.

대문은 대조영을 보며 말했다.

"조영, 내가 너에게 사람을 다스릴 땐 어떻게 하라고 하였지?"

대조영이 대답했다.

"덕德을 베풀고 의義를 세워 심心을 얻으라 하셨습니다."

"사람이 네 마음대로 되지 않을 땐?"

"겸손하게 낮추고 그들의 마음을 달래라 하였습니다."

대조영의 대답에 대문이 마음에 드는 듯 미소를 보였다.

"잘 기억하는구나."

"할아버지의 말씀을 가슴에 새기고 있습니다."

대문은 고개를 끄덕이더니 이내 모두를 둘러보며 말했다.

"이제 내가 너희들에게 부탁해야 할 게 생겼다."

대걸걸중상이 의아한 얼굴을 보였다.

"부탁이라니요?"

대문은 잠시 침묵하더니 굵은 목소리로 말했다.

"내가 너희들에게 가르쳤던 것들을, 고려를 다시 일으키는 데 써다오. 그리고 고려를 위해 우리 가족 모두가 진정한 충성심으로 힘을 모았으면 한다."

대걸걸중상과 대조영, 대야발이 그를 응시했다. 대문은 한 사람씩 눈을 마주치고는 다시 말을 이었다.

"우리는 더 이상 고려의 왕족이란 마음을 버려야 한다. 오직 나라를 되찾기 위해 백성을 돕고 군사들을 이끄는 충성의 마음으로 살아가야 하느니라. 이제 우리가 할 일은 바로 이것이다. 나는 이 일을 너희들과 함께하고 싶다. 이게 나의 부탁이다."

그 말에 대걸걸중상은 잠시 혼란스러웠다. 그의 아버지 대문은 항상 은연중 가문을 일으키고, 나아가 왕위까지 생각해야 한다고 말해왔다. 하지만 이제 그 뜻을 거두려는 것인가? 자신들에게 인심을 얻기 위해 연개소문처럼 허리를 숙이고 머리를 조아리라고 가르치던 아버지는 어디로 갔는가?

"하면 지난날, 아버지께서 제게 가문의 최고 자리를 말씀하신 것은 어찌 되는 것입니까?"

대문이 대답했다.

"지금 우리나라는 남은 것이 없다. 나라가 없는데 가문이 무슨 소용이겠느냐? 알량한 권력을 위해 서로 반목하고 헐뜯는 것에서 벗어나 무너진 나라를 세우는 것에 힘을 모아야 한다. 이곳 안시성에 모인 모든 사람도 나와 생각이 크게 다르지 않을 것이다. 아니, 다르다면 내가 설득해서 그들의 힘이 오직 충성에 모이도록 만들 것이다."

대문의 결연한 의지에 대야발이 말했다.

"이제 저희가 해야 할 것은 무엇입니까? 제가 가져야 할 포부는 무엇입니까? 그동안 저는 할아버지의 가르침대로 가문의 힘을 위해 사람들에게 덕을 베풀고 숙이는 것을 배웠습니다. 그럼, 그 가르침이 다 잘못되었다는 것입니까?"

대문은 눈을 조용히 감더니 이내 눈물 한 방울을 흘렸다.

"모두 내 잘못이다. 너희들에게 마음을 다하는 것을 가르친 게 아니라, 내 욕심을 위해 행동하도록 가르쳤다. 좋다. 너희들이 내키지 않으면 하지 않아도 좋다. 그러나 내가 이번만큼은 진심으로 너희에게 부탁한다. 무너진 고려를 되살리는 데 너희들의 포부를 써줄 수 있겠느냐?"

대문은 자리에서 일어나 자기 아들과 손자들에게 무릎을 꿇었다. 깜짝 놀란 대걸걸중상이 대문을 일으켰다.

"아버지, 이게 무슨 일입니까?"

"부끄럽게도 나는 시대호가 죽은 뒤에야 사람 목숨 귀한 것을 알았다. 그리고 겉으로 보여주기 위해 겸손한 척, 대범한 척 하는 것이 아닌 진심으로 마음을 다하는 것이 진리임을 깨달았다. 시대호는 이것을 내게 알려주었다. 그리고 먼저 세상을 떠난 연개소문 대막리지 각하도 나보다 한 수 위였다는 것을 알았다. 나는 그저 복수심에 휩싸여 욕심에 눈이 멀었던 것이다. 정말 너희들에게 면목이 없고 미안하구나. 내 죄를 용서해 다오."

대문의 호소에 대걸걸중상은 통곡했고, 이내 대조영과 대야발까지, 대씨 가족들은 부둥켜안은 채 눈물을 흘렸다.

제 18 장

부흥의 꿈

고구려가 멸망한 지 2년이 지난 670년, 평양성을 간신히 탈출한 검모잠은 궁모성에서 보장태왕의 서자인 안승安勝을 태왕으로 추대해 고구려국을 선포, 고구려 부흥 운동을 일으켰다. 검모잠이 이끄는 고구려 부흥군은 평양의 안동도호부를 습격하는 등 항쟁 운동을 전개했다. 이에 쫓겨 안동도호부는 평양에서 신성으로 자리를 옮기게 되었다. 이러한 검모잠의 활약에 발맞춰 안시성의 양만춘이 군사들을 보내 당군의 수송부대를 습격하여 그들을 괴롭혔다. 특히 젊은 장수 대조영은 당군의 수송부대에서 빼앗은 식량과 무기를 갖고 안시로 개선했다.

"이 늠름한 젊은이가 이리 큰일을 해내니 고려를 되찾을 날도 멀지 않은 것 같구려."

연수영이 대조영을 보며 밝은 얼굴로 칭찬했다.

"과찬이십니다."

"과연 훌륭한 장부로다."

이어 연수진이 대조영의 어깨를 쓰다듬었다. 대조영은 고개를 깊게 숙이며 공손히 인사했다.

"감사합니다."

이렇게 고구려는 젊은 피의 활약만큼 세력이 커졌고, 당에서는 장군 고간高侃을 파견하여 항당 세력을 대대적으로 소탕하려고 하였다. 고간은 군사를 몰아 안승과 검모잠의 근거지인 궁모성을 치려고 했다. 당나라에서 증원된 부대이기에 군사 수는 설례의 안동도호부의 군사보다 훨씬 많았다. 궁모성에서 안승은 고간의 진격 소식을 듣고 후들거리며 검모잠에게 말했다.

"검모잠, 당에서 고간이라는 장수가 이끄는 대군이 우리를 위협하고 있소."

"걱정 마십시오, 폐하."

"어찌 걱정이 안 되겠소. 우리는 저들에게 표적이나 다름없는 꼴이잖소."

안승은 나이가 어리고 나약한 인물로 나라를 다스리는 것에는 관심이 없었다. 그저 안정된 삶을 원하는 평범한 사람이었으나 근방에 남아 있는 고구려 왕실 혈통이 없었기에 검모잠도 어쩔 수 없었다. 왕재가 될 만한지 아닌지 따질 수 있는 상황이 아니었다.

한편, 신라에서도 고구려 부흥군에 대해 조처하기 시작했다. 신라도 고구려 부흥 운동은 상당히 껄끄러운 일이었다. 이에 신라에서는 안승에게 은밀히 밀지를 보냈다.

> 안승, 그대의 모친은 우리 신라에 귀순한 연정토의 딸이오. 그대는 지난날 고구려 태왕의 서자이기에 지금은 명분상 황제로 있지만 언젠가는 검모잠에게 황위를 빼앗기게 될 것이오. 게다가 당에 대한 그런 도발적 행위는 당의 미움만 사고 만에 하나 사로잡히기라도 하면 죽음을 면치 못할 것이오. 지금 당에서 파견된 대군의 지휘자 고간은 뛰어난 장수요. 그대의 미미한 세력이 이기기는커녕 대적조차 어려운 상대요. 차라리 우리 신라에 귀순하여 영토와 지위를 보존하시오. 우리는 그대의 자리를 보존하고 부귀를 누리게 해줄 것이오.

신라에서 보낸 밀지를 본 안승은 바람 앞 등불처럼 심하게 마음이 흔들렸다.

안동도호부에서는 도호부사 설례가 당으로 돌아가고 고간이 그 후임으로 도호부사직에 올랐다.

"설인귀 장군을 대신하여 새로 부임한 도호부사 고간이라 하오. 나는 설인귀 장군과 다르게 저 고구려인들이 저항한다면 힘으로 다스릴 것이오. 저 무지한 오랑캐에 의해 우리 안동도호부가 신성으로 도망치듯 쫓겨왔다는 것은 말이 되지 않소. 나는 저 평양성으로 안동도호부를 다시 이전할 것이며 항당 세력은 모두 송두리째 뽑아버릴 것이오."

고간은 군사를 일으키고 직접 선두에 나서 안시성부터 공략에 나섰다.

"성주님, 고간이 이끄는 당군이 이쪽으로 오고 있습니다."

양거의 보고를 들은 양만춘이 미간을 찌푸렸다.

"참으로 끈질긴 자들이구나."

"장수들을 모아 대책을 강구하시지요."

"그러자꾸나. 모두 들라 하라."

양만춘과 함께 양거, 양천필, 대문, 대걸걸중상, 대조영, 시녕, 대야발, 고돌발, 고리운, 장미은, 연수영, 연수진, 이다조가 회의실에 들어왔다.

"적군의 수가 우리보다 많은 것은 사실이나 이 안시성을 쉽게 빼앗지 못할 것입니다."

대문이 입을 열자, 고돌발이 의기양양한 목소리로 동조했다.

"그렇습니다. 이세민의 백만 대군도 넘지 못한 안시성을 어찌 저따위 놈들이 함락시키겠습니까?"

그러자 양만춘이 무겁게 말했다.

"죽기를 각오하고 싸운다면 우리에게 승산이 없지는 않을 테지만 모든 것이 우리에게 유리하지만은 않소. 과거 이세민과의 전투에서는 이곳의 지형과 기후 덕에 승리를 거둘 수 있었으나, 지금도 그러하리란 보장은 없소."

젊은 혈기가 넘치는 대조영이 우렁찬 목소리로 말했다.

"성주님, 목숨을 걸고 이 성을 반드시 지켜낼 것입니다."

양천필 역시 당차게 말했다.

"그렇습니다! 어떠한 방법을 써서라도 적들을 막아낼 것입니다!"

그러나 성주 양만춘은 쓴웃음을 지어 보일 뿐이었다.

회의가 끝난 후, 밖으로 나오는 이다조의 표정이 어두웠다. 그런 이다조를 본 대조영이 물었다.

"자네, 안색이 왜 그리 안 좋은가?"

연배가 비슷했던 두 사람은 서로 마음을 터놓고 지냈다. 이다조가 울적하게 말했다.

"개모성이 함락되었을 때, 아버지가 당군에 의해 잡혀가셨다는 소식을 들었네. 언제쯤 구하러 갈 수 있을지 오늘따라 심란해서 그러네."

대조영이 이다조의 어깨를 두드리며 말했다.

"걱정 말게. 우리가 이렇게 안시성에 버티고 있으니, 힘을 모아 붙잡힌 우리나라 사람들을 반드시 구출할 수 있을 걸세."

대조영의 위로에도 이다조는 아무 대꾸 없이 자리를 떠났다.

궁모성에서는 안승이 신라에서 온 밀지를 받고 두려움과 초조함에 떨다가 자신이 가장 의지하는 신하인 소형 다식^{多式}을 불렀다.

"다식, 당의 대군이 이곳을 공격한다면 우린 꼼짝없이 죽지 않겠소?"

"폐하, 어떤 말씀이시온지?"

"짐은 두렵소. 나라를 되찾겠다는 검모잠의 권유에 이렇게 태왕 자리에 올랐지만, 망한 나라를 어찌 되찾는다는 말이오? 나는 그저 평안하게 살고 싶을 뿐이오."

어리광 섞인 안승의 말에 다식이 안타까운 표정을 지었다.

"폐하."

"다식, 나를 도와주시오. 이미 신라에서 투항하라는 밀지가 내게 왔소이다."

안승은 다식에게 간청했다. 잠시 생각하던 다식은 냉정한 표정으로 말했다.

"검모잠은 절대 투항하지 않을 것이옵니다. 그를 제거하십시오."

"검모잠을 죽이자는 말이오?"

안승이 눈을 동그랗게 뜨며 되물었다.

"그렇습니다. 검모잠은 독한 인물이옵니다. 살려두면 반드시 칼을 갈아 폐하께 덤빌 것이옵니다."

"알겠소. 어찌 제거하면 되겠소?"

"오랜만에 신료들을 모아 고구려 부흥을 위한 술자리를 마련했다 하여 참석시킨 후, 검모잠이 술에 취하면 그때 목을 베어야 하옵니다."

"알겠소."

안승이 고개를 끄덕였다.

며칠 뒤, 검모잠은 안승이 연 술자리에 참석하였다.

"우리는 저 당에 빼앗긴 나라를 되찾기 위해 일어섰소. 그런 의미로 이렇게 술자리를 열었소이다. 나라를 되찾을 때까지 모두 싸웁시다!"

안승이 술잔을 들고 말하자 검모잠이 기쁜 어조로 맞장구를 쳤다.

"옳으신 말씀이십니다."

"하하하! 오늘만은 모두 취해 보십시다!"

"하온데 폐하."

검모잠이 무언가 말하려는 듯했다.

"왜 그러시오?"

"당군이 안시성을 공격하고 있다고 하옵니다. 우리 쪽에서 병사를 보내 안시성을 지원해야 하지 않을는지요?"

"걱정 마시오. 양만춘 장군은 이세민의 백만 대군을 물리친 용장이잖소. 알아서 잘 막아낼 것이오."

안승은 너무나 태연하게 대꾸했다. 검모잠이 다소 걱정 어린 목소리로 재차 말했다.

"하지만 적들은 숫자도 많고, 강군입니다. 지원해야 하지 않겠사옵니까?"

"알겠소. 내 생각해 볼 터이니 이런 술자리에서 복잡한 이야기는 하지 맙시다."

안승의 말에 검모잠은 더 이상 아무 말 못 하고 술만 마셨다. 어느새 분위기가 무르익어 갔다. 미리 대기하고 있던 안승의 부하 무장들이 검모잠을 결박하려 준비하고 있었다.

"잡아라!"

안승이 부하들에게 소리쳤고, 술에 취한 검모잠은 저항할 새도 없이 붙잡혔다.

"이놈들! 이게 무슨 짓이냐?"

검모잠이 호통쳤지만, 그의 몸은 이미 밧줄로 묶여 있었다.

"이게 무슨 짓입니까!?"

검모잠이 안승을 보며 날카롭게 말했다.

"우리가 살아남기 위해서는 검모잠, 당신이 죽어야 하오."

"대체 그게 무슨 말씀이옵니까?"

검모잠의 목소리에는 억울함이 가득했다. 그때 다식이 나서며 차갑게 말했다.

"우리는 신라에 항복하기로 했소. 저 당군을 감당할 만한 능력이 우리에겐 없소."

"이게 대체 무슨!"

검모잠이 분통을 터뜨리며 말했다.

"검모잠 대형, 지금이라도 우리와 뜻을 함께할 거라면 목숨만은 살려주겠소."

안승이 검모잠에게 마지막 선처를 베풀었다.

"이놈 안승!"

검모잠이 안승을 향해 소리 질렀다. 그 분기 서린 목소리에 안승과 다식이 움찔하였다. 검모잠은 눈을 부라리며 악을 쓰며 포효했다.

"내가 너를 태왕으로 내세운 것은 억울하게 무너진 우리의 나라를 다시 일으키기 위함이었다! 그런데 네놈은 그만한 그릇이 아니었구나. 혈통에 치우쳐 됨됨이를 알아보지 못한 나의 탓이다. 네놈 밑에서 더럽게 목숨을 보전하느니 차라리 이 자리에서 죽겠다! 어서 죽여라!"

검모잠의 노기에 안승이 기가 질려 부들부들 떨자, 다식이 주위에 대고 소리쳤다.

"목을 쳐라!"

검모잠은 쓰러졌다. 고구려의 부흥을 위해 안승을 태왕으로 추대하고 고구려국을 선포한 검모잠은 이렇게 생을 마감하게 되었다.

제 1 9 장

무너진 안시성

안시에서는 몇 차례의 전투가 있었음에도 성은 함락되지 않고 잘 견디고 있었다. 하지만 당군에 의해 완전히 포위된 상태였다.

"과연 안시성이야. 선제께서 그토록 힘을 뺐다는 성답군."

고간이 중얼거렸다.

그때, 지난날 고구려를 배신하고 당에 투항했던 고요묘가 달려와 보고했다.

"장군, 안승이 검모잠을 죽이고 신라에 투항했다고 합니다!"

"뭐? 하하하! 그것참 반가운 소식이군! 그 소식을 저기 안시성 놈들에게도 전해주고 싶구먼!"

"장군, 소장이 저들에게 알려 사기를 꺾어 놓겠습니다."

"그래! 그러게!"

고간의 허락을 받은 고요묘가 안시성 앞에서 성을 향해 소리쳤다.

"안시성의 군민들은 들으라! 고려를 부흥시킨답시고 안승을 태왕으로 추대해 고구려국을 선포했던 검모잠은 안승에게 살해당하고 심지어 안승은 신라에 항복했다! 이제 더 이상 이 땅에 고려는 없다!"

고요묘의 말에 안시성 군사들은 동요하고 말았다.

"성주님, 병사들 사이에서 동요가 일어나고 있습니다. 배신자 고요묘가 안승에 의해 검모잠이 죽고 고구려국이 멸망했다는 요설을 퍼붓고 있습니다."

대걸걸중상이 양만춘에게 상황을 전했다.

"흐음!"

양만춘은 무거운 표정을 지을 뿐이었다.

때마침 안시성을 공격 중인 고간의 군사들에게 원군이 도착하여 그들의 사기는 더욱 뛰었다. 원군을 이끌고 온 장수는 설례와 주청이었다.

안시성 안에는 고구려국의 멸망이 사실이라는 보고가 들어와 모든 장수들이 착잡한 얼굴을 한 채 집무실에 앉아 있었다.

"어찌 이런 일이."

연수영이 얼굴을 감싸 쥐며 서글피 중얼거렸다.

"우리가 이대로 가만히 성만 지키고 있어야겠소?"

대문이 조용히 말했다. 잔뜩 예민해진 고돌발이 퉁명스럽게 대꾸했다.

"그러면, 성을 지키는 것 외에 무얼 더 할 수 있단 말이오?"

"오히려 나가서 적을 쳤으면 합니다."

모든 장수들이 대문을 쳐다봤다. 연수진이 지친 목소리로 물었다.

"나가서 적을 치면 승리한다는 보장이 있습니까?"

시녕이 끼어들었다.

"가만히 앉아서 성이 당군의 손아귀에 떨어지는 걸 구경하느니 나가서 싸우는 게 나을 듯싶습니다."

고돌발이 대문과 시녕을 번갈아 보며 말했다.

"어허, 이거 참! 그래, 싸우는 건 두렵지 않소만 당최 어찌 싸우겠다는 게요?"

"대문 장군, 뭔가 방도가 있소이까?"

고리운도 대문에게 물었다.

"적들은 우리가 치고 나오리라고는 생각지도 않을 것이니 수비병이 적은 곳을 치고 나가면 됩니다."

대문의 말에 연수영이 동의했다.

"저는 그 의견에 찬성합니다."

대문이 양만춘에게 말했다.

"성주님, 공격 명령을 내려주십시오."

"이는 승패를 떠나 대문 장군과 군사들의 희생이 걱정될 뿐이오."

그녀도 어느새 백발이 성성한 노장이 되어 있었다.

"걱정 마십시오. 적들을 혼쭐내주고 오겠습니다."

여유 있는 대문의 말에 대걸걸중상이 옆에서 말했다.

"저도 아버지를 따라 함께 나가겠습니다."

"저도 할아버지를 따라 나가겠습니다."

"저도 가겠습니다!"

대조영과 대야발도 나섰다.

"저도 함께 치러 나가겠습니다!"

"저도 갑니다!"

연수영이 자원하자 연수진도 호기에 찬 목소리로 동조했다.

"소장도 나가서 적을 무찔러 하루속히 제 가족들을 데리고 올 수 있는 활로를 열고 싶습니다."

이다조의 호소 어린 목소리까지 들은 양만춘은 고개를 끄덕이며 허락했다.

"알겠소. 그러면 그대들은 정예 군사 5천을 이끌고 적을 치도록 하시오."

대문이 강한 의지를 보이며 말했다.

"하면 오늘 밤, 야습을 감행하겠습니다!"

그날 밤, 대문은 아들 대걸걸중상, 손자 대조영·대야발 형제,

그리고 연수영·연수진 자매와 함께 정예병 5천 명을 이끌고 적의 방비가 가장 허술한 북문을 열고 적을 공격하러 나섰다. 안시성 북문 앞은 주청이 진을 친 곳이었다. 주청은 갑작스러운 기습에 당황하여 우왕좌왕하다가 결국 진영을 내주고 도주하고 말았다.

"우리가 이겼다!"

기쁨이 넘치는 목소리로 대문이 소리쳤고 군사들 역시 기쁨에 겨워 함성을 질렀다.

한편, 진영을 빼앗긴 주청은 남은 부하들을 이끌고 50리 밖으로 잠시 물러났다. 그리고 다시 진영을 탈환하기 위해 군사들을 재정비했다. 주청은 군사들을 둘로 나눠 양쪽에서 진영을 공격하도록 준비하면서 뛰어난 무장 두 명을 은밀히 불렀다. 그 두 무장은 왕각王角과 황부黃部로 주청의 부하 중 무예 솜씨가 가장 뛰어난 자들이었다.

"왕각, 황부! 자네들에게 특수임무를 내리겠다."

왕각이 물었다.

"무엇입니까?"

"곧 있으면 우리가 빼앗긴 진영을 탈환하기 위해 군사들을 둘로 나누어 쳐들어갈 것이다. 이기든 지든 간에 자네 두 사람은 고구려군으로 위장해 그들 틈에 섞여 은밀히 북문을 열 준비를 하라. 북문을 열게 되면 불화살로 신호를 보내라. 그러면 내가 군사들을 이끌고 공격할 것이다."

황부가 고개를 갸웃거리며 말했다.

"위장하여 섞일 수는 있습니다만, 만약 발각되면 어찌합니까?"

"그건 걱정 말거라. 너희가 고구려군과 마주치면, 그들 중 적색 기를 든 부대가 있을 것이다. 그들에게 합류하라. 내가 이미 다 손을 써두었다."

주청의 설명에 왕각과 황부는 뜻을 알아채고는 명을 받들어 움직였다.

"존명!"

주청은 군사들을 이끌고 진영을 공격하러 나섰다. 양쪽에서 공격해 오자 좌측에서는 대문과 대걸걸중상이 막고 우측에서는 연수영과 연수진, 대조영과 대야발이 막았다. 이들이 죽기를 각오하고 막아내는 바람에 주청은 군사들을 물릴 수밖에 없었다.

"막아냈다, 막아냈어!"

대문이 감격에 차 말했다.

"아버지! 이제 우리가 치고 나갈 수 있을 것입니다!"

대걸걸중상이 거들었다.

"그래! 그래! 군사들을 이쪽으로 더 보내 집결시키도록 해달라고 성안에 부탁하자!"

대문은 성안으로 부하들을 보내 군사를 요청했다. 성으로 들어가는 고구려군들은 적색 기를 든 부대였고, 그들 틈에 왕각과 황부가 잠입했다.

한편, 주청은 설례로부터 군사들을 더 지원받아 다시 군을 정비했다. 그날 밤, 불화살이 오르고 안시성의 북문에서 불길이 치솟는 것이 보였다.

"옳지! 왕각과 황부가 성공한 모양이군!"

주청은 즉시 군사들을 몰아 북문을 공격했다.

성에 몰래 잠입한 왕각과 황부는 성 문지기들을 죽이고 성문 일대에 불을 질렀다. 그리고 북문을 활짝 열었다. 이 광경에 북문 앞 진영의 대문과 대걸걸중상, 대조영, 대야발과 연수영, 연수진은 당황했다. 그때를 놓치지 않고 주청의 군사들은 혼란에 빠진 이들을 공격했다.

"이런! 적의 계교인가?"

대문이 탄식했다.

"적을 막아야 한다! 막아라!"

대걸걸중상이 나서며 적과 혈전을 벌였다. 진영은 아수라장이 되었다. 그리고 진영을 통과한 주청의 군사들이 북문으로 들어가는 모습이 대문의 눈에 보였다. 대문은 북받치는 마음에 눈물을 쏟았다. 장검을 빼 들고 적에게 달려들었다. 하지만 안시성의 열린 북문으로는 주청의 군사들뿐만 아니라 고간과 설례의 군사들까지 밀고 들어왔다.

"성을 사수하라! 우리 고려는 끝나지 않았다!"

양만춘이 군사들을 지휘하며 소리쳤다.

이때, 성 내부에 있던 궁수들이 몰려와 양만춘에게 집중사격을 가했다. 양만춘의 온몸 이곳저곳에 화살이 꽂혔다. 때마침 달려 온 대조영이 군사들에게 방패를 들고 오도록 하여 막았음에도 이미 늦었다.

"대체 어떤 놈들인가?"

대조영은 성안에서 화살이 날아왔기에 내부 배신자가 있음을 눈치챘다. 그리고 그 화살은 적색 기를 든 부대에서 날아오고 있었다.

"저 부대는!?"

대조영이 놀란 얼굴로 부대장을 보았다. 그는 이다조였다. 대조영은 큰 배신감을 느껴 달려갔다.

"다조, 자네가 어찌 이럴 수 있는가?"

대조영의 호통에 이다조는 눈물을 쏟으며 울부짖었다.

"조영, 미안하네. 내 아버지께서 당군에게 잡힌 뒤, 여전히 잘 살아서 지금 당군 진영에 계신다는 소식을 들었어. 나는……. 어쩔 수가 없었네."

이다조에게 실망한 마음은 이내 분노가 되었고, 대조영은 이다조를 향해 달려들었다. 두 사람이 창을 맞대고 싸웠지만, 승부가 나지 않았다.

"조영, 나는 자네와 싸우고 싶지 않아."

"닥쳐! 내가 어떻게든 힘을 모아서 함께 우리 사람들을 구하자고 했거늘, 어찌 이럴 수 있는가? 감히 양만춘 성주께 화살을 날리다니, 용서할 수 없어!"

대조영이 다시 이다조에게 달려들려고 했으나, 대규모의 당나라 군사들이 몰려드는 바람에 물러설 수밖에 없었다.

양만춘은 화살에 맞았음에도 통증을 참으며 이를 악물고 마지막까지 군사들을 독려했다. 피를 많이 흘린 양만춘은 결국 바닥에 쓰러졌다.

안시성은 그야말로 혼란, 그 자체였다. 당군의 무차별한 공격에 누가 누구인지 모를 정도로 뒤섞인 암흑 속의 대혈전이었다.

아침이 되었다. 대부분의 안시성 장수들과 군민들은 당군에게 사로잡혀 포로 신세가 되고 말았다. 그러나 양거만이 마지막까지 싸우고 있었다. 양거는 한쪽 팔이 없는 자기 부인 차희와 함께 성의 구석진 곳에서 당군과 맞서고 있었다. 이미 부하들은 모두 죽고 둘만 남아 있었다.

"부인, 두렵지 않소?"

양거가 차희를 보며 애써 담담하게 말했다. 차희는 미소를 지어 보이며 차분히 대꾸했다.

"당신과 함께한 지 20년. 당신이 죽는다면 저도 함께 죽을 것입니다."

"고맙소. 부인."

양거는 피 묻은 손으로 차희를 껴안았다.

"그만 항복하라!"

설례가 양거에게 소리쳤다.

"나는 안시성주 양만춘 장군의 조카 양거다! 절대 항복하지 않을 것이다. 여기서 나는 뼈를 묻을 것이니라!"

"양만춘의 조카라! 양만춘은 이미 전사했다! 그만 항복하라!"

"닥쳐라! 잔소리 말고 어서 덤벼라!"

"어쩔 수 없지! 그러면 내가 직접 상대해 주마!"

설례는 말에서 내려 창을 직접 들고 양거에게 달려들었다.

1합, 2합, 3합, 4합, 5합… 설례의 무예는 대단했다. 10합 만에 양거의 목을 찔러버렸다. 양거는 쓰러지면서까지 설례를 노려보다 눈을 부릅뜬 채 죽음을 맞이했다.

"고려…… 고구려…….”

양거의 입에서 마지막으로 새어 나온 말이었다. 죽은 양거의 시신을 껴안고 흐느끼던 차희는 이내 설례를 보며 날카롭게 소리쳤다.

"나를 모르겠느냐, 설인귀!"

"뭐라?"

설례는 의아해하며 한쪽 팔 없는 차희를 쳐다보았다.

"이세민의 더러운 술수로 20여 년 전 너희 당나라 놈들에게 능욕을 당하고 팔을 잃은 차희다!"

차희의 말에 설례는 그제야 그녀가 누구인지 눈치챘다.

"그러면 그때 안시성 앞에서 팔이 잘린 년이 네년이었구나?"

"그렇다!"

"그래서 네년이 뭐라도 된단 말이냐?"

"난 양거의 아내다. 방금 네놈의 손에 목숨을 잃으신 분이 내

지아비시다!"

"하! 알겠다. 하지만 나는 네년에게 볼일이 없느니라! 썩 비키거라!"

"너희는 질 것이다! 반드시 질 것이다! 남의 나라를 짓밟고 힘없는 백성들을 함부로 도륙 냈으니 기어이 저주받을 것이다!"

"닥치지 못할까, 이 요망한 년!"

설례가 휘두른 창이 차희의 복부를 찔렀다.

"흐흐흐하하하!"

차희가 설례를 노려보며 미친 듯이 웃어댔다.

"이런 요망한 것!"

설례가 창을 뽑은 뒤 목을 베어버렸다. 차희의 목이 땅에 떨어졌다. 그녀의 눈에서는 눈물이 계속 흘렀다. 반면 입가에는 여전히 웃음기가 가득했다.

성주 양만춘과 그의 조카 양거, 그의 아내 차희가 이 전투에서 전사하고, 나머지는 당군에게 포로로 잡혔다.

"이 포로들은 모두 본국으로 끌고 가 노예로 삼겠다."

고간이 으스대며 말했다. 그리하여 고요묘가 당나라의 영주로 포로 압송 임무를 맡게 되었다.

제 20 장

걸사비우

안시성의 포로들은 고요묘에 의해 당으로 끌려가고 있었다. 승리감에 취한 당군들은 포로들을 조용히 다룰 리가 만무했다. 당병들은 포로들을 희롱하고 만지고 때리고 침까지 뱉으며 거칠게 다뤘다. 이에 화가 난 대조영이 그들에게 윽박질렀다.

"이 망아지들! 이게 무슨 짓이냐!"

"이 미친 고구려 놈이 아직도 정신을 못 차렸나!"

당병들이 대조영을 발로 차며 무자비하게 구타했다.

"그만해라! 이 나쁜 놈들아!"

그 모습을 보며 고나가 날카롭게 말했다.

"뭐야? 이 계집은? 오호라! 보아하니 공주인지 뭔지 하는 년이군! 왜? 네년이 몸이라도 대주려고 그러느냐?"

당병이 비꼬는 말투로 고나에게 치근댔다.

"그만두지 못해!"

대조영은 일어서서 손이 묶인 채로 벌떡 일어나 그 당병에게 몸통 박치기로 달려들어 땅바닥에 함께 뒹굴었다.

"아니, 이놈이!"

당병들이 몰려와 대조영을 마구 짓밟았다. 대조영의 얼굴에 피가 흘렀다.

그때, 갑자기 사방에서 함성과 함께 한 무더기의 군사들이 달려 나와 당병들을 베기 시작했다.

"모두 죽여라! 당나라 놈들은 모두 죽여버려라!"

그 무리의 대장인 듯한 자가 소리쳤다.

"이런! 웬 놈들이냐?"

포로를 압송하던 고요묘는 허둥대며 말을 제대로 몰지 못하고 비틀댔다.

"네놈은 나라를 팔아먹은 간적 고요묘로구나!"

대장인 듯한 자가 고요묘에게 달려들었다.

"으악!"

고요묘는 그가 휘두르는 대도에 맞고 말에서 떨어졌다. 부하들이 달려와 피를 흘리며 끙끙대는 고요묘를 에워쌌다.

"도…… 도망치자!"

고요묘가 간신히 말하자 당군은 그대로 달아났다.

당군이 사라지자, 고요묘를 공격한 자는 부하들에게 고구려 포로들을 풀어주라 말했다. 그에게 대걸걸중상이 감사를 표하며 물었다.

"고맙소이다. 그나저나 댁들은 누구시오?"

돌풍을 일으킨 듯한 위용의 사내가 자신을 소개했다.

"우린 말갈군으로 항당 조직이오. 이 몸은 걸사비우乞四比羽라고 하오."

"참으로 고맙소이다, 걸사비우 장군."

"어인 말씀이오. 우리 모두 다 당을 몰아내는 데 총력을 다해야 하지 않겠소."

"여기는 우리나라 공주 전하, 네 분이시오."

대조영이 걸사비우에게 공주들을 소개했다. 걸사비우는 즉시 부복하여 예를 올렸다. 이어 걸사비우는 자신의 진영으로 사람들을 안내했다. 진영에 도착한 뒤, 걸사비우는 장수들과 함께 자리하여 자신의 계획을 설명했다.

"고간은 안동도호부를 다시 평양성에 들여놓았소. 우리의 1차 목표는 인근의 항당 조직과 연합하여 안동도호부를 없애는 것이오."

그러자 고리운이 걸사비우에게 물었다.

"인근의 항당 조직에는 어떤 이들이 있소?"

"평양성 근처에 일반 백성들이 무기를 들고 당군과 기습전으로 싸우고 있소. 압수 근처 그 일대에도 항당 조직이 일어나고 있소이다."

걸사비우는 말갈군을 이끄는 대장답게 쩌렁쩌렁하고 위엄이 있는 목소리였다.

"고간이라는 자는 지난번의 설인귀보다도 잔인하오. 고려 유민을 당으로 압송해 노예로 삼는 일을 서슴지 않고 있소이다."

걸사비우가 고간에 대해 설명했다.

"고간 그놈은 잡은 유민들을 당의 영주와 수도 장안으로 옮기고 있소. 그러나 놈은 이 고려의 지형을 우리만큼 잘 알지는 못하오. 그렇기에 기습전을 펼쳐 포로를 구해내는 방법이 가장 적절하오. 우리는 저들에 비해 수적으로 매우 열세기 때문이오."

걸사비우의 설명에 연수영이 깨달은 듯 고개를 끄덕이며 말했다.

"그래서 기습전으로 우리를 구출해 주셨구려."

"그렇소이다. 앞으로도 포로를 옮기는 적들의 동태를 파악하여 고려 포로들을 계속 구출해 낼 것이오이다."

걸사비우의 말에 모두 고개를 끄덕였다.

"일단 모두 피로하실 텐데 숙소를 배정해 드리겠소. 야존곤野尊棍, 후차맹侯嗟猛은 이분들을 숙소로 모시고 편의를 봐 드려라."

걸사비우는 자신의 부장인 야존곤과 후차맹을 시켜 일행들이 편히 쉬게 하였다.

대걸걸중상은 시녀와 함께 침울한 얼굴을 했다.

"아버지께서 난전 중에 사라지셨으니 대체 어찌 되셨을꼬?"

시녀가 대걸걸중상을 위로했다.

"보통 분이 아니시니 분명 어딘가에 살아계실 것이오."

"행여 전사라도 하신 건 아닌지……."

"아직 아무것도 알 수 있는 건 없소. 속단하지 말고 기다려봅시다."

대걸걸중상이 고개를 끄덕였다.

한편, 숙소에서 쉬고 있던 대조영에게 고나가 찾아왔다. 대조영은 깜짝 놀라 자리에서 일어나 예를 갖추었다.

"공주 전하께서 어인 발걸음이시옵니까?"

"아까 당나라 군사들 사이에서 저를 위해 몸을 날려주신 것에 대하여 감사의 인사를 드리러 왔습니다."

고나가 말했다.

"아니옵니다. 마땅히 해야 할 일을 했을 뿐이옵니다."

"저 때문에 몸도 얼굴도 상하셨습니다. 별것 아니지만 예전에 안학궁에 있을 때 쓰던 약입니다. 상처에 쓰는 약이니 바르십시오."

고나가 대조영에게 약을 내밀었다. 대조영은 공손히 약을 받았다.

"황감하옵니다, 공주 전하."

"별말씀을요. 얼른 낫길 바랍니다."

고나가 대조영에게 인사를 하고 숙소에서 나왔다.

그로부터 얼마 후, 기쁜 소식 하나가 생겼다. 고리운과 장미은 사이에서 아이가 생긴 것이었다. 그동안 전투를 다니느라 아이 소식이 없어서 부부는 남몰래 고민이 많았는데 이제야 아이가 들어선 것이다.

소식을 들은 대걸걸중상이 고리운의 처소에 들러 축하를 전했다.

"참으로 축하하오, 고리운 장군."

"고맙습니다, 장군. 혹 이런 시기에 아이를 가져 폐를 끼치는 것은 아닌지 걱정입니다."

"그런 말 마시오. 걱정 말고 부인을 잘 돌보시오."

대걸걸중상이 고리운과 이야기를 나누는 사이, 대걸걸중상의 부인 시녕도 고리운의 부인 장미은에게 축하를 건넸다.

"축하해. 자네도 이제 아기를 가졌으니 정말 다행이야."

"고마워요. 정말 기분이 좋아요."

장미은은 시녕에게 싱글벙글한 표정을 지어 보였다. 절망 속에서 아이를 가진 장미은은 새로운 희망이 보이는 것만 같았다.

이 무렵 당군은 설례가 신라의 천성을 공격했다가 신라 장군

제2부 사라진 제국을 향한 몸부림

문훈文訓에게 패해 돌아왔다. 당나라는 신라와의 동맹이 깨지면서 신라와 전투태세에 돌입한 것이었다. 당은 신라군의 공격과 주변의 항당 고구려 세력의 공격으로 인해 큰 타격을 받고 있었다. 이 소식을 들은 걸사비우는 기회를 놓치지 않았다.

"지금 당나라군이 주둔해 있는 안동도호부는 인근 항당 세력과 신라군의 공격으로 큰 피해를 입어 그 힘이 매우 약해져 있소. 이 기회를 이용해 우리도 저 평양 안동도호부를 공격하고자 하오."

"좋습니다."

양천필이 제일 먼저 동의하자 고돌발도 거들었다.

"지금이 적기입니다."

"옳으신 말씀입니다."

시녕 역시 동의했다.

"우리는 평양으로 진격할 것이오. 선봉에 누가 서겠나?"

걸사비우의 물음에 후차맹이 앞으로 나섰다.

"제가 선봉을 맡겠습니다!"

"좋다! 후차맹이 선봉에 서서 진격한다!"

"예, 추장님!"

후차맹이 원기 왕성하게 대답했다.

그러자 강기우가 탁자를 쾅 치며 날선 목소리로 말했다.

"선봉에 말갈군이라니, 이게 가당키나 한가!?"

강기우는 지난날 평양성에서 공주를 호위했던 무장이었다.

강기우의 거드름에 장수들이 어처구니없는 얼굴로 쳐다보았다.

"지금 말갈군이 선봉에 서는 것에 불만이 있소?"

걸사비우가 낮은 음성으로 묻자, 강기우는 한쪽 입꼬리를 실룩거리며 말했다.

"거 기왕이면 고구려군이 하는 게 맞지 않소? 말갈군이야 뭐 힘쓰는 일이나 하면 되는 것이지."

"뭐요?"

후차맹이 흥분하여 자리에서 일어나자, 걸사비우가 이를 저지하며 물었다.

"말갈군과 고구려군이 뭐가 다르오?"

걸사비우와 후차맹의 기세를 살피던 강기우가 이를 드러내며 이죽거렸다.

"아니 뭐, 그래도 유목하는 사람들보다야 집을 두고 정착해서 사는 사람들이 전투에서도 책임감이 있지 않겠소? 돌봐야 할 처자식도 있고 하니……."

그러자 대걸걸중상이 매섭게 소리쳤다.

"그게 무슨 궤변이오!? 유목하는 사람들은 처자식도 없고 책임감도 없단 말이오? 내 이자를 당장……!"

강기우가 지지 않고 벌떡 일어나 턱을 들이밀었다.

"뭐? 당장 뭐 어쩔 건데? 칼로 나를 베기라도 하겠단 말이야? 너, 내가 누군지 알아? 내가 공주 전하들을 모시던 장수야. 무려 공주 전하 말이다! 알겠어?"

대걸걸중상이 강기우의 멱살을 잡으며 말했다.

"오냐. 네놈이 공주 전하들을 믿고 설치는 것이니 내 지금 바로 너를 공주 전하 앞으로 끌고 가 너의 죄를 고하겠다."

강기우가 대걸걸중상의 손아귀에서 벗어나려고 용을 썼다.

"이거 놓지 못해?"

걸사비우가 자리에서 일어나며 크게 외쳤다.

"그만들 하시오!"

모두가 일제히 행동을 멈추고 걸사비우를 보았다. 걸사비우는 대걸걸중상과 강기우에게 다가가 두 사람의 엉킨 손을 푼 후, 강기우를 보며 부드럽게 말했다.

"강 장군, 지금은 우리가 고구려니 말갈이니 구분 짓기보다는 적과의 싸움에서 이기는 게 더 중하지 않겠소이까? 이렇게 자중지란을 일으키는 것은 적들만 좋은 일이오. 이리 한들 우리에게 뭐가 달라지겠소? 그리고 여기 대걸걸중상 장군도 영양태왕의 후손 되시는 분이오. 그리 함부로 행동해서야 되겠소?"

강기우는 주변을 둘러보았다. 모두의 시선이 본인을 쏘아보고 있었다. 강기우가 한발 물러났다.

"알겠소. 흐음!"

하지만 눈은 여전히 불만스러웠다.

제 21 장

기습

고리운은 장미은의 임신으로 참전하지 못하고 진영을 지키게 되었다.
"중요한 시기에 참전하지 못해 송구합니다."
"아니오. 오히려 고 장군만 두고 출정하여 미안할 따름이오. 모쪼록 부인을 잘 돌보고 이 진영도 잘 좀 챙겨주시구려."
걸사비우가 위로했다. 이윽고 걸사비우가 이끄는 고구려 부흥 말갈군은 평양으로 남하했다.
이 무렵 매소성에서는 격렬한 전투가 한창이었다. 김유신의 둘째 아들 김원술金元述이 당나라 장수 고간을 죽여 당나라군은 기세가 제대로 꺾였다.

걸사비우가 평양 안동도호부에 도착했을 때, 이미 인근 항당 조직과 당나라 군사 간에 싸움이 벌어지고 있었다.

"총공격하라! 당나라 놈은 모조리 숨줄을 끊어버려라!"

걸사비우의 명령에 고구려 부흥 말갈 군사들이 안동도호부로 물밀듯이 쳐들어갔다.

"설인귀를 찾아라!"

"설인귀를 잡아라!"

군사들은 안동도호부의 설례를 잡기 위해 소리쳤다. 설례는 상황이 불리함을 깨닫고 부하들과 함께 도호부청을 빠져나갔다.

"비록 설인귀는 놓쳤지만, 안동도호부는 우리가 점령하였다!"

걸사비우가 승리를 선언했다. 군사들이 함성을 질러댔다.

도망친 설례는 부하들에게 안동도호부로 쳐들어온 고구려 부흥 말갈군의 정체를 파악하도록 지시했다.

"장군, 아군을 습격한 군사들의 실체를 아는 자를 데리고 왔습니다!"

주청의 보고에 설례가 날카롭게 말했다.

"어서 데리고 오라!"

"예!"

온몸이 만신창이가 된 남자가 병사들에게 끌려왔다.

"네놈이 분명 말갈족 놈들이 그 산 일대를 오고 갈 때 식량을 지원해 준 놈이렷다!"

주청이 윽박질렀다.

"그렇소."

남자는 지친 목소리로 짧게 대답했다. 주청이 설례에게 상황을 설명했다.

"장군, 이자는 이 근처에서 양곡을 거래하는 고구려 놈인데 언제부터인가 이자가 곡식을 가지고 산속으로 들어갔다가 나오는 것이 수상해 알아봤더니 그곳에 진영이 있었습니다. 진영을 지키는 자들은 대부분 말갈족이었고 소인이 이자를 붙잡아 고문 끝에 자백을 받아냈습니다. 그 진영은 고구려 부흥군의 진영이었습니다."

주청의 보고를 들은 설례는 잔인하게 미소를 지었다.

"수고했다. 군사들을 모아서 그 말갈족의 진영을 쓸어버려야겠구나!"

설례는 주청과 함께 말갈군의 진영으로 군을 끌고 나갔다. 한편, 걸사비우가 자리를 비운 고구려 부흥군 진영에는 당군이 쳐들어온다는 소식이 들려왔고, 진영 안은 발칵 뒤집혔다.

"큰일 났다! 당군이 이곳으로 몰려온다!"

설례와 주청의 당나라 군사들이 진영을 습격하여 말갈군과 고구려군들에게 달려들었다.

"당황하지 마라! 침착하게 대응하라!"

진영에 남아 있던 고리운이 병사들에게 외쳤다. 하지만 이미 주력부대가 진영을 빠져나갔기 때문에 진영은 비어 있는 것이나 다름없었다. 이를 잘 알고 있던 고리운은 고구려 네 공주의 거처로 갔다.

"공주 전하! 어서 피하셔야 하옵니다! 적군의 기습이옵니다!"
"적이라면?"

첫째 공주 고현이 물었다.

"당군이 쳐들어왔사옵니다! 여봐라!"

고리운의 부름에 호위 무장들이 달려왔다.

"예, 장군!"
"어서 공주 전하를 모시고 여길 벗어나라!"
"예, 장군!"

호위 무장들이 공주들을 호위하여 빠져나가려 하자, 고리운은 다른 곳으로 발길을 돌렸다. 그러자 둘째 공주 고나가 물었다.

"장군의 부인은요? 대피하셨습니까?"
"아직입니다! 제 처를 데리고 곧 가겠사옵니다!"

고나가 간곡한 눈빛을 보냈다.

"꼭 무사하셔야 합니다."
"예, 공주 전하!"

고리운은 즉시 자신의 거처로 가서 장미은을 만났다.

"대체 어찌 된 일입니까?"
"당군의 기습이오. 이미 대다수 군사가 전사하여 여기 있다가는 모두 개죽음을 당할 것이오. 빨리 빠져나가야 하오! 공주 전하들은 먼저 호위 무장들을 시켜 벗어나게 했소이다."

고리운의 설명 후, 장미은과 말에 오르려는 찰나 당군들이 우르르 몰려와 두 사람에게 칼을 겨누었다. 결국 고리운과 장미은은 포로 신세가 되어 설례 앞에 끌려왔다.

"오! 고리운이 아닌가? 횡산에서 날 골탕 먹인 놈이로구먼, 하하하! 나 설인귀야."

"날 구차하게 만들지 마라."

"아니야, 아니야. 그때 아주 잘했어. 온사문 같은 어리석은 놈보다는 너같이 머리를 좀 쓸 줄 아는 놈이 좋지. 하하하!"

"네 이놈! 어찌하여 지난 일을 들먹거리느냐? 죽일 테면 어서 죽여라!"

고리운이 매섭게 말하자 설례는 진지한 표정으로 고리운을 보며 말했다.

"흠. 이보게 고리운, 우리 당나라에 투항하지 않겠나?"

"난 고려의 무장이다. 어찌 너희 같은 무뢰배들을 섬기겠느냐!"

고리운이 오히려 설례에게 고함을 쳤다. 주위에 있던 무장들이 발끈하자, 설례가 이를 저지했다. 그러자 주청이 나섰다.

"장군, 어찌할 것입니까?"

설례가 말했다.

"고리운과 그의 처 장미은을 영주로 끌고 가라!"

"영주로 말입니까?"

"그렇다. 어차피 고구려 유민들은 모두 그리로 끌고 가게 돼. 항복하지 않는다면 영주에서 노역이나 하다가 죽겠지."

설례는 이렇게 말하고는 뒤돌아섰다.

고리운과 장미은을 비롯한 포로로 잡힌 고구려인들은 모두 영주로 끌려가게 되었다.

평양 안동도호부에도 이 소식이 전해졌다.

"추장님, 큰일 났습니다! 우리의 진영이 당군에게 습격을 받았다고 합니다!"

야존곤이 헐레벌떡 뛰어들어와 걸사비우에게 아뢰었다.

"무어라? 그게 사실이더냐?"

"예, 공주 전하들과 병사들은 겨우 도망쳐 지금 이리로 오고 있습니다!"

잠시 후, 도망쳐 나온 고구려의 공주들과 병사들이 걸사비우 앞에 나타났다.

"대체 이게 어찌 된 일이옵니까?"

"당군이 진영에 기습을 해왔습니다."

첫째 공주 고현이 울먹이며 대답했다. 옆에 있던 대걸걸중상이 다급하게 물었다.

"진영에 있던 고리운 장군은 어찌 되었사옵니까?"

"고 장군은 저희를 먼저 탈출하게 하셨습니다. 함께 나오지는 못했습니다."

"이럴 수가! 이를 어찌한단 말입니까!"

양천필이 망연자실한 표정으로 말했다. 걸사비우는 눈을 매섭게 뜨며 말했다.

"지금 당장 진영으로 군사를 돌립시다. 빨리 요동으로 가십시다."

그러자 대야발이 반대했다.

"하지만 추장님, 진영으로 돌아가 봐야 별 소득이 있겠습니까? 오히려 적들이 그곳에 매복하여 우리가 오기를 기다리고 있을지도 모를 일입니다."

"그렇다면 어찌하란 것인가?"

"어차피 진영이 습격당했다면 그곳에 남아 있는 것은 거의 없을 것이옵니다. 차라리 이곳을 확고히 지켜 당군의 안동도호부를 우리가 점령하고 있는 것이 낫지 않겠습니까?"

대야발의 말에 걸사비우는 냉정을 찾고 고개를 끄덕였다.

"알겠네. 자네 말대로 하지."

"하나 고리운 장군은 어찌한단 말인가?"

고돌발이 고리운을 걱정하며 말했다. 대야발이 침착하게 대꾸했다.

"살아계신다면 이곳으로 오실 겁니다."

대야발의 말대로 고구려 부흥군이 안동도호부를 점거하자 당은 어쩔 수 없이 안동도호부를 요동으로 다시 옮기게 되었다.

제 22 장

토벌대

 당 장안에서 황제 이치가 병석에 누워 요양하는 동안 이세민의 후궁에서 이치의 처가 되어 황후 자리까지 오른 무미랑, 즉 무조武照가 모든 정치를 관장하고 있었다. 무조는 자신의 첫 남편이었던 이세민을 죽음으로 내몰고, 지금의 남편인 이치를 골머리 앓게 하는 고구려 세력을 용서할 수 없었다. 또한, 자신의 정치적 입지를 위해서라도, 유능함을 과시하기 위해서라도 고구려를 무너뜨려야만 했다.

 "고작 고구려 유민들 때문에 안동도호부를 계속해서 옮긴다는 것이 말이나 될 소리요?"

 "송구하옵니다, 황후 전하."

무조의 조카이자 조정 대신 무승사武承嗣가 고개를 조아리며 말했다. 무조는 한숨을 내쉬고는 장수들을 둘러보며 말했다.

"이번에는 대규모 토벌대를 조직해서 모든 고구려 잔존 세력을 기필코 제거하여야 하오. 연남생, 연헌성, 왕각 장군."

"예, 황후 전하."

"그대들은 병사 10만을 이끌고 가서 항당 세력을 모조리 섬멸하도록 하시오."

"알겠사옵니다."

연남생과 연헌성, 왕각은 즉시 출진 준비에 돌입했다.

"황후 전하, 연남생 부자는 고구려 출신이 아니옵니까? 이런 중대한 책임을 맡겨도 될지요?"

무승사가 의아한 듯 물었다. 무조는 웃음기를 보이며 대꾸했다.

"저들이 고구려 출신이긴 하지만 이미 고구려 멸망 전에 항복을 해온 자들일세. 걱정하실 것 없네."

무승사가 고개를 끄덕이자, 무조가 다시 입을 열었다.

"고구려는 반드시 내 손으로 없애야 해. 그래야 나를 비롯해 너와 우리 무씨 집안이 이 나라에서 제일 가는 가문으로 우뚝 설 수 있는 기반이 될 것이기 때문이야."

"지당하신 말씀이옵니다."

무조는 무승사의 눈을 응시하며 낮게 말했다.

"또한, 너 역시 황제가 되지 말란 법이 없겠지? 아니 그러한

가, 조카?"

무승사는 당황과 설렘, 그리고 기대감이 뒤섞인 감정에 어쩔 줄 몰라 했다. 무조는 그런 조카의 모습이 재미있는지 깔깔거리며 무승사의 뺨을 가볍게 툭툭 쳤다.

당에서 연남생, 연헌성, 왕각이 이끄는 10만의 고구려 세력 토벌군이 출진하였다는 소식은 평양에도 전해졌다.

"당의 대규모 토벌대가 현재 요동 인근의 항당 세력과 교전 중이라고 합니다."

대조영이 보고했다. 걸사비우가 고개를 끄덕였다.

"큰일이군. 당에서 대대적인 공격에 나섰어."

시녕이 혀를 내두르며 말했다.

"상대는 10만. 참으로 눈앞이 깜깜해지는 일이올시다."

이에 후차맹이 의견을 냈다.

"가만있다가 당하는 것보다는 적극적으로 저들과 싸우는 게 어떻겠습니까?"

"후차맹의 말에 일리가 있습니다."

야존곤이 거들었다.

"하나 적의 수장은 누구보다도 이곳 지리를 잘 아는 연남생이다. 섣부른 공격은 우리에게 큰 피해를 남길 수 있다."

걸사비우가 말했다.

그러자 야존곤이 답답한 듯 말했다.

"그렇다고 이대로 적이 공격해오면 들입다 방어만 할 요량입니까?"

걸사비우가 무겁게 입을 다문 채 코로 깊은숨을 들이마시고는 낮은 음성으로 말했다.

"흠. 그리된다면 우리는 고립되어 전멸당하겠지."

"가서 싸웁시다!"

양천필도 싸움을 주장했다.

신중한 성격의 대야발이 차분하게 말했다.

"이 근처 항당 세력의 군사력을 합쳐 일부는 이곳에 남고 일부는 적과 싸우는 방법도 좋을 것 같습니다."

"그래. 그 말이 옳은 듯하군."

걸사비우는 출진할 군사를 준비시켰다.

"나와 야존곤, 후차맹, 걸걸중상, 대조영, 고돌발, 양천필 장군은 함께 출진합시다. 나머지 분들은 이곳을 지켜주시오."

한편, 연남생이 이끄는 고구려 토벌군은 요동 일대를 휩쓸고 있었다. 대군인 데다 정예군으로 편성된 연남생의 군대 앞에 수많은 고구려 장정들이 쓰러져나갔다.

"연남생 장군, 전방 30리 앞에 적병이 나타났습니다!"

부장 하나가 달려와 연남생에게 아뢰었다.

"적이라고? 수가 얼마나 되느냐?"

"3만 정도 되어 보였습니다. 하온데 적군에 고구려군과 말갈군이 섞여 있었습니다."

"그래? 됐다. 전투 준비를 하라! 모조리 쓸어버리자!"

"아버지, 제게 선봉을 맡겨주시지요. 적장 놈의 목을 베어 바치겠습니다."

연남생의 아들이자 장성한 청년 장수 연헌성이 나섰다.

"그래, 네가 한 번 선봉에 서보거라!"

"알겠습니다!"

연헌성은 자신 있게 휘하의 병졸들을 이끌고 선봉에 나서 돌격하기 시작했다.

"추장님, 적들이 돌격해 오고 있습니다."

야존곤이 걸사비우를 보며 말했다. 걸사비우는 상황을 보며 침착하게 지시했다.

"전면전을 하려는 것이로군. 그렇다면 우리가 불리하다. 이런 들판에서는 우리가 밀릴 수 있다. 좋다, 내 휘하의 부장들만 따라나서라. 적장과 일대일 승부를 보겠다. 나머지 군사들은 후방으로 물리도록 하라!"

"괜찮겠습니까?"

"물론이다!"

걸사비우는 휘하의 무장 몇 명만 이끌고 앞으로 나아갔다.

"나는 말갈군의 추장 걸사비우다. 적장은 나와 자웅을 겨뤄보자!"

걸사비우가 우렁차게 소리쳤다. 그러자 연헌성이 부장 둘을 데리고 앞으로 나왔다.

"용기가 가상하구나! 나는 당의 장수 연헌성이다!"

"연헌성이라면 연남생의 아들?"

"그렇다. 말갈족 추장이란 놈의 실력 한번 보자꾸나!"

연헌성은 말갈군을 '말갈족'으로 낮잡아 말했다. 말갈군은 고구려 유목민들로 구성되어있는데, 유목민으로 이루어지다 보니 당나라와 같은 외국 군대는 그들을 고구려군과 다른 이민족 부대로 취급했다. 하지만 이민족 취급이 아주 이상한 것도 아닌 것이, 걸사비우는 말갈군의 추장[21]으로 불렸는데, 말갈군에는 유목민들이 여러 곳을 떠돌아다니며 데려온 여러 북방인이 섞여 있었기 때문이었다. 걸사비우는 이런 다민족 군대를 운용하는 인물이었다.

"나라를 배신한 놈 주제에 별소리를 다 하는구나. 그 말을 유언으로 만들어 주마!"

걸사비우가 말을 몰아 앞으로 나아갔다.

"덤비거라!"

걸사비우와 연헌성이 창을 부딪치며 싸웠다. 1합, 2합. 3합. 몇 합을 겨루자, 실력이 확실히 차이가 났다. 걸사비우가 연헌성보다 한 수 위였다.

"후후! 가소롭구나! 그따위 실력으로 날 상대하려 했더냐!"

걸사비우가 비웃자, 연헌성은 다시 덤볐다.

"닥치거라!"

---

21) 고대 사회에서 유목민의 우두머리를 부르는 말.

연헌성이 재차 창을 휘두르며 걸사비우에게 달려들었지만, 걸사비우는 여유 있게 창을 받아내고 연헌성의 허점을 파고들었다. 연헌성은 걸사비우의 창을 막아내기에 급급했다.

"뭣들 하느냐! 이놈은 말갈족 추장이다! 쳐라!"

연헌성이 자신의 부장들에게 소리쳤다. 부장 둘도 걸사비우에게 내달았다.

"비린내 풍기는 어린놈!"

걸사비우는 세 사람을 상대하였다.

"크아악!"

연헌성의 부장 하나가 걸사비우의 창에 맞아 말에서 떨어졌다. 연헌성은 놀라 몸을 떨었다. 걸사비우가 그런 연헌성을 보며 냉소했다.

"애송아! 이제 그만 저세상으로 가는 게 어떻겠느냐?"

"시끄럽다, 이놈!"

다시 몇 합을 주고받았다. 두 사람을 상대함에도 걸사비우는 능숙한 솜씨로 창을 막아내며 그들의 허점을 파고들었고, 오히려 두 사람이 버거운 지경에 빠졌다.

"에잇!"

연헌성은 더 이상 못 당하겠는지 말을 돌려 달아나기 시작했다.

"이 애송이야! 어딜 달아나느냐! 목을 내놓아라!"

걸사비우가 말을 몰아 따라가자, 연헌성의 부장 홍중洪中이 걸사비우를 막아섰다. 그는 지난 박작성 전투에서 고문에게 죽은 홍대의 동생이었다.

"이놈!"

3합 만에 홍중은 목을 베이고 피를 뿜으며 쓰러졌다. 그 사이 연현성은 달아나버렸다. 걸사비우는 말을 몰아 자신의 군사들에게 갔다.

"와! 와! 와!"

걸사비우가 돌아오자, 군사들은 환호를 질렀다. 야존곤이 걸사비우를 맞이했다.

"과연 추장님이십니다."

"저런 배신자 애송이 따위가 뭐 그리 대단하다고."

고돌발이 웃으며 말했다.

"병사들의 사기가 하늘을 찌를 듯하군요."

"자, 군을 좀 더 후방으로 물립시다."

고돌발이 동조했다.

"그럽시다. 이런 평야에서는 우리가 불리하니까."

고구려 부흥군은 산과 숲이 있는 곳까지 더 물러났다.

한편, 연남생은 지도를 가리키며 은밀하게 왕각에게 작전을 전달하고 있었다.

"왕각 장군은 4만을 데리고 뒤로 물러난 뒤 뱃길로 평양에 상륙하시오. 그리고 안동도호부를 급습하여 모조리 격파해 버리시오."

왕각이 고개를 끄덕였다.

"알겠소이다."

"그리고 헌성."

"예, 아버지."

"너는 계속해서 적들과 소규모 교전을 벌이도록 해라. 최대한 시간을 끌어야 한다."

"알겠사옵니다."

연남생은 자신의 노림수가 맞아떨어질 것이라 예상하며 회심의 미소를 지었다.

제 2 3 장

청년 장수들

고구려 부흥군의 진영에 정찰병이 들어왔다.
"추장님, 지금 적들이 들판 앞에서 대기하고 있습니다."
보고를 받은 걸사비우가 물었다.
"그래? 이리로 진격하고 있느냐?"
"아닙니다. 그냥 들판에 서 있습니다."
"으음."
"우리도 적극적으로 공세에 나서야 하오."
고돌발이 적극적인 공세를 주장했고, 걸사비우 역시 같은 생각이었다.
"좋소."

걸사비우가 고개를 끄덕였다. 그때, 대조영이 나섰다.

"추장님! 제가 나가서 적을 무찌르겠습니다!"

"아닙니다. 제가 가도록 해주십시오."

후차맹이 말했다. 그러자 야존곤이 후차맹을 노려보더니 걸사비우에게 말했다.

"저도 있습니다. 이번에는 제가 가도록 하겠습니다."

"아닙니다! 제가 가도록 허락하여 주십시오!"

양천필도 나섰다. 모두 혈기 왕성한 젊은 장수들이었다.

"하하하! 그럼, 네 사람에게 각각 군사 2천씩 내줄 테니 서로 한번 누가 더 잘 싸우는지 겨뤄보게!"

걸사비우가 호탕하게 말하자 네 장수의 얼굴에 기쁨이 보였다.

"감사합니다!"

네 장수는 즉시 군사들을 이끌고 나가 연헌성의 군대와 맞닥뜨렸다.

"자네들이 얼마나 실력이 있는지 한번 보고 싶구먼."

양천필이 후차맹과 야존곤에게 말했다. 양천필은 말갈 출신인 후차맹과 야존곤에게 경쟁의식을 가지고 있었다. 후차맹도 지지 않으려고 했다.

"좋네. 나 역시 안시성을 지켰다는 자네들이 어느 정도나 되는지 궁금하군."

그러자 대조영이 세 장수를 둘러보며 조용히 말했다.

"군은에 보답하기 위해 전공을 세우는 건 장수의 기본일세.

하지만 전공을 다투는 것은 옳은 일이 아닐세. 우리 넷이 힘을 합쳐 싸우세나."

그러자 후차맹이 퉁명스럽게 대꾸했다.

"흥! 어차피 각자의 군사들인데 각자 공을 세워야 하지 않겠나? 누가 제일 적의 모가지를 많이 따는지 해보자구! 나는 내 식대로 싸울 거야!"

"이보게, 후차맹. 우리에게 각각 2천의 군사가 있다고 하나 그 전에 우리는 같은 편일세. 힘을 합쳐 적과 싸워보세나. 적을 앞에 두고 우리가 이리 전공을 위해 서로가 갈라진다면 어찌 적을 이길 수 있겠나?"

대조영이 후차맹을 설득했다. 그 말에 야존곤과 양천필은 고개를 끄덕였다.

"흠. 조영의 말이 일리가 있어. 우리가 나라를 되찾겠다는 일념으로 싸웠는데 갑자기 전공을 다투는 식이 되어버렸군."

양천필이 작게 한숨을 쉬며 말하자 후차맹이 발끈했다.

"너희들은 농경하며 정착 생활을 한다고 너네만 고려인이고, 유목 생활하는 우리는 말갈인이라고 하지 않는가? 같은 나라에 살면서 고려인이네 말갈인이네 하고 나누는데, 내가 뭐가 좋아서 농경인들과 힘을 합치겠나?"

후차맹의 말처럼 고구려 내에서는 농경 생활을 하는 사람들은 고구려인이나 고려인이라 부르고, 유목 생활을 하는 사람들은 말갈인이라 부르며 무시하는 풍토가 있었다. 후차맹은 그런 차별 대우를 많이 받아 왔던 터라 대조영과 양천필을 아니꼽게 여겼다.

후차맹의 마음속에 피해의식이 쌓여 있다는 걸 알게 된 대조영은 그의 손을 붙잡고 눈을 맞추며 말했다.

"내가 적과 싸우는 것은 오직 고려를 되찾기 위함이지 부귀영화를 위함이 아닐세. 자네들도 나와 다르지 않을 거라 믿네. 만약 내가 말갈 사람을 다르게 대한다면 자네가 나의 목을 벤다 해도 내 기꺼이 받아들이겠네."

대조영의 결연한 말에 후차맹의 눈빛이 흔들렸다. 그 말에 다른 장수들도 모두 동감했다.

"그렇단 말이지……. 알겠네. 내 자네를 한번 믿어보지."

후차맹은 대조영의 말에 마음이 흔들렸지만 쉬이 인정하고 싶지 않았다. 마지못해 그의 말을 따르며 빙그레 웃는 대조영의 손을 잡을 뿐이었다.

평양 안동도호부의 지붕 위로 달이 떴다.

대야발은 달빛에 의지해 책을 읽고 있었다. 어둠 사이로 대야발을 바라보는 눈길 하나가 있었다.

"거기 누구요?"

인기척을 느낀 대야발이 밖을 내다보았다. 어둠 속에서 작은 체구의 여자가 걸어 나왔다. 넷째 공주 고소옥이었다.
"아니, 공주 전하."
대야발이 자리에서 일어나 예를 갖추었다.
"대야발 장군께서는 책 읽기를 좋아하시는 모양입니다."
"예, 그렇사옵니다. 예까지 어인 일이시옵니까?"
"야발 장군이 보고 싶어서요."
대야발은 약간 주춤했으나 고소옥을 정중히 안으로 모셨다.
"대야발 장군은 소녀와 나이가 같다고 들었어요."
"예, 공주 전하. 그렇사옵니다."
"그렇다면 우리 동무처럼 편하게 지내지 않을래요?"
"당치도 않사옵니다. 소인이 어찌 공주 전하와……."
"괜찮습니다. 소녀는 대야발 장군 같은 늠름한 장부가 동무가 되어준다면 정말 든든할 겁니다. 소녀의 청을 거절하지 마십시오."
고소옥의 간청에 대야발은 못내 수락했다.
"공주 전하께서 이렇게까지 말씀하시니 그리 하겠사옵니다."
"고맙습니다. 이렇게 둘만 있을 때 굳이 말을 높이지 마세요."
"전하, 그것까지는……."
대야발이 난감한 표정을 지었다.
"괜찮습니다. 어차피 고려국도 무너졌고 우리도 더 이상 궁 안의 화초 같은 공주들이 아닙니다. 같은 동무라 여겨주십시오."
"그럼, 무례를 무릅쓰고 그리하겠사옵니다, 공주 전하."

"야발, 편하게 부르게."

고소옥이 웃으며 말했다.

"예? 아, 그러지."

대야발이 어색함을 무릅쓰고 말을 놓았다.

요동 벌판에서 고구려 부흥군과 당군의 교전이 발생했다. 연헌성의 군사들이 고구려군의 진지 앞에서 고구려 군사들을 끌어내기 위해 욕을 하고 놀리며 도발을 해댔기 때문이다. 야존곤은 적의 숫자가 생각보다 많았기에 더 많은 군사 지원을 요청한 상태였다.

"이 구려방놈[22]의 자식들!"

욕을 듣다 결국 격분한 후차맹이 군사를 이끌고 나갔다. 이에 놀란 대조영이 그를 말리기 위해 나갔다.

"후차맹, 더는 추격하지 말게!"

후차맹이 역정을 냈다.

"그게 무슨 소리인가? 저놈들이 우리를 병신 취급하는데 참고 있으란 건가?"

---

[22] 고구려인을 비하하는 말. 중국에서 '고려봉자(高麗棒子)'라 하여 한국인을 비하하는 말이 있는데, 봉자(방쯔, 棒子)는 남성의 성기를 지칭하는 중국의 은어다. 본작에서는 '구려방놈'이라는 고구려인을 향한 멸칭으로 묘사했다.

"이건 저들이 우리를 끌어내리려는 계략이야!"

대조영의 설명이 끝나기 무섭게 양옆에서 매복한 적이 나타났다. 당군이 벌떼처럼 후차맹의 부대를 에워쌌다. 대조영은 자신의 말을 듣지 않아 과오를 저지른 후차맹이 못마땅했다. 마음에 들지 않아 그냥 놔뒀다면 후차맹은 적과 싸우다 죽을 수도 있었다. 대조영은 할아버지 대문이 했던 말을 떠올렸다.

"나를 반대하는 자들에게 웃는 낯을 보여야 한다. 그것이 그들을 내 편으로 끌고 올 수 있는 시발점이다."

대조영은 후차맹을 구하기 위해 나섰다. 직접 말을 몰아 활을 쏴서 적을 쓰러뜨리고 창을 휘둘러 적을 무찔렀다.

때마침 강기우가 이끄는 지원군이 도착했다. 그런데 그는 포위당한 후차맹을 보고도 구하려 하기는커녕 뭉그적거리기만 했다. 대조영이 신호를 보내 구원을 요청했지만, 강기우의 군사는 꿈쩍도 하지 않았다. 화가 난 대조영이 말을 몰아 강기우에게 달려갔다. 대조영이 소리쳤다.

"강기우 장군, 어서 움직여 후차맹의 군사들을 구해야 하네!"

강기우는 콧방귀를 뀌었다.

"내가 왜 저 말갈족을 도와야 하나? 나는 고구려 왕궁 수비대 출신이거늘, 하찮은 말갈 졸개를 도울 시간 같은 건 나한텐 없네."

"뭐야?"

대조영은 분노가 머리끝까지 치솟았다. 다시 할아버지가 알려준 가르침을 상기했다.

"군령은 지엄하다. 위급한 상황에서 설득되지 않는 자는 차라리 베는 것이 낫다. 그것이 모두를 구하는 길이다. 전투에서는 냉정하게 판단하여라."

대조영은 말을 몰아 강기우에게 더 가까이 달려가더니 단번에 그의 목을 베었다.

"끄아아악! 대조영…… 네놈이…… 나를…….'"

강기우의 머리가 땅에 떨어졌다. 대조영이 피 칠갑을 한 야차 같은 모습으로 강기우의 부하들에게 윽박질렀다.

"군령을 어긴 강기우를 내가 베었다. 이제부터 너희는 내 명령을 따라야 한다. 당장 후차맹의 군사들을 구하러 간다! 움직여라!"

대조영의 명령에 강기우의 군사들도 후차맹을 구하기 위해 나섰다. 후차맹은 접전 중에 멀리서 대조영이 강기우의 목을 베는 것을 보았다. 자신을 구하기 위해 아군의 장수 목을 베는 대조영의 모습에 후차맹은 그의 담대함이 보통이 아님을 느꼈다.

"후차맹! 어서 이리 나와라! 퇴각하자!"

대조영이 적병을 뚫고 구하러 오자 후차맹은 고마움에 겨운 얼굴이었다.

"고맙다!"

후차맹은 대조영의 도움 덕에 피해를 간신히 줄일 수 있었고, 자신의 어리석음을 후회하며 대조영에게 진심으로 사과와 고마움을 표했다.

"내가 그동안 자네도 다른 정착민들처럼 유목민을 괄시하는 사람으로 생각했다네. 미안하이."

"이미 다 지난 일! 이제부터라도 우리가 힘을 합치면 될 일일세."

대조영은 자기 할아버지의 가르침이 빛을 본 것 같아 기분이 더 좋았다. 이때부터 후차맹은 대조영을 자신의 친우로 여기기 시작했다.

전투가 끝난 후, 대조영은 강기우가 군령을 어기고 지원의 임무를 소홀히 한 죄를 물어 선참후보(先斬後報)[23] 한다는 서신을 걸사비우에게 보냈고 걸사비우는 별다른 문책을 하지 않았다. 이어 대조영과 양천필, 야존곤과 후차맹은 머리를 맞대고 작전 회의를 시작했다.

"우리와 대치하고 있는데 적들은 적극적인 공세를 펼치지 않고 있네. 유인 작전으로 우리를 끌어내려 했지."

야존곤이 상황을 말하자 대조영이 입을 열었다.

"적들은 자신들이 유리한 평지로 우리를 끌어내려는 것이 아니겠는가?"

야존곤이 고개를 끄덕거렸다.

"조영의 의견이 옳은 듯싶으이."

---

23) 먼저 죄인을 처단하고 보고한다는 의미.

양천필 역시 대조영의 의견에 동감했다.

"평지로 나간다면 우리 군세는 턱없이 열세일 것이고 큰 피해를 당하겠지. 지난번처럼 말이야."

"아무튼 적과 평지에서의 백병전은 피해야 한다는 것 아닌가?"

후차맹이 말하자 양천필이 의견을 냈다.

"그렇네. 군을 더 물리는 게 어떨까 싶으이. 이대로 있으면 언제 싸움이 끝날지 모르네. 차라리 본대와 합류해 후방으로 가야 하지 않겠나? 싸우기 유리한 위치를 찾아야 한단 말일세. 내 생각에는 압수 부근에 있는 협곡으로 저들을 끌어들여 습격한다면 상당히 큰 피해를 줄 수 있을 듯하네."

대조영이 양천필의 의견에 찬성했다.

"좋은 의견일세. 그러면 우리는 군을 물려 본대로 가서 말해 보세나."

대조영, 양천필, 야존곤, 후차맹은 걸사비우의 본대에 합류하여 양천필의 의견을 전했다. 이에 고돌발이 말했다.

"한데 군을 돌려 뒤로 물러나다가 적이 후방을 칠 수 있소. 군을 물리는 일은 신중을 기해야 하오."

걸사비우가 묵직한 음성으로 말했다. 많은 군사가 철수한다면, 진열이 흐트러지고 어수선한 틈을 타서 적이 뒤로 기습을 가할 수 있었다. 그렇게 되면 꼼짝없이 엄청난 희생을 감수해야 했다.

"이곳에 야존곤과 군사 8천을 남기고 나머지 군사들을 압수까지 물리는 게 어떻겠소?"

고돌발이 웃으며 대답했다.

"그리한다면 좋을 것입니다. 적이 눈치채지 못할 테니까요."

걸사비우가 야존곤에게 명을 내렸다.

"야존곤, 자네는 이곳에 남아서 적에게 싸움을 걸어 우리가 압수로 가는 것을 눈치채지 못하도록 하게."

"알겠습니다."

야존곤과 8천 군사들을 남기고 걸사비우는 압수까지 나머지 군사들을 물렸다.

그 시각 군선 100여 척을 이끌고 황해를 건너온 왕각은 박천에 상륙하여 군을 대기시킨 후 날랜 군사들을 평민으로 가장하여 평양에 잠입하게 했다. 평양성의 문을 열기 위한 계략이었다.

압수 북쪽 평야에서 야존곤이 군사들 사이에서 홀로 나왔다.

"나는 고구려의 무장 야존곤이다! 당의 개들아, 이리 나와 덤벼 보거라!"

그때, 장수 하나가 당의 진영에서 나왔다.

"이름을 밝혀라!"

"나는 대당의 무장 맹거孟居다!"

"나는 야존곤이다. 보아하니 부장놈 같은데 오너라! 상대해 주마!"

불과 1합 만에 맹거는 비명을 지르며 말에서 떨어져 절명했다. 야존곤이 창을 높이 들고 병사들에게 웃어 보였다.

"이놈! 내가 상대해주겠다!"

연헌성이 달려 나왔다. 야존곤은 연헌성을 노려보며 말했다.

"네놈은 당에 빌붙어 동족을 죽이려 했다! 부끄럽지도 않느냐?"

"닥치거라! 고구려는 우리를 버렸지만, 당나라는 우리를 감싸주었다. 나는 더 이상 고구려인이 아니다!"

"오냐! 그 더러운 입을 더는 못 놀리게 해주마!"

"간다!"

"오너라!"

깡! 깡! 야존곤과 연헌성의 일대일 싸움이 시작되었다. 연헌성의 창이 야존곤의 복부를 노려 날아들었다. 야존곤은 창대로 막아낸 뒤 연헌성의 가슴을 향해 창을 날렸다. 연헌성이 피하면서 어깨의 갑옷이 약간 찢어졌다. 연헌성은 다시 공격하여 야존곤의 목을 향해 창을 휘둘렀다. 그러나 야존곤은 창을 쳐내고 연헌성이 타고 있던 말의 이마를 찔러버렸다. 말은 머리에서 피를 뿜으며 쓰러졌고 연헌성 또한 바닥에 뒹굴었다.

"이놈!"

야존곤이 바닥에 뒹구는 연헌성을 찌르려 하자 당군 진영에서 화살 한 대가 날아와 야존곤의 말을 맞혔다. 야존곤도 말에서 굴러떨어져 바닥에 쓰러졌다. 재빨리 일어난 야존곤이 허리에 찬 칼을 빼 들었다. 두 장수는 들판에 서서 결투를 벌였다. 야존곤이 연헌성을 찌르려 했지만 연헌성은 재빨리 막아냈다.

깡! 야존곤의 일격에 연헌성이 창을 떨어뜨렸다.

"이노옴! 뒈져라!"

야존곤이 무섭게 칼을 휘둘렀다. 연헌성은 야존곤의 칼을 잽싸게 피한 뒤, 허리에서 검을 뽑았다.

"대단하구나. 말갈 잡종 놈치고는 대단해."

연헌성이 야존곤에게 검을 겨누며 말했다.

"지껄이지 마라!"

야존곤은 창을 휘둘렀다. 연헌성은 허리춤에 달려 있던 비수를 뽑아, 야존곤에게 날렸다.

퍽! 야존곤의 오른쪽 어깨에 비수가 꽂혔다.

"욱! 이놈!"

"간다!"

연헌성은 검을 휘두르며 달려들었다. 야존곤은 비수를 맞고서도 연헌성의 공격을 잘 막아냈고, 호흡을 조절하며 서서히 자신의 진영으로 물러났다.

"오늘은 이쯤 하지!"

연헌성도 지쳤는지 당의 진영으로 뛰어갔다.

야존곤은 많은 피를 흘리고 있었다. 어깨에 박힌 비수를 뽑아냈다. 그는 핏발선 눈으로 비수를 노려보며 분노로 몸을 떨었다.

"연헌성 이노옴!"

제 24 장

불타는 안동도호부

평양에서는 왕각의 군이 박천에 상륙했다는 소식이 전해졌다.
"박천은 이곳에서 그다지 멀지 않소. 조심해야 할 것이오."
연수영의 말에 연수진이 고개를 끄덕였다.
"맞는 말이오. 모두 만일의 사태에 대비할 수 있도록 군사들을 엄중히 관리하겠습니다."

얼마 후, 평양성 앞에 왕각이 이끄는 4만의 당나라 군사들이 나타났다. 왕각은 당장 공격하지 않고 며칠 동안 성 앞에서 대치만 하고 있었다. 평양성을 지키던 연수영, 연수진, 대야발, 시녕은 이상하게 생각하면서도 일단 상황을 지켜보기로 했다.

그날 밤, 평양성의 성문은 미리 잠입한 왕각의 부하들에 의해 열리고 순식간에 왕각의 4만 군사들이 평양성 안으로 들이 닥쳤다.

"이게 대체 무슨 일인가?"

연수영이 경악하며 말했다.

"큰일 났습니다! 내부에 적의 첩자가 있었던 모양입니다!"

대야발이 다급하게 보고했다.

"대야발, 자네는 즉시 공주 전하들을 모시게!"

"예, 장군!"

대야발은 즉시 공주들의 거처로 갔다.

"싸워라! 당나라 군사들은 보이는 대로 모조리 죽여라!"

연수영이 소리치며 군사들을 이끌고 시가전을 벌였다. 평양성은 또다시 난전의 불구덩이에 빠졌다.

"거기 보이는 적장이 여자 같은데 누구냐?"

당나라의 한 장수가 말을 타고 앞으로 나서며 말했다. 연수영은 그의 얼굴이 왠지 모르게 낯이 익었다.

"나는 연수영이다! 너는 누구냐?"

"나는 설눌薛訥이다."

연수영은 처음 듣는 이름에 고개를 갸웃했다.

"설눌? 처음 듣는데?"

"하하하! 내가 바로 설인귀 장군의 아들, 설눌이다!"

그제야 연수영은 그 장수가 설례를 닮았음을 알아챘다. 그는 설례의 아들 설눌이었던 것이다.

"간다!"

설눌이 말을 몰아쳐 연수영에게 내달렸다. 두 사람은 10합을 주고받으며 난전 속에서 일대일 싸움을 벌였다. 그러나 시간이 갈수록 나이가 든 연수영의 손놀림이 바빠지고 버거워졌다. 설눌은 계속해 연수영의 허점을 파고들었다. 결국 연수영은 설눌의 창 놀림에 찔려 말 아래로 떨어졌다. 연수영은 창에 찔린 가슴을 붙잡고 안간힘을 다해 다시 일어서려 했으나 기어이 영영 일어나지 못하고 죽고 말았다.

한편, 연수진은 왕각을 상대하여 분투하다가 왕각의 군사들에게 포위되어 붙잡히고 말았다.

대야발은 공주들의 거처에 당군들을 한 놈도 들여보내지 않기 위해 자신의 몸이 찢어지는 줄도 모르고 죽기를 각오해 싸웠다. 이미 몸은 군데군데 칼에 베이고 창에 찔려 피범벅이 었다.

한편, 압수 근방에서는 야존곤이 걸사비우의 본대가 매복한 압수 협곡으로 연남생과 연헌성의 군사들을 끌어들이기 위해 그 길목에 진을 쳤다. 그러나 연남생은 대치만 할 뿐 진격하지 않았다. 그 모습을 본 대걸걸중상이 말했다.

"연남생은 여기 지리를 잘 아니 이곳으로 함부로 들어오지는 않을 거요."

"그렇다고 마냥 대치만 하면 우리에게 유리할 게 없소. 야존곤에게 치고 빠지는 식으로 유인을 하게 해야 합니다."

고돌발의 의견에 걸사비우가 명령을 내렸다.

"그 말이 맞소. 부장들은 야존곤에게 치고 빠지는 전술로 이 협곡 안으로 연남생을 유인하라고 전하라."

연남생의 진영에서는 연남생이 고구려 부흥군의 매복을 염려하여 진격하지 않고 있었다.

"저 협곡으로 성급히 들어갔다가 적의 매복에 당할 수도 있다."

연헌성이 물었다.

"그렇다면 저들을 어찌할 셈입니까?"

연남생이 대답했다.

"우리는 저들을 치지 않을 것이다. 왕각 장군이 평양을 함락시킨다면 뒤쪽에서 저들을 치러 올라올 것이고 그때 우리가 저들을 포위하여 모조리 잡아버릴 것이다."

불타는 평양 안동도호부…….

"오냐, 한 놈이든 두 놈이든 백 놈이든 다 덤벼보거라!"

대야발은 검을 쥐고 적을 향해 소리쳤다. 공주의 거처에는 그 누구도 들여보내지 않겠다는 결연한 의지였다.

"웬 놈이 혼자서 싸우느냐?"

왕각이 나타나 대야발을 보며 말하자 설눌이 답했다.

"이곳이 공주들의 거처라는데 저놈이 혼자서 여길 막겠다고 저러고 있습니다. 그래도 제법 무예 실력이 있는지 덤볐던 부하들은 모두 죽고 말았습니다."

"그래? 그렇다면 내가 직접 상대해 주지."

제2부 사라진 제국을 향한 몸부림

왕각은 말에서 내려 대야발을 향해 창을 겨누었다.
"아직 젊어 보이는 것 같은데 어디 솜씨나 한번 보자꾸나!"
대야발은 검을 휘두르며 왕각에게 달려들었다.
"호오! 제법이군."
왕각은 창을 내두르며 대야발의 공격을 막아냈다.
"이얍!"
대야발과 왕각은 스무 번을 서로 맞부딪혔다. 그러나 이미 지쳐 있던 대야발은 비틀거리다 왕각의 발차기를 맞고 쓰러졌다.
"이놈을 포박하라!"
당병들이 몰려와 대야발을 붙잡았다. 왕각은 공주들의 거처로 들어갔다. 그때 그 안에서 갑옷을 입은 여장수가 칼을 빼 들고 그를 막아섰다. 시녀이었다.
"뭐냐? 이 계집년은! 고구려에는 싸움터에 계집들만 있는가?"
왕각이 기가 막힌다는 듯이 말했다. 그러자 시녀이 날카로운 음성으로 왕각에게 호통을 쳤다.
"네 이놈! 감히 어디서 더러운 발을 여기에다 들이는 것이냐!"
"여봐라! 이년을 없애라!"
왕각의 명을 받은 당의 무장들이 시녀에게 돌진했다. 시녀은 한 놈, 두 놈, 세 놈 모두 베었다. 그러자 왕각이 활을 꺼내 시녀을 겨냥해 쐈다. 화살은 시녀의 목을 꿰뚫었다. 시녀은 눈을 부릅뜬 채 앞으로 고꾸라졌다. 왕각은 시녀의 시체를 밟고 공주들이 있는 곳으로 들어갔다.

"오호! 네년들이 고구려의 공주들이구나!"

왕각이 네 공주를 보며 음흉하게 말했다.

"네 이놈! 어디서 더러운 입을 함부로 놀리느냐!"

첫째 공주 고현이 칼을 빼 들어 맞섰다.

"하하하! 이년이 겁도 없이 덤비는구나! 고구려 계집들은 하나같이 겁대가리들이 없단 말이야. 설눌, 자네가 처리해 버리게."

"예, 장군."

설눌은 창을 잡고 고현의 칼을 내리쳤다. 고현은 칼을 떨어뜨렸다.

"하하하! 이 겁대가리를 상실한 년아! 네년은 내가 데려가야겠다!"

왕각은 고현의 머리채를 잡아채 끌고 가려 했다.

"이거 놓아라! 이 천하의 버러지 같은 놈!"

"황제 폐하께 주청하여 네년을 내 첩으로 삼을 것이다."

고현은 왕각의 허리에 있던 검을 뽑아 들었다. 왕각이 고현을 발로 걷어찼다. 발길질에 쓰러진 고현이 다시 일어나 달려들자, 왕각은 부하에게 칼을 건네받아 고현의 목을 베었다.

고현은 바닥에 쓰러져 붉게 물든 눈으로 왕각을 노려보며 서서히 숨이 멎어 갔다.

"빌어먹을 년!"

왕각이 욕을 퍼부었다.

"언니! 언니! 언니!"

옆에서 그 광경을 본 다른 공주들이 울부짖었다. 왕각은 손을 내저으며 군사들에게 명령했다.

"에잇! 망할 년들! 이년들 모두 포박해 끌어내라!"

당의 군사들이 남은 세 공주를 포박하여 끌고 나갔다. 연수진과 대야발도 결박된 채였다. 왕각은 고현과 시녕의 시체를 질질 끌고 나와 그들 앞에 보여주었다.

대야발이 눈물을 터뜨렸다.

"공주 전하! 어머니!"

연수진도 분노와 슬픔에 차 울부짖었다.

"공주 전하! 시녕!"

왕각이 연수진과 대야발을 보며 말했다.

"난 이년을 내 첩으로 삼으려 했다. 한데 이년이 하도 날뛰어서 결국 죽고 말았지."

연수진이 왕각을 노려보며 말했다.

"이 더러운 놈!"

"흥! 그만 닥치거라! 이 겁 없는 년아! 사로잡은 포로들과 백성들은 모두 영주로 끌고 갈 것이다. 그리고 우리는 속히 북상하여 연남생 장군과 함께 남은 놈들을 모조리 격파한다!"

왕각은 지체하지 않고 다음 날 곧장 군비를 정비하여 북상을 시작했다.

제 2 5 장

압수

 압수에서 야존곤의 부대와 연남생, 연헌성이 이끄는 부대가 교전을 벌이고 있었다. 야존곤은 협곡 안으로 당군을 끌어들이기 위해 최선을 다하고 있었다.
 "이쯤하고 퇴각하라! 협곡으로 가자!"
 야존곤이 이끄는 부대가 흐트러지면서 물러나기 시작했다.
 "아버지! 적들이 달아나고 있습니다!"
 연헌성이 연남생에게 말했다.
 "추격하지 마라!"
 연남생이 냉정하게 말하자 당군은 그대로 멈추었다.
 "다시 진영으로 돌아간다! 철수하라!"

연남생은 군사들을 이끌고 다시 당의 진영으로 가 버렸다.
"제길! 또 안 속다니! 다른 방법을 모색해야겠어!"
야존곤은 그날 밤 걸사비우와 장수들을 찾아갔다.
"아무래도 연남생은 우리의 계략에 걸려들지 않을 것 같습니다. 다른 방도를 모색하시지요."
걸사비우가 말했다.
"그리해야 할 듯싶으이."
고돌발이 물었다.
"그렇다면 어찌해야겠소?"
걸사비우가 대답했다.
"글쎄올시다. 야존곤이 물러나고 우리도 여기서 물러나 근처 숲속에서 매복전을 펼치는 게 어떻겠소?"
대걸걸중상이 동의했다.
"묘안입니다."
"좋소. 야존곤, 며칠 있다가 우리가 이곳에서 물러나면 그때 싸우다가 완전히 협곡 안으로 퇴각하라."
"예, 알겠습니다."

연남생의 진영에는 왕각이 평양성을 함락시키고 곧장 압수로 진격하고 있다는 소식이 전해졌다.
"이제 저들이 싸움을 걸어도 적당히 수비만 하고 싸우지 마라. 왕각 장군이 배후를 칠 때, 그때 총공격할 것이다."

연남생이 부하들에게 명령했다.

왕각은 압수를 향해 쉼 없이 진군하고 있었다. 빠른 속도에 설눌이 옆에서 왕각에게 말했다.

"장군, 진군 속도가 너무 빠른 것 같습니다."

"모르는 소리 마라! 적들을 단번에 박살 내려면 이 정도로 지쳐서는 안 된다! 속도를 내라! 모두 힘을 내라! 전투에 승리하면 너희들은 재물이며 계집이며 원하는 대로 모두 가질 수 있다! 자, 힘을 내자!"

왕각이 병사들을 독려하며 계속 진군했다.

걸사비우는 장수들과 군사들을 이끌고 압수 뒤로 물러났다. 그때, 걸사비우 진영에 정찰병의 보고를 받은 양천필이 뛰어들어왔다.

"추장님! 큰일 났습니다. 후방에서 당군이 나타났습니다!"

"뭣이? 수는 어느 정도냐?"

"4만가량 되어 보였습니다. 적장은 왕각과 설눌이었습니다."

"속히 비상 전투태세를 갖추고, 야존곤에게도 이 사실을 알려라!"

"예!"

걸사비우의 진영이 긴박하게 돌아갔다.

연남생은 왕각이 도착했다는 소식을 듣고 공격 준비에 들어갔다. 야존곤 역시 급하게 전투태세에 돌입했다.

"됐다! 놈들이 바쁘게 우왕좌왕하는구나. 인정사정 볼 것 없다! 달려가서 모조리 없애버려라!"

왕각이 명령을 내렸고 4만의 군사들이 물밀듯이 걸사비우의 진영을 공격했다. 이어 연남생의 군사들도 순식간에 야존곤의 진영을 공격했다. 앞뒤로 당군의 공격을 받은 고구려 부흥군은 대난전을 맞게 되었다.

"물러서지 마라! 싸워라!"

걸사비우의 명령은 난전으로 인한 군사들의 함성에 묻혀버렸다. 혼란에 빠진 군사들은 제대로 싸우지도 못하고 죽거나 대열을 이탈하기 일쑤였다. 고돌발은 닥치는 대로 창을 휘두르며 당군과 맞서 싸웠다. 하지만 고돌발도 육십을 바라보는 노구였다. 당병들이 우르르 고돌발에게 달려들었다. 그럼에도 고돌발은 전혀 물러섬이 없었다. 그러다 눈먼 칼이 지나가면서 고돌발의 팔을 베었다. 고돌발은 고통을 참으며 눈을 부릅떴다. 다시 또 몇 놈을 베었다. 창병들이 몰려왔다. 그대로 당병들의 장창이 고돌발의 가슴과 복부를 파고 들어갔다. 갑옷이 부서지면서 쇳조각이 피와 함께 사방으로 튀었다.

"으으윽!"

고돌발은 그길로 쓰러졌다.

대걸걸중상의 창 아래 당병들도 많이 쓰러졌다. 대걸걸중상은 주위를 둘러보았다. 참혹했다. 어지럽게 뒤섞인 군사들 사이로 고구려 부흥군의 시체가 널브러져 있고, 온몸에 창을 맞고 죽은 고돌발의 모습이 눈에 들어왔다.

"고돌발 장군!"

그때, 극병戟兵들이 대걸걸중상에게 돌진했다. 대걸걸중상은 그들의 극戟[24]을 막아냈지만 오래 버티지는 못했다. 극이 대걸걸중상의 갑옷 틈으로 보조 날을 끼웠고 그 힘에 대걸걸중상은 바닥에 쓰러졌다. 결국 대걸걸중상도 포로로 잡히는 신세가 되었다.

걸사비우, 양천필, 후차맹 역시 분전했으나 끝내 모두 포로로 잡히고 말았다. 야존곤은 난전을 뚫고 간신히 전장을 벗어나 도망쳤다.

"아니, 자네 조영이 아닌가!"

야존곤은 전장을 벗어나면서 대조영과 마주쳤다. 대조영 역시 겨우 전장을 탈출하여 도주하고 있었던 것이다.

"야존곤, 무사했구먼!"

대조영은 야존곤을 얼싸안았다.

"다른 분들은?"

야존곤의 물음에 대조영은 고개를 떨구었다.

"면목 없네. 고돌발 장군은 전사하셨고 나머지 분들은 생사를 모른다네."

"그렇군."

---

24) 보조 날이 달린 창.

야존곤은 조용히 고개만 끄덕였다. 두 사람은 목적지 없는 발걸음만 재촉하는 신세가 되고 말았다.

제 2 6 장

마지막 태왕

서기 677년 신성 안동도호부

고구려 부흥 운동이 거세지자, 당에서는 이러한 움직임을 무마시키기 위해 고구려의 마지막 태왕이었던 고보장(보장태왕)을 요동주도독 조선왕에 임명하여 안동도호부에 부임시켰다.
"어서 오시오, 조선왕."
안동도호부사로 재직 중인 주청이 고보장을 맞이했다.
"주청 도호부사, 반갑소이다."
"설인귀 장군 이후 내가 안동도호부사로 부임했소. 아시다시피 고구려 잔당들로 인해 골머리가 아플 지경이니 조선왕께서 날 좀 많이 도와주시오."

"알겠소, 주 부사."

"그럼, 이곳의 장수들과 관리들을 소개하겠소. 자, 이쪽은 연남생 장군과 연헌성 장군이오."

연남생과 연헌성은 고보장을 머쓱하게 쳐다보았다.

"그리고 이쪽은 설인귀 장군의 아들인 설눌 장군이오. 그리고 최구崔構 문사. 오재원吳材原 문사. 황부 장군이시오."

"반갑소이다. 고보장이라고 하오."

"설눌이오."

"최구라고 하오."

"오재원이오."

"황부요."

안동도호부의 인사들과 고보장은 인사를 나누었다.

압수에서 당군에게 포로로 잡힌 걸사비우, 대걸걸중상, 양천필, 후차맹은 당나라 영주로 끌려갔다. 영주에서 그들은 평양에서 포로로 잡힌 연수진, 대야발, 고나, 고희, 고소옥을 만났다.

"공주 전하! 어찌 된 일이옵니까?"

대걸걸중상이 공주들을 보고 깜짝 놀라 말했다.

"평양에서 왕각과 설눌의 공격을 받아 모두 사로잡히고 말았습니다. 연수영 장군과 시녕 부인, 고현 언니가 적들에게 그만 목숨을 잃고 말았습니다."

고나가 말을 전하며 눈물을 보였다. 대걸걸중상의 얼굴이 새하얘졌다.

"부인이 죽었습니까?"

대걸걸중상이 되묻자, 고나는 고개만 끄덕였다. 대걸걸중상이 숨죽여 울음을 터뜨렸다.

그때, 영주도독 조문홰趙文翽와 거란의 출신 송막도독 이진충李盡忠이 나타나 그들을 유민촌으로 압송하기 시작했다. 고구려 유민들이 강제로 이주당한 영주는 고구려 유민뿐만 아니라 말갈, 거란족들까지 모여 있는 곳이었다. 이진충은 본래 거란의 군주, 가한可汗의 자리에 있는 자였는데 현재는 당으로부터 송막도독이라는 직위를 받은 상태였고, 영주도독이었던 조문홰는 그가 이민족이라는 점 때문에 눈엣가시처럼 생각했다.

유민촌으로 압송된 후, 그들은 그리운 얼굴과 해후했다. 바로 고리운과 장미은이 거기 있었던 것이다. 대걸걸중상은 반가움에 고리운의 손을 덥석 잡았다.

"고리운 장군!"

"걸걸중상 장군! 이게 어떻게 된 것이오?"

고리운 역시 반가움에 겨운 목소리였다.

"면목 없습니다. 압수에서 패하여 결국 이렇게 잡히고 말았습니다."

"고생하셨소."

"여기 생활은 어떠합니까?"

"겨우겨우 지내고 있소. 지난번 부인이 가진 아이가 태어났다오."

고리운은 장미은과 태어난 아기를 보여주었다. 이제 두 살 배기였다.

"아기 이름은 사계舍鷄입니다. 고사계."

고리운이 아들 이름을 고사계라고 밝혔다.

압수 전투에서 빠져나온 대조영과 야존곤은 신성 방향으로 갔다. 그곳에 말갈군의 고구려 부흥 항당 세력이 있었기 때문이다. 대조영과 야존곤은 그들을 찾아가 함께 싸우겠다는 뜻을 밝혔다. 세력의 수장은 말갈군 출신의 장수 생해生偕였으며 부장은 해투추海透推였다. 그리고 그곳에는 대조영이 기쁨의 눈물을 흘리게 되는 소식이 있었으니 바로 할아버지 대문이었다.

"할아버지!"

대조영이 어린아이처럼 대문에게 안겼고, 대문 역시 손자를 끌어안으며 눈물을 흘렸다.

"조영아! 살아 있었구나. 이제야 만나게 되었구나."

"무사하셔서 다행입니다. 살아계실 줄 알았습니다."

"이제 여기서 생해 장군과 함께 나라를 되찾아 보자꾸나."

이어 대조영과 야존곤은 특별한 소식을 알게 되었다. 고구려 마지막 태왕이었던 고보장이 이들과 은밀히 손을 잡고 고구려 부흥을 꾀하고 있다는 것이었다. 안동도호부에서 요동주도독 조선왕이 된 고보장은 겉으로는 당을 위한 척하면서 속으로는 신성을 점령하고 요동 일대를 다시 손아귀에 넣어 고구려를 재건하려는 계획을 갖고 있었다.

'재건이라!'

대조영의 가슴이 마구 뛰었다.

679년, 연개소문의 장남이자 고구려 정벌의 선봉에 섰던 연남생이 몸져눕고 말았다.

"이제 나는 곧 죽을 것이다. 난 고려에서 태어났지만 조국을 배신하고 당의 앞잡이가 되었다. 하지만 그것은 모두 고려가 나를 그렇게 만든 것이야. 헌성아, 고려는 이미 사라졌다. 앞으로도 당나라에 충성하여라. 당나라는 아직 앞길이 창창한 나라다. 너의 출세는 이미 보장되어 있어. 알겠느냐?"

연남생은 아들 연헌성에게 말을 남기고 죽으니, 그의 나이 46세였다.

연남생의 사망은 고보장에게 기회로 다가왔다. 생해와 계속 서신을 주고받으며 안동도호부에서 당군을 몰아낼 계획을 세우던 고보장은 끊임없이 빈틈을 노리고 있었다. 연남생의 사망으로 안동도호부가 어수선해지자 고보장은 이때를 놓치지 않고 도호부를 습격하고자 했다.

"연남생이 죽어 안동도호부가 어수선하니 이때를 놓치지 말자는 폐하의 말씀이시군. 이틀 후 안에 계신 폐하께서 신호를 주시면 그때 우리가 밖에서 신성을 공격하라고 하신다. 좋아, 명을 받들겠다는 서찰을 써 드리겠네."

생해는 고보장의 밀서를 보고 따르겠다는 서찰을 적은 후 첩자 편에 은밀히 보냈다. 첩자가 고보장에게 찾아가는 동안 고보장은 연남생의 장례식에 참석하여 술을 마시고 있었다. 술에 취한 고보장은 그만 이성을 잃고 연남생의 위패 앞에서 그를 모욕하는 말을 했다.

"그대는 내가 다스리던 땅을 적에게 넘겨주는 데 일조한 불한당이었다. 불행히도 내가 그대에게 져서 이런 수치를 당하고 있지만 그대는 가고 나는 살아남았으니, 수모를 씻을 날이 어찌 멀기만 하겠는가?"

고보장의 말에 장례식장의 분위기가 찬물을 끼얹은 듯 차가워졌다. 고보장 곁을 수행하던 왕구루王求婁가 그를 말렸다.

"조선왕 각하, 많이 취하셨습니다. 이리 실언하시면 안 됩니다."

고보장은 그제야 자신의 말실수를 깨닫고 사과한 뒤 자리에서 벗어났다. 하지만, 이 광경을 지켜보던 사부구가 연헌성에게 말했다.

"조선왕이 뭔가 수상합니다. 술에 취해 한 소리라지만 아무래도 이상합니다."

신성의 문을 열었던 사부구는 이제 연헌성의 참모 노릇을 하고 있었다. 연헌성은 아리송했지만, 사부구의 의심대로 부하들에게 몰래 은밀히 고보장의 뒤를 캐도록 했다. 연헌성의 부하들은 고보장의 집에 수상한 사람이 들어갔다가 나오는 것을 보고 그를 추격했다. 그가 당군의 영향권 바깥으로 움직이자 즉시 그를 붙잡았다. 첩자는 모진 고문을 견디지 못해 모든 것을 자백하고 말았다.

"내 아버지께서 돌아가신 틈을 타 이런 짓을 저지르다니! 조선왕과 말갈 놈들을 모조리 잡아 없앨 것이다!"

연헌성이 이를 부득부득 갈며 말했다. 연헌성은 군사들을 이끌고 고보장의 거처에 들이닥쳤다.

"아니, 연헌성 장군. 대체 이게 무슨 발걸음이오?"

흠칫한 고보장이 모르는 체하며 최대한 침착하게 말했다.

"그건 내가 조선왕에게 묻고 싶소이다. 이 서찰이 뭔지 아시오?"

연헌성이 서찰을 꺼내 고보장에게 보였다. 고보장은 어리둥절한 표정으로 되물었다.

"허, 그게 무슨 서찰이오?"

"서찰을 보고도 거짓말을 할 작정이오? 여봐라, 당장 조선왕을 체포하라!"

"아니, 이게 무슨…!"

연헌성이 고보장을 보며 비웃었다.

"생해 그놈의 부대를 박살 내주마! 조선왕, 망국의 왕 주제에 이제 와 날뛴다고 고구려가 다시 살아날 줄 알았더냐? 하하하!"

고보장은 억울함과 분기의 눈빛으로 연헌성을 노려보았다.

연헌성은 즉시 안동도호부의 수장 주청과 관리, 무장들에게 고보장의 모반 사실을 알렸다.

"감히 조선왕이 배신을 하다니!"

주청은 이를 악물었다. 연헌성이 자신의 작전을 설명했다.

"이틀 후 생해가 진격해 올 것입니다. 제 부친의 장례를 치르느라 방비가 허술한 것처럼 보여야 합니다. 황부 장군은 도호부 밖에 군사를 매복시켰다가 적들이 가까워지면 급습해 주시오. 나는 놈들의 후방에 매복했다가 그들이 혼란스러울 때 치겠소."

이런 사실을 모르는 생해는 해투추, 대문, 대조영, 야존곤과 함께 군사들을 이끌고 신성 안동도호부로 향했다. 대조영은 전해만 들었던 보장태왕을 직접 알현하게 될 거란 기대감에 부풀었다. 그동안은 보안을 이유로 생해나 해투추 정도만이 극비로 보장태왕과 접촉했기 때문이다.

"멀리서 봐도 방비가 허술한 게 보이는구나. 자, 당병들을 모조리 없애라! 돌격!"

생해의 명령에 말갈 병사들이 엄청난 기세로 안동도호부가 있는 신성으로 달려갔다. 그때, 양옆에서 화살이 날아와 말갈 병사들을 쓰러뜨렸다.

"아니! 이게 뭐야?!"

해투추가 어리둥절하며 말했다.

"쏴라! 모조리 죽여버려라!"

당군의 매복이었다. 생해는 대열을 이탈하는 군사들에게 소리쳤다.

"흔들리지 마라! 대열을 갖추고 응전하라!"

"쏘아라! 쏘아라! 있는 대로 퍼부어라!"

황부가 당나라 군사들에게 명했다.

"총공격하라!"

양옆에서 당의 군사들이 쏟아져 나와 말갈군을 공격했다.

"큰일 났습니다. 뒤편에서 당군이 더 나타났습니다!"

무장 하나가 다급하게 생해에게 보고했다.

"뭐라?"

연헌성의 군사들이었다.

"건방진 말갈 놈들! 모두 없애라!"

"이런! 완전히 포위되었구나!"

생해의 말갈군은 사면초가에 처하고 말았다.

베고, 또 베고. 계속해서 밀려드는 당병들. 결국 전멸이었다. 생해와 해투추, 대조영은 포로로 잡혔다. 대문과 야존곤은 전장에서 탈출하여 어디론가 사라졌다.

"네놈들의 계획은 탄로 났으며 조선왕은 이미 잡혔다!"

연헌성이 포로로 잡힌 그들을 보며 말했다.

"연헌성! 이 나라를 배신한 역적놈!"

생해가 연헌성에게 욕을 했다.

"닥쳐라! 이놈을 끌고 가라!"

"연헌성! 네놈은 반드시 천벌을 받을 것이다! 당의 개가 된 네놈은 토사구팽당할 것이다! 이 천하의 더러운 놈!"

생해는 끌려가면서도 연헌성에게 저주를 퍼부었다.

생해와 해투추, 대조영은 고보장과 함께 옥사에 갇히게 되었다.

"폐하, 신들의 불충을 죽여주시옵소서!"

생해가 고보장의 앞에 머리를 조아리며 울부짖었다.

"생해 장군, 이것이 어찌 그대의 탓이겠소? 다 부덕한 나의 탓입니다. 내 탓이에요."

고보장은 탄식하며 말했다.

"생해 장군과 해투추는 알겠는데, 젊은이는 누구요?"

고보장이 대조영을 보며 물었다.

"소인은 대조영이라 하옵니다. 원래 안시성에서 양만춘 성주 휘하의 무장으로 있었사옵니다."

"오오! 그랬구먼. 내 그대를 미리 알아보지 못해 미안하네. 부친은 누구신가?"

"아비는 대걸걸중상 장군이고, 할아비는 대문 장군입니다."

대조영의 대답에 고보장이 깜짝 놀라 되물었다.

"대문 장군? 영양태왕嬰陽太王의 후손 대문 장군을 말하는 것인가?"

"그렇사옵니다."

대조영의 조부 대문은 고보장의 백부 영양태왕의 증손녀의 아들이었다. 촌수로는 멀었지만, 대조영은 고구려 왕실의 혈족이었다.

"이런! 그렇다면 그대는 나에게 고손자뻘이 아닌가?"

고보장이 대조영의 손을 꼭 잡으며 눈물을 보였다.

"미안하구나. 너에게 이런 나라를 물려준 무능한 나를 용서하라."

"어인 말씀이시옵니까!"

대조영은 머리를 조아렸다. 그리고는 대조영은 다시 고보장에게 예를 갖춰 말했다.

"하온데 폐하, 혹 공주 전하들의 소식에 대해 들으셨사옵니까?"

고보장은 공주들의 이야기가 나오자, 눈이 번쩍 뜨였다.

"공주들? 내 딸들 말인가?"

"그러하옵니다."

"들은 바가 없소. 혹 대조영 그대가 알고 있는가?"

"예. 소인의 외할아비 시대호 장군이 평양에서 공주 전하 네 분을 모시고 탈출하여 줄곧 안시성에서 공주 전하들을 뫼셨사옵니다. 지금은 평양에서 연수영, 연수진 장군과 소인의 어미 시녕, 아우 대야발이 뫼시고 있사옵니다."

대조영은 아직 연수영, 모친 시녕, 첫째 공주 고현의 사망을 모르고 있었다.

"오오! 정말인가? 공주들이 살아 있었구나."

고보장은 기쁨에 벅찼는지 눈물을 흘렸다. 감격에 젖었던 고보장이 다시 감정을 추스르고 대조영에게 물었다.

"한데 어찌 그대는 여기까지 왔는가?"

"소인, 평양을 공격하여 안동도호부를 빼앗아 점거하던 중, 당에서 대규모 정벌군이 온다는 소식에 걸사비우 추장, 소인의 조부 대문 장군, 아버지 대걸걸중상 장군과 함께 군사들을 이끌고 압수에서 적을 맞아 싸우던 중 적의 협공에 패퇴하여 생해 장군에게 몸을 의탁했나이다. 그러던 중 폐하께서 다시 고려를 재건한다는 소식에 가슴이 벅차올라 함께 행동했나이다."

고보장이 대조영의 손을 잡았다.

"이보시게, 대조영. 그대같이 용맹하고 충의로운 인물이 있어 내 참 행복하다오. 비록 내가 무능하여 나라의 재건은 이리 무너졌지만 혹, 그대가 후일 이곳을 빠져나가게 된다면 꼭 내 뜻 하나 들어주겠는가? 나는 이제 늙어 이대로 죽을지도 모르네. 그러나 그대는 젊고 유능하네. 그대가 다시 우리 고려를 세워주지 않겠소?"

고보장은 잡은 손을 꼭 붙들고 눈물을 흘리며 말했다. 이에 대조영도 눈물을 흘리고 바닥에 이마를 찧으며 말했다.

"폐하, 소인 비록 재주는 없사오나 폐하의 명을 어찌 거역할 수 있겠사옵니까. 황공하옵나이다, 폐하!"

고보장이 대조영을 바로 앉게 한 후 격해진 감정이 담긴 목소리로 말했다.

"고맙소. 정말 고맙소. 대조영, 내가 지금이라도 그대를 만난 게 천운이오."

고보장의 눈에서는 눈물이 그칠 줄 몰랐다.

그때, 당의 군사들이 옥에 들이닥치더니 날카로운 목소리로 외쳤다.

"조선왕을 끌어내라!"

군사들이 무자비하게 고보장을 끌어냈다.

"이놈들! 이게 무슨 짓이냐!"

대조영이 소리쳤다. 그러나 그에게 돌아온 것은 당 군사들의 발길질이었다.

"대조영, 다시 공주들을 만난다면 부디 나 대신 잘해주시게. 부탁하는 바이오!"

고보장이 끌려가며 대조영에게 애처롭고 처절하게 말했다.

"폐하!"

대조영을 비롯해 생해, 해투추가 고보장을 보며 울부짖었다.

고보장은 당나라 사천 땅으로 유배되었다. 그리고 682년, 고보장은 그곳에서 최후를 마쳤다.

이듬해 당의 황제 고종 이치가 죽고, 명장으로 이름을 날린 설례가 일흔 살의 나이로 세상을 떠났다.

제 2 7 장

금마저의 이슬

연헌성의 기습을 피해 살아남은 대문은 남하하여 금마저金馬渚[25]로 향했다. 그곳에 안승이 신라의 지원을 받아 고구려의 후신이라 할 수 있는 보덕국報德國을 만들어 왕이 되었다는 소식을 들었기 때문이다. 안승은 고보장의 서자이고, 대문과도 혈족이기에 고보장을 구할 군사를 일으키기 위해서 그에게 가는 것이었다. 대문은 안승이 보덕국왕을 하고 있지만 고구려의 재건을 위해 기꺼이 협조할 것이라 예상했다. 아버지가 죽는 마당에 모른 척할 아들은 없을 것이라 여겼다.

---

25) 지금의 익산.

금마저에 도착한 대문은 안승과 마주했다. 하지만 안승은 망국의 백성을 염려하는 인군(仁君)이 아닌 주색에 빠진 혼군(昏君)의 모습을 하고 있었다. 술 냄새를 풍기는 안승은 대문의 어깨를 두드리며 혀가 꼬인 채 말했다.

"오호, 나의 족자(族子)[26]가 오셨구려. 내가 이곳 금마저를 아주 태평성대의 낙원으로 만들었다오. 족자, 우리 여기서 가족끼리 마시고 즐기면서 같이 사십시다."

대문은 그 모습을 보자 피가 거꾸로 솟는 듯했다.

"폐하, 지금 부태왕께서는 적에게 잡혀 당나라 한복판으로 끌려가셨습니다. 군사를 일으켜 구하셔야 하옵니다!"

하지만 안승은 손을 저으며 말했다.

"족자, 그런 말씀 마세요. 나는 이제 아버지고 뭐고, 다 관심 없소. 내 어머니가 신라로 가서 그 덕에 신라 조정이 나에게 서라벌에 큰 집도 주고, 성(姓)도 새로 내려주었다오. 무려 신라의 왕성인 김씨를 내려주었다오. 김씨 말이오! 하하하! 난 이제 김안승(金安勝)이오. 족자, 골치 아픈 고구려는 다 잊고 여기서 우리 재미있게 살자고요."

대문이 가슴을 치며 답답해했다.

"폐하!"

"아이고, 우리 족자가 고생이 얼마나 심하셨는지 얼굴이 아

---

26) 조카, 혹은 조카뻘 되는 사람.

주 상하셨구려. 여봐라, 이년들아. 이분은 나의 족자이니 왕족처럼 잘 모셔서 어서 원기를 회복시켜 드려라."

안승이 곁에 있던 궁녀들에게 말하자 궁녀들이 까르르 웃으며 대문에게 다가와 교태를 부렸다.

"폐하의 족자 되시는 어른, 소녀들이 잘 모시겠사오니 옷을 갈아입으셔요."

화가 난 대문은 안승에게 간신히 예를 갖추어 인사했다.

"폐하, 이만 물러가겠사옵니다."

안승은 낄낄 웃고 손짓하며 여전히 취한 목소리로 말했다.

"어허, 같이 노시자니까. 하하하! 족자도 곧 좋아지시겠지."

대문은 금마저로 온 것을 크게 후회했다. 안승에게 고구려는 이미 남의 나라였다. 대문은 무슨 방법을 써서라도 군사를 얻어야 했고, 얻을 데라고는 안승뿐이었다. 화는 나지만 안승의 기분을 맞춰줘야 했다.

다음 날, 대문은 안승을 찾아가 어제의 일을 사죄하며 함께 술을 마셨다. 기분이 좋아진 안승이 대문의 어깨를 부여잡으며 말했다.

"거 보시오. 이렇게 좋은데 왜 열을 올리셨소? 하긴 족자도 이런 경험이 처음이시지요?"

"예, 폐하."

"하하하! 괜찮소. 괜찮아. 이제부터 노는 것도 좀 배워보시오. 자, 한 잔 듭시다."

안승이 권하자, 대문은 술을 들이켰다. 그리고 안승에게 자신이 생각하는 바를 조심스레 말했다.

"폐하, 제가 이곳에 온 지는 얼마 되지 않았지만, 명색이 폐하의 일족인데 하인도 병사도 아무것도 없사옵니다. 폐하께서 좀 도와주실 수 없겠사옵니까?"

그러자 안승이 눈을 동그랗게 뜨더니 이내 탁자를 손바닥으로 치며 말했다.

"그렇지! 맞아! 어허 내 정신 좀 보게. 족자께서 그리 고생해서 오셨으니 당연히 재물이며 사병이며 아무것도 없으실 텐데 그것부터 챙겨 드려야 하는 것을 내 깜빡했구려. 이거 미안하오. 내 당장 명을 내려 족자의 집으로 필요한 것들을 다 보내드리리다."

"황공하옵니다, 폐하."

"자, 그런 의미로 한 잔 더 마십시다!"

안승은 기분이 좋아 대문과 계속 술을 마셨고, 대문은 회심의 미소를 지었다.

이렇게 안승으로부터 사병과 재물을 받은 대문은 남몰래 군사들을 훈련시켰다. 이 모습을 경계한 이가 있었으니 고연무高延武였다. 고구려가 존속하던 시절 대형大兄 벼슬에 있었던 고연무는 지난날 검모잠과 함께 안승을 옹립했었다. 이후 검모잠을 죽이는 데 일조했고 이제는 보덕국에서 안승 다음의 권력자가 되어 대장군 겸 태대형太大兄의 자리에 있었다. 그런 그에게 대문은 경쟁자의 등장이자 경계의 대상이었다. 고연무는 대문이 사병들을 끌고 훈련시키거나 사냥하러 다니는 모습을 수상쩍게 여겨 안승에게 이를 고했다. 하지만 안승은 대수롭지 않게 여겼다.

"대장군, 오랜만에 짐의 혈족을 만나서 짐의 기분이 얼마나 좋은지 아시오? 그런데 어찌 그런 모함을 자꾸 하시는 거요? 짐이 그대를 섭섭지 않게 할 테니 그런 말씀은 마시오."

안승은 고연무와 달리 대문을 경계하지 않았지만, 고연무는 계속해 대문을 염탐했다. 대문 역시 느닷없이 나타난 자신을 보덕국 사람들이 경계하리라 예상하여 되도록 낮보다 밤에 군사들을 데리고 훈련하는 등 사람들의 시선을 피했다. 이렇게 조심하던 대문보다 집요했던 사람이 고연무였다. 고연무는 일부러 밤에 대문의 집을 찾아가 술을 마시자고 했다.

대문은 거절하려 했으나 고연무가 끈질기게 달라붙었다.

"어허, 나는 폐하의 일족이시자 보덕국의 장군이신 공公과 달빛을 즐기고 싶은데 이리 매몰차게 사람을 문전박대하신단 말이냐?"

고연무의 말을 하인으로부터 전해 들은 대문은 계속 거절하다가는 외려 의심을 살까 봐 마지못해 고연무를 집으로 들였다.

"누추한 곳에 와주셔서 고맙소이다. 이 사람 집 술이 귀공의 입맛에 맞을지 모르겠구려."

대문의 말에 고연무가 호탕하게 웃었다.

"하하하! 이 사람에겐 장군과 함께 술잔을 기울일 수 있다는 것 자체만으로도 큰 영광이니 그런 말씀은 마십시오."

두 사람이 한창 술잔을 기울이는데 말 울음소리가 요란하게 났다. 고연무가 그 소리를 듣고 말했다.

"허허, 어찌 말이 이 밤중에 저리 울어댈까요?"

이에 대문이 말을 지어냈다.

"우리 집 말이 가끔 저런답니다. 간혹 이 사람이 폐하와 술자리를 가진 뒤 취해서 바람을 쐬고 싶을 때 달밤에 타고 나갔더니 저럽디다. 허허허."

"하하하, 재미있는 일이군요."

고연무가 껄껄거리며 웃었다. 그렇게 술자리를 마친 고연무는 대문이 어떤 일을 꾸미고 있다는 것을 확신했다.

"말은 기억력이 좋은 짐승이기에 매일 같이 어떤 일을 했다면 반드시 똑같이 행동한다. 밤에 말이 울어댔다는 것은 말들을 데리고 밤에 어떤 일을 자주 했다는 것이다. 한두 번 달밤을 즐기러 나갔다는 말은 거짓이다. 분명히 저자는 무슨 일을 꾸미고 있다."

고연무가 나직이 혼잣말하며 부하들에게 대문의 집 주변을 밤이든 새벽이든 일거수일투족을 조사하라고 지시했다.

이 무렵 안승은 신라 조정에서 하사한 저택으로 몸을 옮겼다. 이제 괴뢰국의 왕 노릇조차 골치 아팠던 안승은 완전히 신라인이 되고자 했다. 안승이 자리를 비우면서 금마저 내의 경계가 허술해지자, 대문은 거사를 진행하기로 마음먹었다. 가장 밤이 길고 어두운 동짓날로.

 동짓날이 되자 궁성에서는 연회가 열렸다. 대문은 몸이 아프다는 핑계를 대고 연회에 참석하지 않았다. 고연무는 부하들로부터 들은 보고가 있었기에 즉시 군사들에게 대문의 집으로 출동할 준비를 시켰다. 밤이 깊어지자, 대문의 집에서 사병들이 우르르 몰려나왔다. 그들은 즉각 금마저 밖으로 통하는 길로 움직이려 했다. 하지만 고연무의 행동이 조금 더 빨랐다. 고연무의 군사들이 대문의 사병들을 포위했다.

 "몸도 좋지 않다는 분이 이 늦은 밤에 어디를 가려 하시오?"

 고연무에게 발각된 대문은 얼굴이 붉어지며 눈이 떨렸다. 자신이 은밀히 준비하던 계획이 틀어졌음을 직감적으로 느꼈다.

 "그래. 이미 너에게 들켰으니 무슨 변명을 하겠느냐? 나는 이 군사들을 데리고 태왕 폐하를 구하러 출동하고자 했다."

 "그 무슨 궤변이오? 폐하께서는 서라벌에 계시는데 어디를 간단 말이오?"

 "대고려를 다시 일으킬 태왕 폐하께서는 거기에 계시지 않아! 저 요동 땅에 계신다!"

 대문이 불벼락처럼 소리쳤다. 그 음성에 군사들이 움찔했다. 고연무 역시 깜짝 놀랐지만 이내 조롱하며 말했다.

 "장군, 안됐소. 이제 그대를 공격할 수밖에 없겠구려."

 그러자 대문은 스스로 말에서 내렸다.

"자, 나를 포박해서 끌고 가거라. 대신 부하들은 죄가 없으니 해치지 말거라."

대문은 결국 결박된 채 끌려갔다. 이 소식을 들은 안승은 가슴을 치며 통곡했다.

"족자까지 나를 버린단 말인가? 나는 모두에게 버림받았구나."

대문의 반란을 보고하기 위해 서라벌까지 온 고연무가 차갑게 말했다.

"폐하, 그런 감상에 빠진 말씀은 접어두시고 즉시 신라국 대왕께 이 사실을 보고해야 합니다."

"태대형, 그래도 나의 혈족인데 목숨은 보전해주면 안 되겠소?"

안승의 말에 고연무가 눈을 부라리며 외쳤다.

"폐하! 역적은 본래 삼족을 멸해야 합니다! 소장이 그나마 폐하께 먼저 알린 것은 폐하의 일족이기에 마지막 인정을 베푼 것입니다. 역모의 대가는 폐하의 혈족도 예외가 될 수 없사옵니다!"

"아……. 알겠소. 경의 마음대로 하시구려."

안승이 체념한 듯 말하자 고연무가 희미하게 웃더니 부하들을 시켜 대문의 역모를 신라의 신문왕神文王에게 알렸다. 신문왕은 즉시 대문을 처형하라고 명했다. 대문을 사형에 처하라는 지시가 금마저로 날아가면서, 대문은 금마저 형장의 이슬로 사라졌다.

제 2 8 장

영주

대조영과 생해는 영주로 끌려갔다. 해투추는 보장태왕의 반란에 가담한 죄로 당 조정에서 본보기를 위해 장안성 한복판에서 참수되었다.
"형님!"
대조영을 가장 먼저 반긴 것은 그의 동생 대야발이었다.
"야발!"
"형님, 살아계셨구려!"
두 형제는 끌어안고 울었다. 대조영은 대야발에게 그동안의 일을 들었다. 연수영과 시녕이 평양에서 전사하고 고현 역시 왕각에게 죽었다는 가슴 찢어지는 소식이었다. 대조영은 목놓아 통곡했다. 그리고 남은 세 공주를 만나 고보장의 이야기를 전했다. 공주들은 모두 가슴 아파하며 슬피 울었다.

영주 유민촌의 밤이 되었다. 연수진은 고나, 고희, 고소옥과 함께 여자들끼리 모여 이런저런 이야기를 나누었다.

"공주 전하들께서도 이제 혼기가 차고도 남는 나이들이시온데, 맘에 드는 사내는 없사옵니까?"

연수진이 공주들에게 물었다.

"글쎄요. 우리 막내 소옥이는 있느냐?"

고나가 물으니, 고소옥이 부끄러운 표정을 지으며 고나의 팔을 가볍게 쳤다.

"어머, 언니도 참."

그러자 고희가 눈을 가늘게 뜨며 말했다.

"보아하니 있는 것 같네!"

"아이, 참! 창피하게!"

"누구더냐?"

고나가 꼬치꼬치 캐묻자 고소옥이 조심스레 답했다.

"실은 대야발 장군이 맘에 듭니다."

"오호! 대야발! 하면 고희, 너는?".

"저는 양천필 장군이요."

고희는 당당하게 대답했다.

"양천필 장군이라."

고나가 고개를 끄덕였다.

"그러는 언니는요?"

고소옥이 고나에게 물었다.

"나? 나는 사실……."

고나가 뜸을 들이자, 고희가 재촉했다.

"빨리 말해봐요."

"나는 대조영 장군!"

고나가 말했다.

"오! 다들 각자 좋아하는 사내들이 있었군요."

연수진이 웃으며 말하자 고나가 연수진을 장난스럽게 흘기며 말했다.

"그러게요. 연 장군도 혹시?"

"저요? 하하하! 제 나이가 몇인데 정인이 있겠습니까? 저는 벌써 예순이 넘어 이제 죽을 날을 바라보는 늙은이인 것을요."

어느새 머리에 서리 앉은 나이가 된 연수진이었다.

"혼인을 한 적 있지 않으십니까?"

고희가 말하자 연수진이 호호거리며 대답했다.

"그랬지요. 젊은 시절 저와 수영 언니는 모두 남편을 두고 자식도 있었지만 죄다 앞서 보내고 말았지요. 자식들은 생사도 모릅니다. 나라가 무너지면서 그때 당군에게 끌려갔다는 소식만 들었을 뿐이지요."

고나와 고희가 나직이 말했다.

"괜한 말을 꺼냈나 봅니다."

"아닙니다. 하하하! 아무튼 공주 전하들께서 맘에 드는 사내들이 있다고 하셨는데 한번 다가가 보시지요."

고희가 깔깔대며 대꾸했다.

"에이! 부끄럽게 어떻게 먼저 다가갑니까?"

"모르는 말씀입니다. 생각해 보십시오. 공주 전하들같이 고귀한 신분들께 사내들이 쉽게 다가올 수가 없잖습니까? 그러니 공주 전하들께서 먼저 다가가 보시지요."

연수진의 말에 공주들이 수긍하였다.

다음 날, 고나는 대조영을 찾아갔다.

"대조영 장군, 함께 차를 마셨으면 합니다."

"예, 공주 전하. 안으로 드십시오."

대조영은 고나를 안으로 데리고 들어갔다. 잠시 가벼운 얘기를 하고는 고나가 대뜸 대조영에게 물었다.

"대조영 장군은 혹 마음에 둔 여인이 없습니까?"

"글쎄올습니다. 전쟁터에서 이리저리 휘둘리면서 지내다 보니 미처 그런 생각을 못 했습니다."

"그럼 나 같은 여인은 어떠합니까?"

고나가 대조영을 바라보며 물었다.

"예? 저는 일개 장수에 불과합니다. 어찌 감히 공주 전하를 마음에 품겠습니까?"

"치! 제가 맘에 안 들면 안 든다고 하십시오. 괜히 그런 식으로 말하지 말구요."

고나가 밉지 않게 툴툴거리자 대조영은 어찌할 바를 몰랐다.
"아니… 공주 전하, 소인은 그런 뜻으로 한 말이 아니옵니다."
"그럼, 내가 여인으로 보이긴 한다는 겁니까?"
대조영은 아무 말도 못 하고 망설이기만 했다.

"대답을 해주십시오. 저는 대조영 장군이 좋습니다. 지난번 당군들에게 희롱당하던 저를 구해줄 때 대조영 장군에게 아주 마음이 굳어진 것을요."

"공주 전하 어찌 그런 말씀을!"

"에휴."

고나는 한숨을 쉬더니 차를 한 모금 들이키고는 말을 이었다.

"생각해 보십시오. 나라가 무너지고 우리는 의지할 곳 하나 없이 전쟁의 소용돌이 속에서 언제 죽을지도 모르는 생활을 해 왔습니다. 앞으로 또 어떤 일이 어떻게 생길지 모르는데 내가 마음에 둔 사람에게 말 한마디 못 한 채 이리저리 끌려다닐 수는 없습니다. 대조영 장군이나 나나 여기 있는 모든 고려 유민은 언제 어떻게 될지 모르는 운명입니다. 오늘 하루를 살아도 최선을 다해서 살아야겠지요. 그래서 나는 이제 용기 있게 말하고 싶습니다. 나, 대조영 장군을 사모하고 있어요. 우리 당장 혼인은 하지 않더라도 정인으로 만날 수는 있잖아요? 나, 대조영 장군의 정인이 되고 싶어요."

대조영은 잠시 고나의 눈을 쳐다보았다. 그녀의 눈에는 진심 어린 눈빛이 담겨 있었다.

"좋습니다. 이 대조영, 공주 전하의 정인이 되겠습니다. 저 역시 공주 전하의 그 아리따운 모습과 성품에 늘 이끌렸으나 일개 미천한 무장에 지나지 않는지라 차마 제 마음을 꾹꾹 눌러왔습니다. 이제부터 공주 전하의 정인이 되겠습니다."

대조영이 말했다.

고나는 너무나 기쁜 나머지 작게 폴짝 뛰고는 대조영의 손을 잡았다.

그로부터 얼마 후, 고희는 양천필과, 고소옥은 대야발과 정인이 되어 세 공주 모두 젊은 장수들과 연애를 시작했다. 그리고 몇 달 후, 대조영과 고나가 제일 먼저 혼례를 올렸고 그다음에 양천필과 고희, 대야발과 고소옥이 순서대로 혼례를 치렀다. 비록 영주 땅에서 올린 조촐한 결혼식이었지만 고구려 유민들의 축복 속에 이루어진 행복한 혼례였다.

대조영은 첫 아이를 낳았다. 아들이었다. 그 첫째 아들의 이름을 '고예高藝'라고 지었다. 이어 대야발에게도 아들이 태어났는데 이름을 '대일하大壹夏'라고 지었다. 양천필은 딸을 낳았는데 이름을 '령玲'이라 지었다.

영주 인근 풀숲에서, 한 사내가 목검을 휘두르며 무예를 단련하고 있었다. 그의 눈초리는 호랑이처럼 매섭고 차가웠다.

그런 그를 지켜보는 또 다른 눈.

"거기 누구인가?"

무예 단련을 하던 대조영이 인기척을 느끼고 말했다.

"저예요."

한 어린 소년이 나타나 대조영에게 조심스레 다가갔다. 대조영은 소년을 보더니 눈을 동그랗게 뜨며 말했다.

"아니, 사계가 아니냐!"

어린 소년은 고리운의 아들 고사계高舍鷄였다. 대조영이 싱긋 웃으며 다정하게 물었다.

"어쩐 일이냐?"

"무예를 배우고 싶어 왔습니다."

"허허, 그래? 음, 너에게 맞는 검이 있을지 모르겠구나."

대조영은 나뭇가지를 부러뜨려 고사계에게 쥐여주었다.

"어디 한번 해보자꾸나."

대조영은 고사계에게 무예의 기초부터 가르치기 시작했다. 고사계는 확실히 무장의 기운이 있었다. 대조영이 가르치는 대로 척척 따라주었다. 대조영도 그런 고사계를 보고 놀랐다.

"대단하구나. 하지만 무예를 연마할 때는 절대로 정신을 놓쳐선 안 된다. 정신 집중! 이것이 무예를 다룰 때 가장 중요한 것이다. 무예란 결국 상대를 제압하는 것, 단 한 번의 실수로 승부는 결정된다. 그것이 좋을 수도, 혹은 좋지 않은 결과를 가져올 수 있어."

"알겠습니다."

무예 수련을 끝내고 대조영과 고사계는 나란히 앉았다.

"아저씨께서는 고려의 장군이었다고 들었는데 고려란 나라는 어떠했습니까?"

"고려 말이냐? 고려는 참으로 대단한 나라였다. 이 드넓은 땅을 호령한 대국이었지."

"한데 어찌하여 지금은 없어졌습니까?"

"고려의 한 획을 그었던 연개소문 대막리지께서 돌아가신 후부터 나라가 급격히 기울었단다. 신하들의 분열, 그리고 연개소문 대막리지의 아들들이 서로 권력을 차지하려고 싸우면서 나라가 어지러워졌지. 그때, 당나라가 공격해 왔고 나라는 무너져 버렸다. 비록 지금은 고려를 잃은, 나라 없는 백성 신세지만 우리는 반드시 고려를 되찾아 새 나라를 일으켜야 한단다."

대조영의 말에 고사계가 가슴 벅차게 말했다.

"그렇군요. 꼭 그렇게 되겠지요?"

대조영이 껄껄 웃으며 말했다.

"사계 너는 비록 고려에서 자라진 못했지만, 항상 마음속에 고려를 기억하거라. 우리의 나라는 반드시 우리가 되찾아야 한다."

"잘 알겠습니다."

"그만 돌아가 보자꾸나."

대조영은 고사계와 함께 고구려 유민촌으로 돌아갔다.

"어딜 갔다 오는가?"

가시 있는 목소리가 들려왔다. 대조영과 고사계는 목소리의 주인공을 바라보았다. 젊은 거란 장수 이해고^{李楷固}였다.

"유민촌을 이탈하다니 정녕 처벌을 받고 싶은 겐가?"

"유민촌을 이탈한 것은 아닙니다. 단지 저쪽 초원에 있었을 뿐입니다."

짝! 이해고의 손이 대조영의 뺨을 후려쳤다.

"감히 나라 잃은 망국의 백성 놈 주제에, 말끝에 토를 달다니! 여봐라, 이놈을 형틀에 묶어라!"

대조영은 끌려가 형틀에 묶였다. 이어 이해고는 고구려 유민들을 불러 모았다.

"잘 보아두거라! 이놈은 내 말에 토를 달고 잘못을 시인하지 않았다. 너희는 망국의 백성들이다. 네놈들은 아직도 고구려가 있다는 착각 속에 사느냐!? 앞으로 거란의 명에 항거하는 자에게는 이보다 더한 고통을 줄 수도 있다!"

이어 이해고는 채찍을 꺼내 대조영을 후려쳤다. 대조영은 채찍을 맞으면서 이를 악물었다. 채찍질이 끝나자, 이해고는 다시 한 번 으름장을 놓았다.

"자! 보았느냐? 이후에도 항거하는 자는 이보다 더 심한 형벌을 받을 것이다!"

대조영은 형틀에서 풀려났다. 온몸의 살점이 찢겨 피가 줄줄 흘렀다. 대야발이 달려와 부축했다.

"형님, 괜찮으시오?"

"괜찮아. 가세."

대걸걸중상이 걱정스러운 눈빛으로 다가왔다.

"대체 어찌 된 것이냐?"

"유민촌 뒤편 초원에 나갔습니다. 근처 풀숲에서 수련 후, 돌아오는 길에 유민촌을 이탈했다는 이유로 붙잡혔습니다."

"천하에 더러운 놈들! 예전에는 우리와 눈도 못 마주치던 일개 야만족들 따위가!"

후차맹이 발끈했다. 그러자 걸사비우가 주의를 주었다.

"말을 삼가게."

"분통 터질 일 아닙니까! 그게 무슨 유민촌 이탈입니까? 겨우 스물을 넘긴 저런 애송이 따위가 이런 개같은 짓을 하다니요?!"

계속 화를 내며 막말을 쏟아내는 후차맹을 양천필이 타일렀다.

"후차맹, 지금은 분해도 참아야지. 별도리가 없지 않나? 그만 진정하게. 괜히 거란인들의 신경을 긁어 보아야 우리만 손해일세."

후차맹이 가슴을 퍽퍽 치며 말했다.

"정말 서러워서 못 살겠네!"

"일단 안으로 가서 상처부터 치유하세."

걸사비우가 대조영을 데리고 들어가 상처에 약을 발랐다. 대조영이 억울하게 채찍을 맞았다는 소리에 영주에서 알게 된 또 다른 고구려 유민 임아任雅가 달려와 그의 상태를 살폈다.

"대조영 형, 괜찮으시오?"
"괜찮아."
"아무튼 거란 놈들과 당나라 새끼들 행패에 정말 살기가 너무 힘드오."
"언젠가는 반드시 우리의 나라를 되찾을 날이 오겠지……."
대조영이 임아의 얼굴을 바라보며 그와 손을 마주 잡았다.

제 2 9 장

유민의 대표 대사리걸걸중상

 5년이 지났다. 서기 690년, 무조武曌는 스스로 황제에 올라 국호를 주周로 바꾸었다. 중국 유일 여황제 무측천武測天의 시대가 온 것이었다.

 이 무렵, 걸사비우와 대걸걸중상, 대조영은 고구려를 되찾을 계획을 차근차근 세워나갔다. 비록 나라를 되찾을 때가 언제가 될지는 모르지만, 지금부터 준비를 하자는 생각들이었다.

 걸사비우는 지도를 한 장 꺼내 한 장소를 가리켰다.

 "이곳은 말갈인들이 유목 생활을 할 때 장기간 거주지로 삼았던 동모산 일대요. 유민들을 이끌고 이곳 영주를 벗어나면 즉시 이 동모산으로 가야 하오. 이곳은 지형이 험해 적이 추격하기 어렵고 설령 온다 해도 방어하기 매우 유리한 곳이오. 이 사람은 동모산에서 세력을 구축해야 한다고 보오."

말갈 사람은 고구려 사람 중 유목 생활을 하는 이들을 일컫는 말이었고, 걸사비우는 그 일원 중 하나였기에 고구려 땅에 숨겨진 명당 자리를 잘 알고 있었다. 그렇기에 고구려 유민들을 이끌어 정착하기 가장 좋은 곳을 동모산으로 꼽았다.

"걸걸중상 장군은 언제든지 유민들을 하나로 뭉칠 수 있도록 유민들을 규합해 주시오."

"알겠소이다. 하지만, 이 사람도 하나 생각한 게 있소."

"무엇이오?"

걸사비우가 묻자, 대걸걸중상이 대답했다.

"우리가 이곳 영주를 벗어나는 데 가장 중요한 것은 거란군의 방해를 받지 않아야 하오. 그러기 위해서는 이제 거란에게 협력하는 모습을 보여 그들의 신뢰를 얻어야 하오. 나는 거란인들의 환심을 사서 저들의 경계를 느슨하게 하여 그 틈에 이곳을 빠져나가야 하지 않나 싶소."

걸사비우가 동의했다.

"좋은 말이오. 지금 우리에게는 거란인들이 완전히 우리를 믿도록 만드는 전략이 필요하오. 그렇게 해봅시다."

걸사비우와 대걸걸중상은 고구려 유민들을 규합하면서 그들 중 믿을 만한 이들에게는 거란에 협조하는 모습을 보여 탈출의 때를 기다리자고 했다.

또한 고구려 유민들의 수장 노릇을 하는 동시에 거란에 적극적으로 협력하며 눈치를 살폈다. 거란의 일이 있으면 자진하여 발 벗고 나서 그들의 비위를 맞췄다.

이 무렵 영주자사 겸 도독 조문홰는 폭정을 일삼아 송막도독 이진충의 반감을 사게 되었다. 조문홰는 각종 명목으로 세금을 착복하고 이진충의 군사권마저 빼앗아 이진충과 거란족은 물론, 고구려 유민, 말갈인들 역시 그에게 불만이 많았다. 게다가 조문홰는 한족 우월주의 사상에 빠진 인물로 이진충을 비롯한 이민족을 멸시하는 경향이 강했기에 당에 협조하고 있는 거란인들의 불만은 더 커질 수밖에 없었다.

조문홰는 영주 관청에 앉아 문사 최구와 오재원을 데리고 술자리를 벌이고 있었다. 그때 이진충이 보고를 위해 들렀다.

"뭐야? 아니, 술자리에 오랑캐 놈이 나타나서 흥을 깨려고? 이놈!"

조문홰는 술에 취해 이진충에게 오랑캐라고 욕설을 퍼부었다.

"아무리 자사라고 하나 도독인 나에게 어찌 이리 무례하단 말이오!"

이진충이 화가 나 날카롭게 말하자 조문홰는 술잔을 이진충에게 집어던졌다. 날아간 술잔은 정확히 이진충의 머리에 맞았다.

"이놈이 감히! 나에게 목소리를 높여? 더러운 거란 오랑캐 새끼!"

조문홰는 이진충을 발로 찼다. 이진충이 뒤로 나자빠졌다. 이진충은 조문홰를 노려보았다.

"아니, 어디 거란 놈 주제에 나를 노려보는가! 이런 시건방진 놈!"

조문홰가 이진충의 뺨을 후려치자, 옆에 앉아서 함께 술을 마시던 최구와 오재원 또한 이진충에게 손가락질을 해대며 비웃었다.

"저런 버러지 같은 놈! 하하하!"

모멸감에 치를 떨던 이진충은 씩씩거리더니 나가버렸다.

"흥, 더러운 오랑캐 주제에! 자, 술이나 마십시다!"

조문홰는 다시 술을 마셔댔다.

이진충은 분을 억누르며 밖으로 나왔다. 이진충은 즉시 거란의 장수들을 소집하였다.

"도저히 조문홰의 멸시를 견딜 수가 없다. 더 이상 거란을 모욕하는 저자를 용서할 수가 없도다! 내 그대들을 소집한 것은 이제 우리도 저 주나라인들에게 우리가 당한 모욕을 되갚아 주기 위함이다. 어떤가? 우리 거란이 자주독립할 시기가 왔지 않았는가?"

"옳습니다."

"가한의 말씀이 지당하십니다."

거란의 장수들은 모두 이진충의 말에 동의하고 당장이라도 주나라를 칠 듯이 흥분했다. 그때, 이진충의 처남 손만영孫萬榮

이 침착하게 말했다.

"가한의 분노는 저 역시 동감합니다만, 우리가 들고 일어나려면 더욱 신중하게 저들의 숨통을 조여야 합니다."

이진충이 손만영을 보며 물었다.

"그게 무슨 말인가, 처남?"

"우리 거란인들끼리 움직이면 자칫 조문홰의 반격으로 궁지에 몰릴 수 있습니다. 어차피 조문홰는 중원 사람이 아니면 모두 오랑캐라고 대놓고 멸시하고 있으니 이곳 영주에 있는 고구려인이나 말갈족들도 그를 미워하고 있습니다. 고구려, 말갈인들까지 우리의 편으로 만들어 함께 저들을 친다면 반드시 우리가 원하는 결과를 얻을 수 있을 것입니다."

이진충이 화색을 보였다.

"좋네. 아주 좋은 계책이야!"

며칠 후, 이진충은 대걸걸중상을 불렀다. 그를 정중하게 예우하여 자리에 앉힌 후 말했다.

"이 사람이 듣자 하니 그대가 고구려 유민들을 이끄는 수장이라 들었습니다. 고구려가 비록 지금은 당나라에 의해 멸망했지만, 그 기상은 우리 거란에도 귀감이 되고 있소. 우리는 비록 힘이 없어 주나라에 복속되어 있지만 언젠가는 기상을 떨쳐 일어나려 하오. 그러기 위해서는 우리와 뜻을 함께할 동맹이 필요한데 고구려인들이 그 역할을 해주면 어떻겠소?"

이진충의 제안에 대걸걸중상은 이것이 거란의 신뢰를 얻을 수 있는 확실한 기회라 여겼다.

"거란과 고구려가 힘을 합치면 주나라를 무찌를 수 있을 것이니 기쁜 일이 아닐 수 없습니다."

대걸걸중상의 대답에 이진충이 사람 좋게 웃으며 말했다.

"이제부터 그대를 사리^{舍利}에 봉하겠소. 사리는 우리 거란에서 한 무리를 이끄는 수령에게 내려지는 칭호요."

대걸걸중상이 연신 고개를 숙이며 고마움을 표했다.

"황감합니다."

그리하여 대걸걸중상은 '대씨 성의 사리 걸걸중상^{大舍利乞乞仲象}'이라는 칭호로 불렸다.

제 30 장

이진충의 반란

서기 696년 영주^{營州}

 이진충과 협력하게 된 대걸걸중상은 걸사비우를 비롯한 고위급 유민들에게 이 사실을 알리고 은밀하게 탈출의 기회를 노렸다. 겉으로는 거란에게 협조하는 척하며 그들이 방심한 사이 영주를 빠져나가려는 계획이었다. 인내의 시간을 보낸 끝에 그 기회가 찾아왔다. 이진충이 대걸걸중상에게 거사를 도모하자고 제안해 온 것이다. 지금 조문홰는 영주의 이민족을 멸시하다 못해 이젠 완전히 방심하여 제대로 경계조차 하지 않았다. 그 휘하 군사들조차 기강이 해이해지고 이민족을 깔보며 얕보고 있었다. 이진충은 때가 왔음을 직감했다. 고구려 유민들과 함께 영주성을 몰래 포위한 뒤, 조문홰가 다시금 연회를 벌일 때 기습하여 그들을 죽이고 영주를 차지할 작정이었다. 그리고 그날은 며칠 만에 찾아왔다.

대걸걸중상과 걸사비우는 유민들이 옷 안에 갑옷을 입고 무기를 숨긴 채 일반 백성처럼 길거리를 배회하게 했다. 그러면서 서서히 영주성을 포위해 들어갔다. 그리고 이진충은 장수와 군사들을 소집했다.

"지금 조문홰는 다른 관리들과 술을 마시고 있다. 당장 가서 베어버리고 주나라 군사들에게 놈의 목을 보여주어 항복하지 않으면 모두 없애버려라!"

이진충의 명에 이진충의 처남 손만영孫萬榮, 이진충의 사촌 이실활李失活, 이실활의 사촌 이사고李娑固, 이사고의 사촌 울우鬱于, 별장別將 이해고, 이해고의 사위 이해락李楷洛이 거란 군사들을 움직여 영주 관청으로 들어갔다. 거란 군사들을 본 조문홰가 술을 마시다 깜짝 놀라 소리쳤다.

"이게 무슨 짓이냐?"

이진충이 조문홰를 노려보며 매섭게 외쳤다.

"그동안 우리에게 씻을 수 없는 모욕을 안겨 준 네놈을 처단하러 왔다!"

조문홰는 낯빛이 새파래졌다.

"왜 이러는 건가?"

손만영이 칼을 들어 조문홰의 목을 치면서 소리쳤다.
"저승에서 잘못을 뉘우쳐라!"
조문홰의 머리가 땅에 떨어졌다.
최구와 오재원이 기겁하여 이진충에게 애걸했다.
"히익! 살려주시오!"
"제발 부탁입니다. 목숨만은 살려주십시오!"
그러나 이진충은 그들을 용서하지 않았다. 거란 장수들의 손에 최구와 오재원의 목 역시 잘려 나갔다.
이진충이 조문홰의 잘린 머리를 주나라 군사들에게 보이자, 그들의 사기가 크게 떨어져 일부는 투항했다. 하지만 나머지 무장들과 병사들은 거란에 대항하여 일대 시가전이 벌어졌다. 이 모습은 본 대걸걸중상과 걸사비우는 눈빛을 주고받았다.
"적기로군요."
걸사비우가 말하자 대걸걸중상이 고개를 끄덕였다.
"군사를 나누어 한쪽은 남겨두고 나머지는 동쪽에 적의 식량 창고를 탈취하러 갔다고 하십시다. 그래야 의심을 받지 않을 거요."
대걸걸중상의 말대로 군사들을 나누어 유민들과 함께 영주를 빠져나가는 작전이 진행되었다. 고리운과 고사계 부자가 거란군과 가장 가깝게 위치하여 그들의 의심을 받지 않게 하고, 중간 위치에 걸사비우, 최고 동쪽 위치에 대걸걸중상이 자리를 잡고 군사들과 유민을 신속하게 영주 바깥으로 이동시켰다.

거란군은 영주성을 점거하고, 승리의 기쁨에 취했다. 이진충은 즉시 군사들에게 승전주를 내려 그들을 치하했다. 그리고 동참했던 고구려 유장들을 찾았다. 하지만 그에게 돌아온 보고는 대걸걸중상과 걸사비우가 동쪽 십여 리 밖의 적 식량 창고를 빼앗기 위해 나갔다는 보고였다.

"우리가 전투하는 사이에 동쪽으로 나갔다고?"

"그곳에 주나라 식량 창고가 있사옵니다. 우리 고구려군이 그것을 점령하기 위해 나간 것이니 안심하고 계십시오."

고리운이 이진충을 안심시키자 이진충이 고개를 끄덕였다.

"음, 좀 일찍 나에게 얘기해 주었으면 좋았을 것을."

"가한의 싸움에 방해가 되지 않으려 한 것이니 너그러이 이해해 주소서."

고리운의 말에 이진충이 기쁜 얼굴을 했다.

"알겠소. 필요하다면 우리 군사들도 출정시킬 터이니 상황이 달라지거든 언제든 말해주시오."

"예, 가한!"

고리운이 이진충을 안심시키고 나온 뒤, 곧장 그는 나머지 군사들에게 그날 밤 야음을 틈타 빠져나갈 것을 명했다. 거란 군사들이 술에 잔뜩 취해 경계가 허술할 때, 고리운과 고사계가 이끄는 고구려 군사들과 유민들은 영주를 벗어나기 시작했다.

다음 날 해가 중천에 뜨고서야 이진충은 고구려 군사들과 유민들이 모두 영주에서 사라졌음을 알아챘다.

"이놈들! 이 틈에 유민들을 데리고 내빼다니! 그렇게는 안 된다. 추격해라! 무기도 시원찮은 오합지졸들이다."

이진충의 명령에 이해고가 이끄는 군사들이 바로 추격에 나섰다. 고리운은 이해고의 추격을 당하자, 아들 고사계와 함께 일부 군사들을 이끌고 이를 막으려 들었다. 하지만 이해고가 직접 나서 고리운을 향해 긴 올가미 줄을 날렸고, 고리운은 말에서 떨어졌다. 고사계는 부친을 구하려다 거란군에게 사로잡혔다. 결국 두 사람은 포로가 되어 끌려갔다.

"이들을 영주로 압송시키고 우린 다시 고구려 유민들을 추격한다!"

이해고는 명을 내린 후, 다시 고구려 유민들을 추격하러 나섰다. 한참 영주를 벗어나 동쪽으로 향하던 고구려군의 후방 담당인 후차맹이 이 모습을 보고 다급하게 걸사비우에게 갔다.

"큰일 났습니다. 적들이 10리 뒤까지 쫓아왔습니다!"

"그렇다면 고리운 장군이 무너졌다는 것이 아니냐? 고 장군은 어찌 되었느냐?"

"알 길이 없습니다."

이에 양천필이 나서며 말했다.

"제가 싸움에 능한 자들을 이끌고 가 막아보겠습니다."

"그래 주게."

"예!"

양천필은 무예에 능한 이들을 이끌고 이해고의 추격대를 막기 위해 나섰다. 양천필이 거란군과 교전하는 사이 대야발은 근처에 있는 옛 고구려 성채로 유민들을 피신시키자고 걸사비우에게 말했다.

"이 근처에는 옛 고려의 성채가 있습니다. 그곳으로 일단 유민들을 피신시켜 막아보는 것이 좋을 것입니다."

"그 길을 아는가?"

"예! 제가 어린 시절 이곳에 왔기에 압니다."

"그러면 자네가 길을 안내하게!"

"예, 추장!"

대야발이 길 안내를 하여 유민들을 옛 고구려 성채 안으로 들였다.

이 무렵 양천필의 군사들과 거란군은 교전이 한창이었다. 그러나 고구려군은 패퇴하고 말았다. 정예 거란군의 날렵한 공격과 정교한 병장기는 갑옷도 제대로 입지 못한 고구려군을 순식간에 제압해버리고 말았다.

양천필은 가까스로 목숨을 부지하여 도망쳤지만, 거란군은 계속해서 추격해오고 있었다.

"추장님! 지금 양천필 장군이 쫓겨오고 있습니다."

후차맹이 걸사비우에게 말했다.

"뭐라! 그렇다면 양천필이 무너졌다는 것이냐?"

걸사비우는 난감한 얼굴을 했다.

"이건 함성 소리!"

임아가 가까이 다가오는 함성을 들었다.

"적들이 이미 근처까지 온 것 같습니다!"

"젠장!"

걸사비우는 이를 깨물었다. 대책이 서지 않는 시급한 상황이었다.

이때, 양천필이 피투성이가 되어 걸사비우 앞에 쓰러지듯 나타나며 통곡했다.

"추장님, 패장을 죽여주십시오! 중과부적으로 아군은 전멸하고 말았습니다!"

걸사비우가 주변 장수들을 둘러보며 말했다.

"별수 없다! 장군들! 모두 목숨을 버릴 각오가 되어 있겠지?"

대걸걸중상이 엄숙한 얼굴을 했다.

"우리라도 나서서 적들을 막아냅시다!"

대조영과 아들 대고예, 대야발과 아들 대일하, 연수진, 후차맹, 양천필, 장미은, 생해, 임아 모두 결연한 의지를 내비쳤다.

"자! 우리를 따라 백성을 구할 자, 모두 따르라!"

걸사비우의 말에 용감한 유민들은 모두 나서서 거란군에 맞서 싸우러 나갔다.

"하하하! 어리석은 놈들! 병장기도 제대로 없으면서 우리와 맞서 싸우려 들어? 공격하라!"

이해고가 고구려 유민들을 비웃으며 공격 명령을 내렸다.

그때였다. 거란군을 향해 사방에서 화살이 날아왔다.

"아니, 이게 대체 어디서 날아오는 화살이냐?"

이해고와 거란 군사들은 어리둥절하여 이러지도 저러지도 못했다. 사방에서 낯선 군사들이 튀어나와 거란군을 향해 공격을 가했다. 거란군은 갑작스러운 공격에 우왕좌왕하기 시작했다.

"군사들이 혼란에 빠졌소!"

울우가 이해고를 보며 급박하게 말했다.

낯선 군사들은 거란 정예병들을 여지없이 깨부수어버렸다. 거란군은 결국 영주성으로 물러나고 말았다.

이런 낯선 군사들의 등장에 고구려 측도 당황하기는 마찬가지였다. 걸사비우도 낯선 군사들의 도움을 이해할 수 없었다.

모두가 상황을 이해하지 못하고 있을 때, 그 낯선 군사들의 대장으로 보이는 자가 백마를 타고 걸사비우의 앞에 나타났다.

"추장님, 야존곤입니다."

그는 야존곤이었다. 걸사비우는 놀라움을 금치 못했다. 압수에서 전투 중 헤어지고 대조영과 함께 고보장의 고구려 재건 운동에 참여했다가 들통나 전투 중 생사를 알 수 없었던 야존곤이 그의 앞에 나타난 것이다.

"영주의 분위기가 심상치 않다는 첩보를 접한 후, 영주에서 거란이 반란을 일으켰다는 소식을 들었습니다. 그리하여 유민들을 구하기 위해 양성해 왔던 군사들을 이끌고 여기로 온 것입니다."

"자네가 살아 있었다니! 대체 이 군사들은 어떻게 모인 것인가?"

"생해 장군과 해투추 장군이 보장태왕 폐하의 거사를 함께 도모하다가 발각되는 바람에 뿔뿔이 흩어진 말갈 병사들을 제가 다시 규합하여 군사들을 양성했습니다. 그리하여 요동 벌판에서 방황하던 고구려 유민들까지 모두 제 군사로 들어왔습니다.

"그랬구만! 장하네! 잘 왔네! 고맙네!"

걸사비우는 야존곤을 부둥켜안고 감격의 눈물에 젖었다.

제3부

무너진 제국 위, 다시 타오른 불꽃

대조영이 안학궁의 모습이 담긴 마련그림을 지그시 바라본 후, 자리에서 일어나 신하들에게 우렁차게 외쳤다.
"짐은 이곳에 새로운 안학궁 건설을 명하노라. 이제부터 이곳을 상경上京이라 불러 우리나라의 가장 높은 수도로 삼을 것을 천명하는 바이다!"

제 3 1 장

동모산, 새 나라의 첫걸음

이진충은 스스로 '무상가한無上可汗'의 자리에 올라 거란의 독립을 일으켰다. 무상가한이란 더 높은 것이 없는 가한이란 의미로 유목국가의 가장 높은 군주라는 걸 의미했다.

이진충의 반기에 노한 무조는 이진충의 이름을 '이진멸李盡滅'이라 하고 손만영을 '손만참係萬斬'이라 적은 국서를 보냈다. 진멸은 반드시 멸하겠다, 만참은 만대를 참하겠다는 뜻이었다. 그리고 거란토벌 총관으로 자신의 조카 무삼사武三思를 유관도안무대사로 임명하고, 우금오대장군 장현우張玄遇와 좌응양위장군 조인사曹仁師, 사농사경 마인절麻仁節, 우무위대장군 이다조를 출진시켜 거란을 토벌토록 명했다.

그러자 이진충은 손만영을 대장으로 선봉에 세워 영주 주변의 주나라 부대를 토벌하고 이민족들인 습족, 해족을 굴복시켜 수만의 군사를 흡수했다.

서협석곡에서는 이진충이 영주에 잡혀 있는 주나라 포로들에게 겨죽만 먹이면서, "먹여 살리자니 양식이 없고, 죽이자니 마음이 내키지 않는다." 하며 그들을 풀어주어 거란을 토벌하러 온 주나라군의 경계를 느슨하게 만들었다. 그리고 전선에서 거짓 퇴각하여 늙은 말과 소, 늙은 병사들이 주나라군에게 거짓 투항하게 하는 기만술을 쓰고 이에 속아 대패한 조인사, 마인절, 장현우를 포로로 사로잡았다. 그리고 이들에게 거짓 첩문을 쓰게 하여 후속 부대로 온 연비석燕匪石과 종회창宗懷昌의 군세를 섬멸했다. 주나라 군대는 거란에게 연전연패했으나 유일하게 이다조가 이끄는 부대만이 거란군을 격퇴하고 있었다.

야존곤과 대조영은 서로 얼싸안으며 기뻐했다.
"야존곤, 살아 있었군!"
"이렇게 무사히 만나 다행일세."
야존곤은 감격에 젖은 채 자기 부장들을 소개했다.
어부수계恭夫須計라는 젊은 청년 무장과 소사란昭謝蘭이라는 젊은 여무장이었다. 또한 야존곤의 옆에서 군사軍師 역할과 원로 역할을 하는 뇌음신도 합류해 있었다.

뇌음신은 지난날 고리운과 함께 온사문 휘하에서 횡산 전투를 치렀고, 이후에는 생해와 함께 신라의 술천성[27]을 공격한 적이 있었다. 생해와 뇌음신은 몇십 년의 세월을 뛰어넘은 만남에 그 반가움을 금치 못했다.

"뇌음신 장군, 그동안 어찌 지내셨던 게요?"

생해가 뇌음신의 어깨를 감싸며 묻자, 뇌음신이 기쁨에 겨운 목소리로 답했다.

"나라가 무너지고 나라를 되찾기 위해 여기저기서 움직이는 사람들이 많았소. 이곳저곳을 바람처럼 옮겨 다녔지만, 대부분 성공하지 못했소. 그나마 야존곤이라는 젊은 장수가 유민들을 규합하여 안정된 거처를 만들기에 나 역시 노구의 몸으로 합류한 것이오."

"잘됐습니다. 정말 잘됐어요. 뇌음신 장군처럼 경험 많은 이가 함께하니, 이제 나라를 되찾는 것은 시간문제일 것입니다."

"하하하!"

뇌음신이 호탕하게 웃었다. 야존곤을 비롯해 뇌음신, 어부수계, 소사란 등의 합류로 고구려 재건을 위한 움직임에 활기가 돌았다. 이들은 고구려 성채에 모여 앉아 회의했다.

"야존곤, 우리는 지금 동모산에 거점을 세우려고 하네. 유민

---

27) 지금의 경기도 여주.

들을 동모산으로 옮겨 정착시키려 한단 말일세. 자네 생각은 어떠한가?"

야존곤은 걸사비우의 의견에 다른 의견을 제시했다.

"지금 당장 유민들을 동모산 안으로 들이는 것은 현명한 조치가 아닐 듯합니다. 동모산으로 이동한다면 분명 주변의 습족이나 해족, 거란, 일부 주나라 군대, 그리고 우리와는 뜻을 달리하는 고구려인의 공격을 받을 것입니다. 먼저 이 근처에서 우리의 활동 범위를 차근차근히 다져 이 동북방에 우리의 세력을 좀 더 구축한 후 동모산으로 들어가도 늦지 않을 것입니다."

"자네의 말은 이 주변에 방어기지를 세운다는 것인가?"

"그렇습니다. 동모산을 중심지로 삼는 것은 지당하십니다. 그러나 그 길목이 비어 있다면 동모산으로 들어간들 아무 소용도 없겠지요."

걸사비우는 야존곤의 말에 고개를 끄덕였다.

"음, 알겠네."

그들은 우선 고구려의 옛 영토였던 동북방 일대를 서서히 세력 기반으로 만들 계획을 세웠다.

이때, 거란의 제1대 무상가한 이진충이 갑작스레 급사했다.

그의 뒤를 이어 이진충의 처남 손만영이 제2대 무상가한 자리에 올랐다. 손만영은 아직 거란의 정세가 어수선함을 알고 먼저 고구려 유민 세력에게 손을 내밀어 화친을 청했다. 걸사비우 역시 기반이 안정되지 못했기에 그 청을 거절할 이유가 없었다. 주나라에 맞서 반란을 일으켰을 때 이진충이 고구려 유민들을 추격해 피해를 입었으나 상황을 냉정히 봐야 했다. 걸사비우는 그 화친에 응했다.

고구려 성채에서 대조영의 큰아들 고예가 야존곤의 부장 소사란과 함께 경계를 서고 있었다.

"소사란 부장은 언제부터 무장이 되셨나요?"

고예가 조심스레 소사란에게 물었다.

"저는 어릴 적부터 아버지 아래서 무예를 익혀왔습니다. 아버지는 고려에서 무장으로 계셨던 분이십니다."

"하면 아버님께서는 지금 어찌…?"

"주나라 군사들을 피해, 야존곤 장군 아래로 들어갔는데 주변의 주나라 군사들이 습격한 적이 있었습니다. 그때 난전 중 돌아가셨지요."

"그랬군요. 제가 괜한 질문을 드렸군요."

"하하하! 아닙니다. 지난 일인 것을요."

제3부 무너진 제국 위, 다시 타오른 불꽃

소사란이 웃으며 말했다.

"저 드넓은 강토가 참 아름답지 않습니까? 저렇게 아름다운 땅에 나라를 세우고 집을 짓고 살면 참 행복할 것 같습니다."

소사란이 멀리 펼쳐진 드넓은 광야를 가리키며 말했다. 대고예는 소사란이 매우 포부가 큰 여장부임을 느꼈다. 대고예 역시 품고 있던 마음이었다. 그래서일까, 대고예는 소사란에게 설명하기 힘든 호감을 느꼈다. 소사란 또한 점잖은 성격에, 뛰어난 무예 실력, 원대한 꿈은 가진 이 청년 대장부에게 마음이 기울었다. 소사란은 이런 사내와 늘 함께하고 싶어졌다.

제 3 2 장

손만영의 진격

낙양의 무측천은 이진충의 사망과 제위에 오른 손만영의 소식을 접했다.

"이진충이 죽고 손만영이 즉위했다?"

위주자사 적인걸狄仁傑이 아뢰었다.

"폐하, 이 기회에 거란을 멸해야 하옵니다."

"거란을 멸한다고?"

"예, 폐하. 이진충이 제위에 있을 때 거란은 돌궐의 묵철과 동맹을 맺고 있었사옵니다. 그러나 이번에 손만영은 이진충의 아들을 몰아내고 무상가한에 올랐습니다. 돌궐과 화친을 한 후, 그들을 설득해 거란을 공격하게 하면 우리 주나라는 피를 많이 흘리지 않고도 거란을 멸할 수 있을 것이옵니다."

"음, 경의 말이 옳소. 좋소, 그렇다면 거란을 멸할 수 있도록 경이 가서 돌궐과 화친을 맺으시오."

"황명 받들겠나이다, 폐하."

적인걸은 요북 일대 국경을 넘어 돌궐의 카간可汗 아사나묵철阿史那默啜[28]을 알현했다.

"사자로 온 적인걸이라 하옵니다."

묵철은 거만한 얼굴로 적인걸에게 말했다.

"무슨 일로 왔소?"

"예, 주나라 황제 폐하께서 돌궐과의 화친을 원하시옵니다."

"화친?"

"그러하옵니다. 지금 영주에서는 거란의 반란으로 천하가 어지러운지라, 폐하께서는 돌궐과 연합하여 거란을 치기를 바라시옵니다."

"나와 손을 잡아 거란을 부수겠다?"

"그렇사옵니다."

묵철은 잠시 아무 말없이 생각하다가 입을 열었다.

"돌궐과 주나라는 얼마 전까지만 해도 서로 칼을 겨누던 사이였소. 화친을 맺으면 우리 돌궐이 얻는 이득은 무엇인가?"

"이곳 요북은 날씨가 춥고, 건조하여 쌀 재배와 비단 공수가

---

28) 튀르크어로는 '카프간'이라 불림.

어렵사옵니다. 주나라에서 식량은 물론 비단과 무기도 제공하겠사옵니다."

적인걸의 말에 묵철의 귀가 솔깃했다.

"그대의 말이 맞소. 그렇다면 주나라에서 충분한 군량을 내줄 수 있는가? 우리가 원하는 양만큼 지원해준다면 나는 거란을 쳐부술 것이오. 거란이 우리와 화친한 사이이긴 하나, 나와 화친한 것은 전임 가한 이진충이었소. 그런데 지금 방자하게도 그의 처남인 손만영이 정권을 강탈했으니, 나로서도 명분이 있는 싸움이지. 어떻소? 우리가 원하는 만큼 물자를 지원해 줄 수 있겠소?"

"예, 카간."

"좋소. 그렇다면 화친에 응하겠소이다."

"망극하옵니다, 카간."

이로써 주나라는 돌궐과의 화친을 성사하였다.

한편, 이 무렵 거란의 가한 손만영 또한 유목 민족인 습족과 해족, 그리고 돌궐에 화친과 동맹을 원하는 사신을 파견하였다. 앞서 주나라와 화친을 맺은 돌궐의 묵철은 되려 거란을 공격하였고 손만영은 그것을 막아냈다. 그리하여 돌궐의 공격은 실패로 끝이 났다.

손만영은 군사들을 정비한 뒤, 기주를 공격하여 기주자사 육보적陸寶積을 살해하고 그곳을 약탈했다. 이에 무측천은 거란 정벌을 위한 새로운 작전을 진행, 총관을 외척 무유의武攸宜로

교체하고, 하관상서 왕효걸王孝傑과 우림위대장군 소굉휘蘇宏暉에게 17만 대군을 주어 공격을 명했다.

이렇게 되자 군사가 부족한 거란은 화친했던 고구려 유민 세력에게 군사를 내달라 요청했으나 이 상황을 눈치챈 걸사비우와 대걸걸중상 등은 이를 거부했다.

"우리는 이곳 요동 일대를 평정하고 안정시키기에도 군사가 부족하네. 게다가 이 주변에는 아직도 주나라 정규군들이 있기 때문에 그들과 대치하느라 우리는 군사가 더 부족한 형편일세."

걸사비우가 거란의 사신으로 온 울우에게 말했다.

"하오나 영주에서 빠져나간 고구려인과 말갈인이 40만이 넘는 걸로 압니다. 어찌 군사가 없다고 하십니까?"

"그 유민들을 지킬 군사도 필요하기 때문이야. 아직 우리의 유민들은 제대로 정착하지 못했네. 고려의 옛 영역이 굳건해지면 유민들을 데리고 동모산으로 가서 자리를 잡을 예정이네. 우리가 그곳에 갈 때까지는 우리에게 군력은 단 한 명의 병사도 소중하네. 그러니 그런 줄 알고 물러가게."

걸사비우의 거절에 울우는 어쩔 수 없이 영주로 돌아왔다.

울우가 빈손으로 돌아오자, 영주의 거란군 장수들은 크게 분개했다.

"나라도 없이 떠도는 놈들 주제에 우리의 청을 거절하다니!"

"당장 요절을 내버립시다."

이사고와 이해락이 이를 갈며 분개하자, 이실활이 이를 저지했다.

"그건 안 되오. 우리도 군사가 부족한 실정이 아니오? 저들마저 우리의 적으로 돌리면 거란은 무너지고 말 것이오!"

이해락이 탁자를 치며 말했다.

"분하지만 어쩔 수 없군요!"

손만영이 분노를 간신히 누르며 말했다.

"고구려 놈들 따위가 없어도 우리의 위용을 보여줄 수 있다. 아군은 지난 서협석 황장곡에서 지형지물을 이용해 주나라 놈들을 격파했다. 이번에도 그리할 수 있다. 군사들을 이끌고 동협석으로 가겠다."

손만영은 이해고, 낙무정駱務整, 하아소何阿小, 마행위馬行尉, 양봉절楊奉節 등 장수들에게 군사들을 출병하도록 지시했고, 동협석에서 왕효걸이 이끄는 주나라 군대를 격파하는 데 성공했다. 왕효걸은 전투 중 죽고, 승세를 탄 손만영은 유주를 공격했다. 주의 총관 무유의는 손만영의 기세에 패전을 거듭했고, 무측천은 군대를 재편하여 다시 파견하기에 이르렀다.

"우금오위대장군 하내군왕 무의종武懿宗을 신병도대총관으로, 우숙정대어사대부 누사덕婁師德을 청변도대총관으로, 우무위위대장군 사타충의沙吒忠義를 청변중도전군총관으로 임명하니, 20만 군사를 이끌고 거란을 정벌하라!"

무측천의 조카인 무의종이 대군을 이끌고 손만영과 맞붙었으나, 손만영이 지형을 이용해 지속적으로 주의 군사들을 농락했다. 결국 조주에서 주둔하던 무의종은 겁을 집어먹은 나머지 군사를 물린 탓에 낙무정의 거란군이 조주를 점거했다. 조주에 입성한 손만영은 군사들에게 조주를 마음껏 약탈하라고 지시했다.

"모두 들어라. 우리 기란은 그동안 주의 침탈로 피눈물을 쏟아왔다. 지속된 전투로 우리 전우들이 얼마나 많이 죽어갔는가! 이곳 조주를 모두 약탈하고 부수어라. 적들의 피로 목욕을 해도 좋다!"

이 명령 하나로 조주에서 엄청난 양민 대학살이 벌어졌다. 손만영은 기세를 몰아 유주까지 공격해 들어갔다. 그러자 무의종 휘하 양현기陽玄基는 이대로는 안 된다고 판단, 무의종에게 거란에 붙은 해족을 설득하여 그들이 거란을 배신하게 만들자고 했다.

"이대로는 아군의 피해가 너무 큽니다. 거란에 붙은 족속들 중 해족은 본래 우리 주나라와 가까운 이들이었으니 적당히 실리로 타협하면 넘어올 것입니다."

무의종은 그 말이 옳다 여기고 즉시 해족에 밀사를 파견했다. 바야흐로 해족의 결단에 손만영, 그리고 거란의 운명이 걸려 있다 해도 과언이 아닌 상황이 되어갔다.

제 3 3 장

마미성의 고씨 부자

  해족은 유목민이었으나, 꽤 이전부터 중국과 가깝게 지냈으며 해족 출신으로 수나라와 당나라에 출세한 이들도 많았다. 양현기가 보낸 밀사는 해족이 거란의 후방을 공격해주면 사로잡은 해족 포로들을 돌려주겠다고 제안했다. 해족의 입장에서는 계속되는 공격에 위태로운 거란보다는 지금은 거란에 밀리고 있지만 탄탄한 기반이 있는 주나라와 손을 잡는 게 유리했다. 결국 해족은 주나라에 협력했고 거란의 후방을 공격했다. 이에 손만영은 군사를 물릴 수밖에 없는 상황에 빠졌다.

요동에서는 고구려 유민 세력이 점차 기반을 다지고 있었다. 대조영이 요동 일대에 군사들을 이끌고 나가 주나라 군사들을 물리쳐 요동의 패권을 다시 고구려가 쥐게 되는 그 첫 신호를 알렸다.

거란의 반란으로 인해 요동의 주나라 군사들은 대부분 겁을 먹어 성을 버리고 달아나거나 제대로 싸워보지도 못하고 무너졌다. 그 덕분에 연수진과 장미은, 두 노여장老女將은 옛 고구려의 성들을 어렵지 않게 되찾아 고구려의 삼족오 깃발을 꽂았다.

하지만 이때, 대걸걸중상과 대조영 부자가 이끄는 군사들 앞에 강하게 저항하는 성이 나타나니, 요동의 마미성磨米城이었다. 마미성은 고구려가 존속할 당시 요동의 요충지 중 하나였다. 그리고 동모산으로 가기 위해서도 반드시 함락해야 하는 성이었다. 마미성은 군사가 적음에도 고구려 재건군에게 끝까지 저항했다. 시간이 계속 지체되자, 대조영이 계책을 냈다.

"이렇게 시간을 끌 수 없습니다. 놈들을 빠르게 무너뜨릴 수 있도록 허수아비를 만들어 해 질 무렵마다 공격하는 척하여 저들을 지치게 하고 화살을 모두 소진하게 만들겠습니다."

대조영은 군사들을 모두 동원해 허수아비를 만들도록 지시했다. 그러던 중 군사 중 하나가 불만스럽게 떠들었다.

"젠장! 싸우다 말고 이게 무슨 개고생이람?"

그 목소리를 들은 대조영이 그 군사를 끌어냈다.

"너는 말객末客[29] 자리에 있는 자가 아니냐? 지금 허수아비를 만들라는 내 지시에 불만이 있는 것이냐?"

말객이 대조영에게 항명했다.

"솔직히 싸우기도 바쁜데 이런 거나 하니 힘들잖습니까? 옛 고구려성들은 견고하기 이를 데 없는데 이렇게 해서 이긴다는 보장이 있습니까?"

"내가 할 일 없어서 이런 것을 시키는 줄 아느냐? 말객씩이나 되는 놈이 감히 군심을 어지럽히다니! 여봐라, 이놈을 끌어내 목을 베라."

대조영은 말객의 목을 베어 효수한 다음, 자신도 직접 허수아비를 만드는 데 동참하며 외쳤다.

"나도 함께 만들겠다. 또다시 불만을 품는 자는 똑같이 목을 베겠다. 어서 시행하라!"

대조영의 독려에 군사들은 빠른 속도로 허수아비들을 만들었다. 대조영은 허수아비들을 가짜 군사로 위장한 뒤, 해질 때 마미성 전체를 둘러싸게 했다. 그리고 군사들에게 함성을 지르고 북을 치며 공격하는 시늉을 하도록 지시했다. 마미성의 군사들은 어둑해질 때 이 광경을 보고는 대군으로 착각하여 화살비를 퍼부었다. 대조영의 작전은 며칠간 계속됐다. 마침내 마미성의 군사들은 크게 지치고 화살마저 다 떨어졌다. 적들

---

29) 1,000여 명의 병력을 지휘하는 고구려 군인.

이 기진맥진한 것을 알아차린 대조영은 해뜨기 직전, 군사들을 동원해 총공격을 단행했다.

피로에 녹초가 된 마미성의 군사들은 대조영의 공격에 맥을 못 추고 무너져 결국 성을 고구려 재건군에게 내어주었다. 대조영은 끝까지 저항하던 마미성의 성주와 그의 아들을 포로로 붙잡아 대걸걸중상의 앞으로 끌고 갔다. 성주의 얼굴을 본 대걸걸중상은 깜짝 놀라고 말았다. 그는 50년 전, 박작성 전투에서 대걸걸중상을 구해준 고구려 장수 고문이었다.

"고문 장군, 그대가 어찌 여기 있소?"

이젠 백발의 노장이 된 고문이 쓴웃음을 지었다.

"고문이라……. 참으로 오랜만에 듣는 옛 이름이군. 대걸걸중상 장군, 오랜만이오."

대걸걸중상이 떨리는 눈으로 고문을 바라보았다.

"대체 왜……?"

"이제 고문이란 이름보다는 고질高質이란 이름으로 불러 주시오. 주나라 사람이 된 나에게 고구려의 이름은 이제 가당치가 않소."

고질이란 이름으로 개명한 고문은 고구려가 멸망할 때, 가족들을 데리고 당에 투항했다. 그리하여 당 조정으로부터 장군직을 받아 여기까지 오게 된 것이다.

"나라를 버린 죗값을 이렇게 치르는가 보오. 내 목을 내놓을 준비는 되었소만, 내 아들은 살려주시겠소?"

고질이 자기 아들의 목숨을 구해달라 하자, 그의 아들은 발끈했다.

"아버지, 당치 않습니다! 제가 어찌 이런 거란에 붙은 도적들에게 비굴하게 목숨을 구걸하겠습니까?"

그 말에 대조영이 호통쳤다.

"이놈! 우리는 고려를 재건하기 위해 일어선 의군義軍이다. 어찌 도적이라 함부로 떠드는가?"

"시끄럽다! 나는 대주제국의 마미성 성주 고질 대장군의 아들 고자高慈다. 너희들은 똑똑히 나를 보거라. 나는 그 옛날 고구려에서 모용씨를 격파하여 고씨 성을 받은 고밀高密 공의 후손이다. 고구려의 기운이 주나라와 하나가 되고, 왕손이 모두 주나라에 있는데 어찌하여 너희는 참담하게 고려 재건을 입에 담느냐? 너희는 단지 나라를 팔아 권세만 얻으려는 도적 떼에 불과하니, 너희들을 하나라도 더 죽이지 못한 게 원통하다. 어서 나를 깨끗이 죽여다오!"

고자의 외침에 대조영이 차가운 목소리로 대걸걸중상에게 말했다.

"베시지요."

대걸걸중상이 흔들리는 눈빛을 하며 작게 말했다.

"살려주면 안 되겠느냐?"

대조영이 고개를 저었다.

"이런 자들을 살려두면 훗날 화근이 됩니다. 군사들의 사기에도 좋지 않습니다. 베어버려야 합니다."

대걸걸중상이 잠시 침묵하더니 고질에게 물었다.

"고질 장군, 아드님과 함께 가시겠소?"

고질은 대걸걸중상을 보며 미소를 짓고는 고개를 끄덕였다.

"목을 베라."

대걸걸중상의 무거운 말이 떨어지기 무섭게 대조영이 고자의 목을 먼저 치고, 곧이어 고질의 목을 날렸다. 목이 날아간 몸뚱이에서 피가 치솟아 대조영의 얼굴을 적셨다. 대조영은 고질과 고자의 머리를 들어 보이며 군사들에게 외쳤다.

"보아라! 이것이 나라를 배신한 적도敵徒의 목이다. 우리가 이렇게 승기를 잡아 배신자들의 머리를 베었는데 어찌 천명이 우리에게 있지 않겠는가?"

대조영의 말에 군사들이 환호했다.

대걸걸중상은 조용히 고개를 돌려 눈물을 훔쳤다. 그 옛날 자신이 위기에 처했을 때, 비호처럼 달려와 적장 홍대를 사살했던 고문, 아니 고질의 모습이 떠올랐다. 그렇게 참수된 고질의 나이 일흔두 살, 고자의 나이 서른세 살이었다.

마미성을 점령하면서 고구려 재건군에게 동모산까지의 진출로가 모두 확보되었다. 곧장 선발대를 동모산으로 보낸 뒤, 나머지는 한곳에 모여 앞으로의 계획을 논의했다.

"돌궐군과 거란군이 영주에서 싸울 동안 우리는 서둘러 동모산에 자리를 잡아야 합니다. 이제 이 요동 일대의 옛 고려 영토는 다시 우리 고려인들에게 돌아왔습니다. 다음은 동모산으로 유민들을 이주시키고 그곳에서 새로운 국가를 건설해야 할 것입니다."

대야발의 의견에 걸사비우가 질문을 던졌다.

"자네 말이 맞네. 하면 돌궐과 거란의 전쟁은 얼마나 갈 것 같은가?"

"돌궐과 거란이 싸우는 시간, 더 나아가 돌궐이 영주를 함락시킬 경우는 그 뒷수습을 위한 시간이 필요할 것이고, 반대로 거란이 영주를 사수해 낸다 한들 엄청난 군사적 손실이 따를 것이니 우리에게 시간적 여유는 있습니다. 하지만 아직 동모산에는 그다지 준비가 되어 있지 않습니다. 그러니 당분간은 오루하와 천문령 일대의 군사 기지에 머물며 유민들과 군사들을 조련하며 동모산의 준비가 끝날 때를 기다리는 것이 좋겠습니다."

"선발대로부터 동모산에서 준비가 얼마나 되었는지 소식이 들어왔는가?"

대걸걸중상의 물음에 대야발이 대답했다.

"고려 양식을 따른 건물을 건설하느라 시간이 걸릴 수 있지만 동모산 역시 원래 고려의 땅, 기존 시설들이 있었으니 조속히 구색을 갖출 것이라 전했습니다."

걸사비우와 대걸걸중상은 미소를 지으며 고개를 끄덕였다.

해족의 배신, 주의 반격에 패퇴하여 하북성으로 군을 물린 손만영의 진영은 초상집 같았다. 이해고가 상황의 위급함을 우려하며 말했다.

"해족이 배신했으니, 다른 부족들도 배신하지 않으리란 보장이 없습니다. 또한, 지금 우리의 본거지 역시 기습을 당하면 위태로울 수 있으니 이만 철군하는 게 어떻겠습니까?"

손만영이 길게 한숨을 내쉬었다.

"틀린 말은 아니나 이대로 철군하면 승세를 탄 적에게 궤멸당할 수 있다. 그렇다고 이대로 있으면 장기전이 되겠지. 차라리 군을 나눠서 일부는 해족을 공격하는 게 어떻겠나?"

그러자 하아소가 적극 나서며 말했다.

"지당하신 말씀이옵니다. 적들도 장기전을 예상할 것이니, 이참에 배신한 해족을 섬멸해 적들의 간담을 서늘하게 만드는 것이 좋을 듯하옵니다. 폐하, 명령을 내려주소서. 소장이 거란의 위상을 드높이겠나이다!"

"좋다. 하아소는 군사들을 이끌고 해족을 공격하라."

하아소의 군사가 출발하고 얼마 지나지 않아 손만영에게 급보가 날아왔다. 돌궐이 영주 본성을 공격했다는 보고였다.

"돌궐이 영주성을 공격하고 있다고?"

"예, 폐하! 속히 지원군을 보내달라는 요청입니다."

"요동 일대의 고구려인들에게는 말해보지 않았는가?"

"울우 장군이 여러 차례 요청했으나 모두 거절당했사옵니다."

손만영이 크게 분개하여 탁자를 내리치며 부들거렸다.

"이런 고얀 것들! 알겠다. 내 직접 기병을 이끌고 영주성으로 가겠다."

제 3 4 장

뜻을 이루지 못한 무상가한

한 여인이 차가운 밤공기를 맞으며 초원 위에 서 있었다. 고리운의 처 장미은이 홀로 밤하늘을 바라보며 눈물을 흘렸다.
"무슨 생각을 그리하시오?"
"아, 걸걸중상 장군."
장미은이 급하게 눈물을 닦았다. 대걸걸중상이 안타까운 표정을 지었다.
"고리운 장군과 사계를 생각하시는 모양이구려."
"살아 있는지 죽었는지만이라도 알 수 있었으면……."
"아마 괜찮을 거요. 거란 놈들이 잡아서 영주로 다시 끌고 갔을 수도 있으니 너무 상심 마시오."

"그렇기만 하면 다행이지요. 하지만 돌궐군이 영주를 공격한다지 않습니까?"

"음……."

대걸걸중상은 아무 말도 못 하고 한숨만 쉬었다.

"죄송합니다. 제가 괜한 입방정을 떨었습니다. 대업이 훨씬 중대한 것을요."

"아니오. 우리는 한 사람의 유민이라도 구해야 하오."

"아닙니다. 저 때문에 그런 말씀 마시어요. 우리는 큰일을 해야 합니다. 우리가 영주 안의 고구려 유민들을 구하고자 불길에 뛰어드는 것을 제 지아비이신 고리운 장군도, 제 아들 고사계도 바라지 않을 것입니다. 다른 유민들도 그럴 것이구요."

"기회는 올 겁니다. 지금은 돌궐과 거란의 싸움을 지켜봐야겠지요."

"그래야겠지요. 다시 만날 수 있을 겁니다."

대걸걸중상은 장미은과 함께 밤하늘을 올려다보았다. 외로운 존재들이었다. 비록 잃어버린 나라를 찾기 위해 싸운다지만, 이들도 평범한 인간이었다. 가족이 그립고 가족을 잃으면 슬픈 존재……. 겉으로는 냉정하게 적과 마주하는 무장들이지만 이들의 마음에도 서글픔과 애달픔은 있었다.

영주에서는 마침내 전투가 벌어졌다. 돌궐과 주나라 연합군은 공성전을 펼쳤다. 수적으로 열세인 거란군이 불리했다.

이 상황을 파악한 손만영이 기병을 이끌고 영주를 향해 달려오고 있었다.

영주 전투는 며칠을 끌었다. 그 사이 거란 병사들도 피해가 막심했고, 돌궐군과 주나라 군사들도 사기가 많이 꺾였다.

"장군, 손만영이 이끄는 듯한 기병 5천이 이곳으로 오고 있습니다."

손만영이 자리를 비운 영주성을 처리하러 온 주나라 장수 장구절張九節에게 손만영의 소식이 보고되었다.

"그래? 알겠다. 군사들에게 출진 준비를 시키고 전투태세를 갖추도록 하라!"

장구절은 즉시 돌궐의 카간 묵철에게 갔다.

"무슨 일이오?"

"손만영의 기병 5천이 이곳으로 오고 있다는 전갈입니다."

"그래요?"

"제가 가서 놈들을 쳐 쓸어버릴 테니, 카간께서는 군사들을 쉬게 한 후 다시 영주를 공격해 주십시오."

"알겠소."

장구절은 주나라 군사들을 이끌고 영주 산길에 군사들을 매복시켰다. 그런 줄도 모르고 손만영은 급히 군사들을 몰고 왔다.

"오냐. 어서 오너라. 손만영, 네놈의 목은 나, 장구절의 차지니라!"

장구절이 혼잣말을 중얼거렸다.

손만영의 기병이 산길에 들어서자 장구절이 재빨리 명령을 내렸다.

"지금이다! 공격하라!"

장구절의 신호에 주나라 군사들이 몰려나와 거란군 앞을 들이쳤다.

"이런! 매복이구나!"

손만영이 이를 악물었다.

주나라 군사들은 다급하게 움직여 사태 파악이 안 된 거란군을 사정없이 내리쳤다. 손만영의 군사는 거의 전멸을 당했고 손만영은 간신히 목숨을 부지하여 자신의 가노[30]들과 함께 동쪽 숲길로 도망쳤다. 날은 어두워 숲은 이미 깜깜했다. 손만영은 간신히 강가에 이르러 하늘을 보며 한탄했다.

"내가 무상가한에 올라 매부와 맹세한 대로 거란을 중국보다 더 원대하고! 중국을 넘어서는 나라로 만들려 했거늘, 하늘이 어찌 이리 나의 뜻을 몰라준단 말인가? 지금 주나라에 항복하면 죄가 크니 죽을 것이오, 돌궐에 가도 죽을 것이다. 신라에 가도 죽을 것이니 대체 어디에 자리를 잡는단 말인가!"

손만영이 크게 탄식하는 사이 그를 따라가다가는 적에게 잡

---

30) 사내종.

혀 죽을 것에 두려움을 느낀 가노들이 손만영에게 몰래 다가가 그대로 손만영의 목을 쳤다.

이 무렵, 영주성도 결국 돌궐군에게 함락되고 말았다. 영주성에 있었던 이실활과 이사고, 울우는 돌궐에 항복하였고, 장구절에게 전해진 손만영의 머리는 다시 장구절에 의해 낙양에 전해졌다.

하북성에서 주나라군과 대치하던 이해고와 낙무정 등도 패하여 주나라에 항복했고, 해족을 습격하려던 하아소도 양현기에 의해 붙잡혔다. 끌려온 거란의 장수들에 대해 주 조정에서는 모조리 처단해야 한다는 의견이 대세였으나, 적인걸이 나서서 이해고와 낙무정을 사면해주십사 요청했다.

"이해고와 낙무정은 다른 거란 장수들과 달리 재주와 용력이 특출난 이들입니다. 게다가 이들은 우리에게 항복한 후 끌려왔으니, 이자들의 목을 벤다면 거란의 민심이 사나워질 것입니다. 그러니 이해고와 낙무정의 목숨은 보전해 주셔야 할 것으로 생각하옵니다."

무측천은 적인걸의 말이 옳다 여겨 이해고와 낙무정을 살려준 뒤, 벼슬을 내려 각각 좌옥검위대장군, 우무위장군으로 임명했다. 그 외 나머지 거란 장수 하아소, 마행위, 양봉절 등은 모두 참수했다.

그 무렵, 요동에서는 고구려 유민들을 동모산으로 이주시킬 준비가 모두 다 되었다. 대조영은 걸사비우에게 상황을 통보했다.

"이제 모든 준비가 끝났습니다. 동모산으로 서둘러 이동하시지요."

"수고했네. 자, 모든 군사들과 백성들에게 이동 신호를 전하게."

마침내 고구려 유민들과 말갈인은 동모산으로 이주를 시작했다. 유민의 수는 30만에 육박하였으며, 이는 요동 일대를 비롯한 고구려의 옛 땅에서 새로운 고구려를 시작하는 첫걸음이었다.

제35장

이해고의 강행군

한편, 돌궐이 주나라의 승주를 약탈하여 동맹이 파기되고, 황제 무측천은 요동을 안정시키려 고구려 세력에 회유책을 들이밀었다. 걸사비우에게는 허국공의 작위를, 대걸걸중상에게는 진국공의 작위를 수여하겠다는 사신을 파견한 것이다. 이는 걸사비우와 대걸걸중상이 각각 말갈군과 고구려 유민의 지도자였기 때문에 제후의 작위를 내린 것이었다.

"우리 고구려를 멸망시킨 주나라의 관직은 우리와 무관하다. 죽었으면 죽었지, 네놈들이 내미는 같잖은 관직 따위는 받지 않는다!"

걸사비우가 완강히 거절했다.

걸걸중상 역시 이를 거절하며 사신들에게 호통을 쳤다.

"돌아가서 여우 황제에게 전하라! 우리는 새로운 고구려를 세울 것이라고!"

이 소식을 들은 무측천은 분노했다.

"나라도 없는 놈들 주제에 감히 우리 주나라에게 도전하다니! 지금 당장 30만 군사를 일으켜라!"

무측천의 명으로 30만의 대군이 전투 준비에 들어갔다. 그리고 옥검위대장군에 제수된 이해고를 총관으로 낙무정, 중랑장 색구索仇, 왕각과 황부, 추동평秋動評 등 장수들이 토벌군을 이끌고 원정에 나서게 되었다. 후방의 물자 지원에는 설눌, 누사덕, 무의종, 사타충의가 섰다.

"급보입니다. 30만에 이르는 주나라 군사들이 추격해 오고 있습니다!"

전령이 도착하여 걸사비우와 대걸걸중상에게 급하게 보고했다.

"지금 30만이라 했는가?"

걸사비우와 대걸걸중상을 비롯한 장수들의 눈빛이 떨렸다.

"예. 그뿐만 아니라 주나라가 요하와 요동 일대의 우리 방어기지를 불사르는 바람에 그곳에 있던 병사들이 이곳으로 도망쳐오고 있습니다."

보고를 받은 대걸걸중상이 담담하게 말했다.

"주나라에서 토벌대를 보낸 것이로군."

이어 걸사비우가 물었다.

"지휘관이 누구인가?"

"예, 거란 출신의 이해고입니다."

"이해고!"

대조영이 이해고라는 이름을 듣자 격하게 반응했다.

"이해고라면 거란의 별부에 있던 자가 아닌가!"

대야발 역시 이해고를 기억했다. 이해고는 요동 일대를 잘 아는 인물이었다. 그런 자가 추격대를 이끈다면 따라잡히는 것은 시간문제였다. 걸사비우는 자리를 박차고 일어나 강하게 말했다.

"최대한 빨리 유민들을 이끌고 동모산 일대로 가야 한다. 각 장수들은 모두 유민 보호와 함께 이동 시간을 최대한 단축하라!"

장수들이 신속하게 움직이기 시작했다.

걸사비우의 예상대로 이해고는 군사들을 독촉해 30만 대군을 엄청난 속도로 진격시켰다.

"장군, 진군 속도가 지나치게 빠른 게 아닌가 싶습니다."

중랑장 색구가 이해고의 강행군에 제언했으나 이해고는 고개를 저었다.

"모르는 소리 마시오. 저들을 추격하려면 이 정도 속도는 아무것도 아니올시다. 오히려 더 빨리 가야 하오."

"하나 병사들의 피로도 생각해야 하지 않겠습니까?"

"우리는 저들을 이른 시일 내 토벌해야 하오. 아직도 거란의 세력과 돌궐의 세력이 있는데 어찌 여유를 부린다는 말이오?"

이해고의 말에 색구는 더 이상 아무 말도 못 했다. 그러자 색구의 부장 추동평이 이해고에게 상황을 전하며 속도를 늦출 것을 권했다.

"장군, 병사들이 연일 계속되는 강행군에 지쳐 모두 쓰러질 지경입니다. 병사들뿐만 아닙니다. 군마들도 지쳐 더 이상 달리다가는 적들을 보기도 전에 모두 바닥에 주저앉을 것입니다."

"아직은 아니 된다! 고구려 유민들을 따라잡기 전까지는 속도를 늦출 수가 없어!"

이해고가 강하게 밀어붙였다. 그러자 황부가 나섰다.

"하지만 저 말들과 병사들을 좀 보십시오. 더군다나 보급부대와는 이미 30리나 떨어져 버렸습니다."

"잠시 정지하라!"

이해고가 진군 중지시키더니 장수들에게 말했다.

"지금 우리는 한시라도 빨리 저 고구려인들을 잡아 없애야 하오. 진군 속도를 늦추자는 장군들이 있으나 우리는 아직 요동을 넘지 못했소. 요동을 넘어서면 그때부터 속도를 늦추겠소. 그러니 당분간은 힘이 들어도 모두 감내해야 하오."

왕각이 본대와 떨어진 보급대에 관해 물었다.

"보급부대는 어찌할 것입니까? 벌써 몇십 리나 멀어졌습니다."

"나는 속전속결로 전쟁을 마무리 지을 것이오. 고구려 유민 행렬이 보이면 즉시 때려 부술 것이란 말이오! 게다가 우리는 군마를 이끌고 나온 군대지만 저들은 백성 행렬이오. 우리의 속도로는 곧 저들을 따라잡을 수 있을 것이고 보급대 없이 지금 소지한 식량만으로도 저들을 섬멸하는 데는 문제가 없을 것이오!"

"하오나 요동을 지나고 나면 그 일대는 기후가 건조하고 추우며 지형은 험하기로 이름난 곳입니다. 작전 중 예상에 어긋난 일이 발생하면 군사적 손실은 늘어나고 행군 속도가 훨씬 떨어져 보급대가 절실히 필요할 것입니다."

"난 거란 출신이오. 그 일대 지형은 나도 잘 아오. 그 일대는 지형이 험해 방어하기 유리해 보일 수 있지만 저들은 데리고 가야 하는 유민들이 있어 방어하기 쉽지만은 않을 것이오. 게다가 오루하 일대는 지형지물이 험하여 방어하는 쪽도 지형을 이용하기가 어렵소. 즉, 공격하는 쪽이 오히려 유리할 수 있단 말이오! 아시겠소?"

이해고의 말에 장수들은 더 이상 아무 말도 하지 못했다.

"그리고 한 가지 더! 지금 군중 내에 내가 거란족이라는 이유로 무시하는 자들이 있는 걸로 아오. 하나 나는 주나라 황제 폐하께서 벼슬을 하사한 옥검위대장군이오, 아시겠소? 더 이상 날 오랑캐니, 거란 놈이니 하는 험구를 떠들어대는 자가 있다면 가차 없이 목을 벨 것이오. 알겠소이까?"

이해고의 말에 한족 무장들의 낯빛이 새파래졌다. 그들을 바라보는 이해고의 눈빛이 야수처럼 이글거렸다.

밤이 되자 고구려 유민 행렬도 잠시 휴식을 취했다.

"소사란, 무슨 생각을 그리하고 있어?"

홀로 군막 앞에 앉아 있는 소사란에게 대고예가 다가왔다. 이제 두 사람은 서로 말을 터놓고 지냈다.

"그냥 앉아서 쉬고 있었지. 그리고 이렇게 혼자 밤공기를 쐬면서 생각도 정리하고."

"무슨 생각?"

"이제 동모산에 가면 뭘 할까 하는 거."

"하고 싶은 건 있어?"

"글쎄, 계속 무장으로 살아가야 하는데 구체적으로 어떻게 또 해야 할지……."

"소사란, 동모산으로 가면 나와 혼인하지 않을래?"

대고예가 조심스럽게 혼인 이야기를 꺼냈다.

"혼인?"

소사란이 눈을 번쩍 뜨며 되물었다.

"응, 우리 혼인하자."

대고예가 가락지를 꺼내며 청혼했다.

"어머! 가락지네!"

소사란이 가락지를 받으며 기뻐했다.

"혼인해줄 거지?"

대고예가 물었다.

"응!"

소사란이 고개를 끄덕이며 웃었다.

다음 날, 걸사비우와 대걸걸중상은 유민 행렬을 이끌며 말 위에서 이야기를 나눴다.

"조금만 더 가면 오루하가 보일 것이오. 그리고 오루하를 넘어가면 천문령이 있지요."

"천문령을 넘으면 곧 동모산으로 들어갈 수 있겠군요."

걸사비우가 기쁨에 들떠 말했다.

"허허허! 고려를 다시 세운다니 꿈만 같소!"

대걸걸중상이 고개를 끄덕이며 지난 세월을 회상했다.

"마찬가지입니다. 고려가 무너진 지 어언 30년, 참 쉼 없이 달려온 세월입니다."

그때, 뒤쪽에서 다급한 말발굽 소리가 들렸다.

"걸사비우 추장님! 걸걸중상 장군님!"

척후병이었다.

"무슨 일인가?"

"지금 후방에서 30만의 주나라 병력이 보였습니다. 곧장 이리로 오고 있습니다!"

대걸걸중상은 귀를 의심했다.

"뭐라? 확실한가?"

"예, 장군."

걸사비우의 얼굴이 심각해졌다.

"지금 당장 유민들과 군사들을 오루하 일대로 빨리 이동시켜야 하오!"

고구려 유민들은 오루하 일대에 집결했다. 하지만 그 수가 워낙 많아 오루하 일대에 모두 모여 있을 수가 없었다.

"이곳은 유민들이 모여 있기에는 좁고 지형이 지나치게 험합니다. 분할을 해야 합니다."

대야발이 험한 오루하의 지형을 보고 유민들이 모두 있기엔 위험하다는 것을 걸사비우에게 말했다.

그리하여 걸사비우와 대걸걸중상, 생해, 뇌음신, 야존곤, 어부수계는 오루하에 남았다. 걸사비우는 오루하의 동북쪽에서 오루하의 험준함을 이용해 나무로 벽을 쌓아 수비 체계를 다졌다. 대조영과 대야발, 대고예, 대일하, 연수진, 장미은, 소사란, 양천필, 임아는 절반의 유민 15만을 이끌고 천문령으로 갔다.

이해고는 주나라 장수들을 모아 군사 회의에서 자신의 전술을 설명했다.

"우리는 저들을 수적으로 훨씬 압도하고 있소. 단, 저들이 있는 오루하는 지형이 험하여 공격에 상당한 어려움이 있소이다. 따라서 난 기병과 보병을 함께 활용하는 전술을 사용할 것이오."

이해고는 상대를 잘 간파하였다. 색구가 걸사비우의 나무 방어벽을 보고 말했다.

"저들이 나무 벽을 쌓아 방어하려는 것을 보면 그 저항 또한 만만치 않을 듯합니다."

"저들에게 1만의 군력과 15만여 명의 유민이 있다고 하나 지금 우리 추격군 때문에 급히 오루하에 진지를 구축한 것이오. 따라서 우리는 기병과 보병을 함께 움직이는 보기협공전술! 즉, 쐐기 진을 사용하여 저들을 무너뜨려야 하오."

이해고와 같은 거란 출신 장수 낙무정이 말했다.

"하온데 장군, 저들이 지형을 이용하여 우리를 막는다면 우리도 상당한 곤욕을 치를 것입니다."

"저들이 지형을 이용할 시간 따위를 줄 생각이 없네. 즉시 몰아붙여 버릴 것이야. 지금이 적기야. 저들이 유민과 군사들이 함께 뒤섞여 방어할 때가 가장 좋은 때란 말이야."

이해고의 말에 장수들은 살짝씩 이해하지 못한 표정들이었다. 그러나 이해고는 자신했다. 자신의 전술이 얼마나 성공적으로 펼쳐질지를 말이다.

한편, 후방 주나라 보급대의 장수들은 불만이 가득했다. 지나치게 빨리 진군하여 보이지도 않는 이해고의 본대에 대한 불만이었다.

"이해고가 너무 서두르는 바람에 우리는 아직도 저들의 뒤꽁무니나 쫓는 꼴이 아니오?"

누사덕이 투덜댔다.

2천 리를 쉴 새 없이 진군하는 강행군을 했으니, 장수들의 심사도 여간 나쁜 게 아니었다.

"하나 지금은 토벌대의 총관이오. 그의 전술을 믿어보는 수밖에요."

보급부대의 수장 설눌이 장수들을 달랬다. 하지만 제멋대로 하는 이해고의 행동이 불만인 사타충의가 언성을 높였다.

"대체 무슨 생각으로 지나치게 빠른 진군을 한답니까? 진군 속도가 처음보다는 다소 느려졌다고는 하나 여전히 강행군이오. 병사들이 지쳐서 싸움이나 제대로 하겠습니까?"

"그래도 군사가 30만이지 않소? 질 이유가 있겠소?"

무의종이 분위기를 누그러뜨리려 말했으나 누사덕은 여전히 투털대며 목소리를 높였다.

"군사가 30만이라고 하나 싸움은 머릿수로만 합니까? 전술과 병법이 받쳐줘야지요. 저 일개 거란 놈의 머릿속에는 병법이라는 것이 들어 있는지 궁금하군요!"

장수들의 불만이 수위를 넘나들었다. 보급부대의 수장 설눌은 난감했다. 장수들의 불만은 하루이틀이 아니었지만, 자신이 생각해도 이해고의 진군은 죽음의 행군이었다.

"우리는 그저 군수물자만 조달하면 되오. 아, 전쟁에서 지든 이기든 그건 이해고의 책임 아니겠소이까?"

설눌의 말에 분위기가 누그러졌다.

"우리는 그저 구경만 하면 되는 겁니다. 구경만……."

설눌이 조용히, 아주 낮게 말했다. 곧이어 주나라 장수들의 표정에 비웃음이 번졌다.

제36장

올가미에 걸린 걸사비우

오루하에서는 이해고의 공격이 시작되었다.

이해고의 부대는 험한 지형을 넘으며 나무가 빽빽한 수풀로 들어섰다. 기병과 보병이 어지럽게 산을 휘저으며 고구려 재건군과의 전투를 벌였다.

오루하의 험한 언덕 위에서 바위와 화살이 날아와 이해고의 군사들을 살상했다. 생해의 매복군이었다. 이해고는 예상치 못한 공격에 흠칫했으나 이내 군사들을 잠시 물린 뒤, 궁병 5만을 앞세워 언덕 위를 겨냥해 발사하도록 했다. 궁병 5만이 쏘는 엄청난 화살 세례에 매복했던 생해의 군사들은 모두 표적이 된 것처럼 힘없이 쓰러졌다. 생해 역시 화살을 피하지 못하고 온몸에 화살을 맞고 말았다.

"고려의 재건을 보고 죽지 못해 원통하구나!"

생해는 끝내 죽고 말았다. 마지막까지 고구려에 충성을 다한 노장의 최후였다.

"보고드립니다! 생해 장군의 매복이 이해고의 군사들에 의해 뚫리고 생해 장군도 전사하셨습니다!"

생해의 전사 소식을 들은 걸사비우는 유민들을 피신시키기 위해 대걸걸중상을 불렀다.

"걸걸중상 장군은 어서 빨리 유민들을 이끌고 대조영 장군에게 가시오! 이곳은 내가 막고 있다가 가겠소!"

"무탈하시어야 합니다, 추장!"

대걸걸중상은 유민들을 이끌고 즉시 천문령으로 움직였.

이해고의 군사들은 걸사비우가 나무 벽으로 지키고 있는 진영을 향해 쉼 없이 올라갔다. 이해고의 군사들은 밤이 다 되어 고구려 재건군의 본진에 도착했다. 이해고는 숨돌릴 틈도 주지 않을 작정이었다. 재건군은 유민들과 군사가 섞여 있어 지휘 체계도 어수선했다.

이해고는 회심의 미소를 지었다. 이런 식이라면 재건군을 섬멸하는 건 식은 죽 먹기였다. 이제 머지않았다. 이해고의 총공격이 시작되었다.

"단 한 놈도 살려 보내지 마라!"

주나라 군사들과 고구려 재건군은 서로 뒤엉켜 혈전을 벌였다. 고구려 재건군은 죽기 살기로 끝까지 달라붙었다.

걸사비우, 야존곤, 뇌음신, 어부수계는 목숨을 내놓고 적과 맞서 싸웠다. 그 와중에 야존곤의 부대는 궤멸 직전까지 몰렸고, 대장인 야존곤이 직접 적군과 칼을 맞댔다. 그 모습을 본 이해고는 적장을 직접 베어 군사들에게 자신의 위용을 드러내고자 했다. 더 이상 거란 출신이라는 이유로 은근한 차별을 받지 않기 위해 무언가 보여줄 필요가 있었다. 이해고는 직접 앞으로 나서서 엄청난 무예 실력을 자랑하며 전투 중인 무장에게 소리쳤다.

"거기 보이는 적장! 이름이 무엇인가?"

"나는 야존곤이다. 네놈은 누구냐? 보아하니 지위가 상당히 높은 장수인 듯하구나."

"나는 주나라 옥검위대장군 이해고다. 어떠냐? 나와 자웅을 겨뤄보겠느냐?"

이해고의 결투 신청에 야존곤이 창으로 이해고를 겨누며 소리쳤다.

"오냐! 이 주나라의 졸개 놈아! 이리 오너라!"

두 사람은 어우러져 일대일 싸움을 펼쳤다.

야존곤이 이해고의 머리를 향해 창을 날렸다. 이해고는 잽싸게 피한 후 야존곤의 가슴을 향해 창을 휘둘렀다.

깡!

야존곤의 창과 이해고의 창이 서로 맞부딪치며 울었다. 이해고가 야존곤의 어깨로 창을 날렸다. 창이 서로 부딪쳤다. 야존곤이 이해고의 목을 향해 창을 휘둘렀고 이해고는 곧바로 쳐내고 야존곤의 옆구리를 후볐다.

"퍽!"

이해고의 창이 야존곤의 옆구리를 강타했다. 야존곤의 갑옷이 부서지면서 조각이 바닥으로 떨어졌다. 다행히 상처는 나지 않았다.

"이놈, 제법이구나. 주나라의 똥이나 핥아먹는 오랑캐 놈인 줄 알았는데!"

야존곤이 이해고를 보며 빈정거렸다. 그러자 이해고가 욕을 뱉으며 달려들었다.

"구려방의 자식새끼. 더는 봐주지 않는다!"

이해고가 다시 공격해 들어왔다. 야존곤 또한 지지 않고 창을 휘둘렀다. 거듭 몇 합을 겨루었다.

"얍!"

"악!"

이해고가 야존곤의 가슴 한가운데를 찔렀다. 피가 뿜어져 나왔다.

"크으으!"

야존곤이 무너져 내렸다. 이해고는 죽어가는 야존곤을 바라보았다. 이해고의 눈빛엔 먹잇감을 사냥한 늑대처럼 살육의 환희가 비쳤다.

"잘 가거라."

"먼저 죽어… 원통할… 따름이다……."

야존곤이 이를 악물고 마지막으로 뱉은 말이었다. 야존곤은 쓰러져 더 이상 움직임이 없었다. 이어 이해고가 군사들을 보고 크게 명령했다.

"불을 지르고 닥치는 대로 죽여라!"

이해고의 군사들은 엄청난 머릿수로 진영을 포위해 들어갔다.

뇌음신은 중랑장 색구의 군사들에게 갇혀 포위망을 뚫기 위해 고전하는 중이었다.

뇌음신의 호위병들은 모두 낙무정의 군사들에게 죽고 뇌음신 혼자 색구에게 맞섰다. 색구는 뇌음신에게 투항을 권했으나 뇌음신은 이를 거부하고 색구에게 내달렸다. 색구의 부하 무장들이 뇌음신을 둘러싸고 이곳저곳 찔렀다. 뇌음신은 한쪽 무릎을 꿇은 채 주저앉았다.

"분하다. 내 반드시 살아남아 나라의 재건을 보려 했거늘……."

뇌음신이 색구를 노려보았다. 곧이어 색구가 뇌음신의 목을 베었다.

걸사비우는 이해고의 군사들에게 포위되어 있었다. 어부수계가 걸사비우를 호위하여 포위망을 뚫기 위해 안간힘을 썼다. 이해고는 올가미를 집어 들었다. 그는 포위망을 뚫고 도주하는 걸사비우를 겨냥했다. 올가미가 걸사비우의 목에 걸렸다.

"컥!"

이해고가 올가미를 당기자, 걸사비우가 말에서 떨어졌다.

"추장님! 괜찮으십니까?"

어부수계가 깜짝 놀라 다가오자, 걸사비우는 가쁘게 숨을 몰아쉬며 말했다.

"괜찮아!"

이해고가 기병들을 이끌고 달려오고 있었다. 곧 걸사비우와 어부수계에게 가까워졌다. 어부수계가 창을 들어 이해고에게 달려들 태세를 취했다. 이해고는 능숙하게 창대로 어부수계를 때렸다. 창대에 맞은 어부수계가 균형을 잃고 말에서 굴러떨어졌다. 이어 이해고는 번개 같은 기세로 걸사비우를 향해 말을 몰아 창을 던졌다.

"으헉!"

창은 걸사비우의 가슴을 관통해 등을 뚫고 나왔다. 이해고가 걸사비우의 등으로 빠져나온 창을 잡아뽑았다. 몸 한가운데로 구멍이 뚫린 걸사비우가 땅바닥에 쓰러졌.

오루하 전투는 고구려 재건군의 패배로 끝이 났다.

"적들을 얼마나 없앴나?"

이해고가 낙무정에게 성과를 물었다.

"말갈 추장 걸사비우와 장수 생해, 야존곤, 뇌음신을 죽였으며 군사는 대부분 전멸, 도망치던 유민 2만여 명을 사로잡았습니다."

"나머지 유민들은 도주했나?"

"예."

"음! 승기는 우리가 잡았다. 군사들을 재정비하고 곧 다시 진격할 준비를 하라 일러라!"

이해고는 다시 진격을 명령했다.

제 3 7 장

대걸걸중상, 사라지다

대조영은 대걸걸중상과 함께 15만여 명이 넘는 유민들과 군사들을 이끌고 천문령에 도착해 있었다.

"대조영 장군! 어서 나와봐야겠네! 어부수계가 도착했는데 몰골이 말이 아니네!"

양천필이 막사에 들어와 대조영을 불렀다. 대조영은 얼른 밖으로 나가보았다. 어부수계가 피투성이가 된 채 돌아왔다.

"이 사람 어부수계! 대체 어찌 된 일인가?"

대조영이 어부수계를 붙잡고 물었다.

"면목 없습니다. 걸사비우 추장님께서는 적장 이해고에게 전사하시고, 야존곤, 생해, 뇌음신 장군까지 모두 전사하셨습니다."

어부수계가 고개를 떨구며 통곡했다.

대조영도, 양천필도, 모든 장수들이 그 소식에 슬픔을 금치 못했다.

걸사비우가 죽었으므로 그 뒤를 이어 고구려 재건군을 이끌 지도자가 필요했다. 장수들이 모두 논의한 끝에 가장 연륜이 깊고 통솔력이 있는 대걸걸중상이 그 뒤를 잇게 되었다.

대걸걸중상은 대조영에게 유민들을 맡겼다.

"유민들이 동모산까지 안전하게 이동할 수 있도록 네가 이곳에서 잘 보호해라. 나는 소사란, 양천필을 데리고 적을 막고 있겠다."

"할아버지, 저도 할아버지를 보좌하겠습니다."

대고예가 끼어들었다. 대걸걸중상은 흐뭇한 표정을 보였다.

"그리할 수 있겠느냐?"

"예, 할아버지! 저도 이제 어엿한 장수입니다."

대걸걸중상이 기특하다는 듯 손자 대고예의 어깨를 쓰다듬었다. 그 모습을 본 대조영이 대고예에게 당부했다.

"할아버지를 잘 보필하거라, 고예야."

대고예가 자신 있는 표정을 지었다.

"예, 아버지. 심려 놓으십시오."

대걸걸중상은 대고예, 소사란, 양천필을 데리고 함께 이해고의 군사들을 막기 위해 나섰다.

대조영은 후차맹과 어부수계를 불렀다.

"후차맹, 어부수계! 자네들은 유민들을 이끌고 앞서서 동모산으로 가게. 나는 뒤를 보며 만일의 사태를 대비하겠네. 그리고 혹시 적의 진격이 멈추지 않는다면 천문령에서 대기하겠네."

"알겠네!"

후차맹이 대답했다. 후차맹은 어부수계와 함께 유민들을 인솔하여 동모산을 향해 움직였고 대조영은 군사들을 데리고 천문령에 진지를 구축하여 적을 대비했다.

이 시각, 대걸걸중상은 평지에서 이해고의 군사들과 맞닥뜨렸다.

"적장은 걸걸중상이라고 합니다."

낙무정이 이해고에게 고했다.

"걸걸중상? 걸사비우와 함께 황제 폐하로부터 진국공에 봉해진 자가 아니더냐? 그렇다면 걸사비우가 죽었으니, 저자가 바로 저 고구려 잔당 놈들의 우두머리가 되겠구나."

이해고는 장수들을 보며 말했다.

"낙무정, 색구, 왕각, 황부, 추동평! 모두 기병대를 이끌고 돌격하라!"

이해고의 명령에 기병대가 대걸걸중상과 대고예, 소사란, 양천필의 군사들에게 달려들었다.

"물러서지 말고 싸워라!"

대걸걸중상이 지엄하게 명령했다.

하지만 고구려 재건군은 크게 불리했다. 들판에서 보병은 기병에게 적수가 되기 어려웠다. 순식간에 기병들이 보병들을 박살 냈다.

"걸걸중상 장군! 아무래도 일단은 물러서야 할 듯합니다!"

양천필이 대걸걸중상에게 달려와 말했다.

"그래, 일단은 후퇴를…… 윽!"

대걸걸중상이 후퇴를 말하려는 찰나 날아온 화살이 대걸걸중상의 왼쪽 옆구리를 뚫고 들어왔다. 색구가 쏜 화살이었다.

"장군! 괜찮으십니까?"

양천필이 깜짝 놀라 대걸걸중상에게 다가오자, 대걸걸중상은 손을 내저으며 외쳤다.

"괜찮아. 어서 후퇴하라!"

고구려 재건군이 후퇴하자 이해고는 즉시 추격하란 명을 내렸다. 기병은 무서운 속도로 재건군을 추격했다. 주나라 기병들의 공격 속에 소사란이 그들에게 둘러싸이고 말았다. 이를 본 대고예가 단박에 말을 돌리고 적병들을 베며 소사란에게 달려갔다.

"소사란!"

"고예! 어찌 여기까지 온 게야?"

"널 구하러 왔어! 어서 빠져나가자!"

대고예가 닥치는 대로 적병을 베었다.

"저놈은 적장이다! 놓쳐선 안 된다!"

색구가 대고예와 소사란을 가리키며 말했다.

대고예는 혈로를 뚫어 소사란과 함께 벗어났다. 그때 색구가 쏜 화살이 대고예의 말을 맞혔다. 말이 쓰러지면서 대고예는 바닥에 나뒹굴었다.

"고예! 고예!"

소사란이 얼른 말에서 뛰어내려 대고예를 일으켰다. 대고예는 일어나지를 못했다. 말에서 떨어지면서 다리가 부러진 탓이었다.

다리가 부러진 것을 느낀 대고예가 고통을 참으며 외쳤다.

"소사란, 그냥 가! 날 두고 그냥 가!"

"안 돼! 내 말에 널 태워 갈 거야!"

소사란이 눈물을 흘리며 말했다.

그 사이 적병들은 가까이 오고 있었다. 소사란이 대고예를 말에 태우려고 안간힘을 썼다. 다리의 통증을 참으려 애를 쓰던 대고예가 색구의 기병들이 거의 다 다가온 것을 느꼈다. 이대로 가다간 자신은 물론이고 소사란까지 위험해질 것이 뻔했다.

"소사란, 그냥 혼자 가!"

대고예는 말에 오르는 것을 포기하고 부러진 다리로 간신히 일어서 적을 향해 돌아섰다.

"안 돼! 고예! 죽어도 너와 함께할 거야!"

소사란은 대고예를 붙잡았다.

"소사란, 사랑해!"

대고예는 소사란을 껴안고 입을 맞추었다.

색구의 군사들이 그들을 다시 포위하고 말았다. 색구는 말에서 내려 대고예를 비웃었다.

"참으로 남녀가 눈물겹구만. 나는 중랑장 색구다. 적장의 이름은 무어냐?"

"나는 대고예다!"

대고예가 칼을 치켜들며 말했다.

"보아하니 다리도 성치 못한 것 같은데 무기를 버리고 투항하라!"

색구가 말했다.

"웃기지도 않는 소리! 어서 덤벼라! 한 놈이라도 더 베어주마!"

"하는 수 없지! 이리 덤벼라! 이 색구가 상대해주마! 졸병들에게 죽는 것보다야 나한테 죽는 게 낫지 않겠느냐? 하하하!"

색구가 창을 들고 대고예에게 달려들었다. 소사란도 칼을 뽑아 색구에게 돌진했다. 색구와 대고예, 소사란의 결투였다.

"어찌 두 사람이 한 사람을 공격한단 말인가! 이 추동평이 간다!"

추동평이 나타나 그들과 섞였다. 색구와 추동평, 대고예와 소사란의 이대이 싸움이 되었다. 그러나 대고예는 다리를 제대로 쓸 수 없어 싸움이 거의 불가능했다. 소사란이 아니었으면 대고예는 이미 죽었을지도 몰랐다.

그때였다. 한 무리의 군사들이 몰려와 색구와 추동평의 군사들을 공격했다. 후퇴 중이던 대걸걸중상과 양천필의 군사들이었다. 대걸걸중상은 손자 대고예가 보이지 않자 군사를 되돌려 온 것이었다.

"할아버지!"

"이놈들! 내 손자를 내놓거라!"

대걸걸중상은 부상한 몸으로도 창을 휘둘러 노익장의 위용을 과시하며 주나라 군사들을 베어 나갔다.

"뭐야! 저놈들을 쳐라!"

색구와 추동평이 말에 올라 대걸걸중상과 양천필을 막았다. 색구가 대걸걸중상을 향해 창을 휘둘렀고, 창은 대걸걸중상이 타고 있던 말의 목을 찔렀다. 말이 비명을 지르며 쓰러졌고 대걸걸중상 역시 바닥에 떨어졌다.

"마지막이다!"

색구가 대걸걸중상을 향해 창을 날렸다. 그 순간 대고예가 몸을 날려 대걸걸중상 대신 창에 찔렸다.

"으윽!"

대고예가 피를 뱉으며 쓰러졌다.

"고예야!"

대걸걸중상도 깜짝 놀라 대고예와 색구를 번갈아 보았다. 색구는 창을 빼 들어 다시 대걸걸중상을 향해 날렸다. 창은 대걸걸중상의 복부를 찔렀다.

"걸걸중상 장군!"

양천필이 급박하게 달려와 색구에게 맞서 다시 날아오려던 색구의 창을 막아냈다. 소사란도 황급히 달려와 대고예와 대걸걸중상을 살펴보았다. 둘 다 중상이었으나 정신이라도 붙어 있는 대걸걸중상에 비해 대고예는 이미 의식이 없었다. 대걸걸중상은 다친 몸을 겨우 가누며 기어가 대고예를 들여다보았다.

"고예야! 고예야! 정신 차리거라!"

대걸걸중상이 자신의 상처 통증엔 아랑곳하지 않고 손자를 흔들었다. 소사란은 눈물을 흘리며 대고예를 끌어안았다.

"고예, 고예! 눈을 떠!"

대고예가 간신히 눈을 떴다.

"내세에서 다시 만나자. 소사란."

대고예는 그 말을 남기고 눈을 감았다. 소사란은 그를 붙잡고 엉엉 울었다. 그녀의 얼굴이 눈물범벅이 되었다.

그때, 또 다른 군사들이 나타나 주나라 군사들을 공격했다. 대일하가 이끄는 군사들이었다. 색구와 추동평은 고구려 재건군의 반격에 군사들을 물려 후퇴했다. 그들이 물러간 후, 대일하는 대고예의 시신 앞에서 통곡했다.

"형님! 고예 형님!"

소사란이 눈물을 훔치며 대일하에게 물었다.

"어찌하여 이리 온 것이오?"

대일하가 대답했다.

"대조영 백부님께서 지원군을 데리고 가라 명하셨소. 그래서 이리로 왔는데 마침 적이 있길래 친 것이오."

대일하는 소사란과 함께 대고예의 시신을 수습하고 부상이 심각한 대걸걸중상을 모시고 본진으로 돌아왔다.

대고예가 전사했다는 소식에 대조영과 대야발은 흘러넘치려는 눈물을 간신히 참았다. 두 형제는 부하들의 눈을 피해 조용한 곳에서 가슴을 치며 울었다.

"아들을 죽이면서까지 싸우다니! 이 무슨 일이란 말인가!"

대조영이 슬픔에 북받쳐 눈물을 쏟았다.

"형님, 고예는 고려를 위해 죽은 것이오. 고예를 위해서라도 우리는 반드시 고려를 재건해야만 하오!"

대야발이 대조영을 위로했다.

한편, 대걸걸중상은 왼쪽 옆구리의 화살과 복부의 창이 너무 깊이 박혀 상처가 심했다. 게다가 쇳독이 상처를 덧나게 해 고열과 두통에 시달렸다. 노구의 몸으로 이 중상을 회복한다는 건 불가능에 가까웠다.

"무예야, 네가 할아버지를 잘 간호해드리고 있거라."

대조영은 어린 아들 대무예大武藝에게 대걸걸중상을 돌보도록 했다.

그러나 얼마 지나지 않아 대무예가 대조영을 찾아와 대걸걸중상이 위독함을 알렸다. 대조영과 대야발, 대일하와 다른 장수들은 즉시 대걸걸중상의 병상으로 갔다.

대걸걸중상의 생명이 서서히 꺼져가고 있었다.

"아버지! 정신 차리십시오!"

"조영아, 이제 이 고려의 유민들은 네가 이끌어야 한다. 반드시 고려를 재건하여 못다 이룬 꿈을 이루어다오. 뒤를 부탁한다."

대걸걸중상은 마지막 힘을 다하고는 숨을 거두었다.

제38장

천문령

대걸걸중상의 죽음으로 고구려 유민들의 구심점은 대조영이 되었다. 급박한 상황 속에서 대조영은 즉각 장수들을 모아 작전 회의를 했다. 이에 대야발이 새로운 작전을 내세웠다.

"천문령의 각 초목 사이에 군사들을 매복시켰다가 치고 빠지는 전술로 적들을 천문령 안쪽 구릉과 언덕, 협곡으로 유인합니다. 적들의 주력부대는 기병, 따라서 우리가 치고 빠지는 매복술을 쓴다면 저들의 기동력이 상당히 약화될 듯싶습니다."

"그리하여 어떻게 하는 것인가?"

"협곡 위에서 매복하여 공격하는 것이지요."

"바로 그거야. 그런 식으로 이해고를 실컷 약 올려주는 것이지. 그러면 이해고는 우리의 매복 부대를 잡기 위해 군사들을 더욱 몰아붙여 안쪽 협곡까지 들어올 것이다."

"그곳에서 적들을 모두 섬멸할 것입니다."

대야발의 말에 장수들의 눈이 휘둥그레졌다.

"모두 섬멸한다고?"

양천필이 되물었다.

대야발이 고개를 끄덕이며 설명했다.

"지금 이곳 천문령에는 눈이 많이 쌓여 있습니다. 협곡에도 눈이 많습니다. 협곡 절벽에 둑을 만들고 눈을 쌓아 올린 후, 적들이 협곡 안으로 들어오면 그 둑을 터뜨리는 것입니다. 눈사태로 적들을 모조리 쓸어버리는 것입니다."

그 말에 연수진이 손뼉을 쳤다.

"오호! 기가 막히는 작전일세!"

"연수진 장군과 장미은 장군은 협곡에 둑을 만들어 눈을 쌓는 작업을 해주셨으면 합니다만, 어떻습니까?"

대야발의 제안에 연수진과 장미은은 흔쾌히 수락했다.

"여부가 있겠는가!"

"임아가 부장으로 가서 연 장군과 장 장군의 작업을 돕도록 하게."

대야발이 임아에게 지시했다.

"나머지 장수들은 이해고를 끌어들이기 위해 치고 빠지는 전술을 쓰도록 하시지요."

"그럼, 모두 작전을 개시한다!"

대조영이 작전 회의를 마쳤다. 군사들이 일사불란하게 움직였다.

얼마 지나지 않아, 이해고의 군사들은 천문령에 다다랐다. 30만 대군이 천문령으로 다가서고 있었다.

"좋아. 놈들이 달아나는 것도 이곳이 마지막이 될 것이야. 하하하! 하하하! 아하하하하!"

이해고는 웃어대며 천문령으로 들어섰다. 그러나 웃음도 잠시였다.

천문령은 눈으로 뒤덮여 있었다. 군마는 물론이고 사람조차 움직이기 불편했다. 깊게 쌓인 눈에 이해고의 군사들은 발이 푹푹 빠져 빠른 속도로 진군할 수 없었다.

"장군, 진군 속도를 늦춰야 할 것 같습니다."

낙무정이 푹푹 빠지는 눈밭을 보고 말했다.

"젠장, 이래서야 어떻게 고구려 놈들을 잡는다는 말인가?!"

이해고가 투덜대던 순간 갑자기 사방에서 함성이 들리더니 주나라 군사들에게 화살 세례가 쏟아졌다. 군사들이 화살을 맞고 쓰러지기 시작했다.

"매복입니다!"

소사란이 이끄는 1천의 매복군이었다.

"적은 얼마 되지 않는다! 대열을 갖추고 응사하라!"

이해고의 명령에 따라 잘 조련된 군사들이 공격 태세를 갖추었다. 그들이 공격 태세를 갖추자, 소사란은 군사들을 이끌고 사라져버렸다.

이해고는 다시 군사들을 이끌고 천문령의 안쪽으로 들어갔다. 얼마쯤 갔을까, 또 사방의 숲속 나무 사이에서 화살이 날아들었다.

"주나라 암캐의 졸개가 된 이해고가 왔구나! 모조리 없애버려라!"

대일하가 3천의 궁수들을 이끌고 주나라 군사들을 향해 화살을 발사했다.

"우욱! 저놈들이! 모두 돌진하여 죽여버려라!"

이해고가 노하여 고함쳤다.

"후퇴하라!"

대일하의 군사들은 순식간에 나무 사이로 자취를 감추었다.

"쥐새끼 같은 놈들!"

"빨리도 없어져버리는군."

왕각과 낙무정이 투덜댔다.

"추격하라! 놈들이 도망치는 곳이 놈들의 근거지다! 고구려 놈들은 모두 잡아 죽여야 한다!"

이해고는 군사들을 몰아쳐 천문령 산속 깊은 곳으로 진군했다. 그러나 산속으로 들어갈수록 눈은 더 깊이 쌓였고 눈에 빠져 옴짝달싹 못 하는 군사들이 늘어갔다.

그날 밤, 대조영은 야영을 하던 이해고의 군사들에게 야습을 가했다. 불화살을 쏜 터라 군막은 불타고 병장기도 불길에 휩싸이고 말았다. 이해고는 대로하여 다음 날 아침 정찰병을 풀어 적들의 흔적을 찾게 했다.

"저쪽 협곡 안쪽으로 군사들의 발자국들이 어지럽게 나 있습니다. 떨어뜨리고 간 병장기도 보였습니다."

정찰병의 보고에 이해고는 발자국을 따라가도록 명했다.

"그렇다면 놈들이 그리로 간 것이 틀림없군. 좋아, 그 방향이 놈들의 본거지가 있는 곳일 거다. 진군하라! 움직여라!"

군사들은 눈길을 헤치며 협곡 안으로 진군했다.

한편, 협곡 위에서는 인위적인 눈사태를 일으킬 준비가 모두 끝난 상태였다.

"놈들이 이 협곡 안에 들어오면 둑을 터뜨려야 할 것이야."

대조영이 협곡 위에서 철저하게 마지막 점검을 했다. 대야발이 염려 놓으라는 듯이 말했다.

"이미 다른 장수들도 준비를 마친 상태입니다."

"잘했어. 이젠 남은 건 놈들을 없애는 것이겠지."

이해고의 군사들이 협곡 안으로 들어섰다. 역시나 깊게 쌓인 눈 때문에 진군 속도는 상당히 느릴 수밖에 없었다.

"이 발자국을 따라가는 건 좋은데 눈 때문에 움직이기가 상당히 불편하구나."

이해고가 중얼댔다.

군사들은 계속해 협곡 안으로 들어왔다. 30만 가까이 되는 대규모 군사들이 천문령의 협곡 안으로 들어오는 순간이었다.

"조금만 더!"

대조영은 협곡 위에서 이해고의 군사들을 지켜보며 조금이라도 더 협곡 안에 들어오길 기다렸다. 마침내 30만 대군이 모두 협곡 안으로 들어섰다.

"터뜨려라!"

둑이 터지면서 눈이 성난 파도처럼 협곡으로 쏟아졌다. 협곡 사방의 눈이 이해고의 군사들을 덮쳤다. 그야말로 엄청난 규모의 눈사태였다.

이해고와 낙무정, 색구, 왕각, 황부, 추동평은 그 광경을 보고 아연실색했다. 눈은 30만 대군을 집어삼켰다.

"바위를 떨어뜨려라!"

이어 협곡으로부터 낙석이 시작되었다.

이해고의 군사들은 눈에 매몰되고 바위에 맞아 순식간에 전멸 직전까지 갔다.

"이런! 이게 대체 무슨 일이야! 피하라! 으, 으아악!"

왕각은 성난 파도처럼 밀려오는 눈덩이들을 피하려 했으나 결국 눈에 휩쓸려 죽음을 맞이하였다.

"장군, 어서 퇴각해야 합니다! 군사들이 모두 눈에 매몰되어 응전이 불가합니다!"

낙무정이 이해고에게 다급하게 말했다.

"이럴 수는 없어! 대조영! 고구려 놈들! 이 이해고를 이렇게 철저히 짓밟다니!"

이해고는 분노에 휩싸였다. 그렇다고 더 이상 협곡 안에서 머물 수만은 없는 노릇이었다. 이해고는 간신히 살아남은 군사들을 이끌고 낙석과 눈덩이를 피하며 협곡 밖으로 빠져나갔다.

협곡에서 겨우 빠져나오자 곧 화살 세례가 몰아쳤다.

추동평이 협곡을 바라보며 탄식했다.

"또 복병이구나!"

빗발치는 화살비에 추동평은 화살에 맞아 말에서 굴러떨어졌다. 이어 주나라 군사들이 낙엽처럼 쓰러져갔다. 사방에서 고구려 군사들이 쏟아졌다. 추동평은 간신히 말에 올라 도망쳤다.

소사란과 임아, 양천필이 이끄는 군사들이 달려 나와 이해고의 군사들을 공격했다.

"적장 이해고를 죽여라!"

소사란은 직접 돌격하여 상처 입은 추동평의 앞을 가로막았다.

"적장 추동평은 이 소사란의 창을 받아라!"

도망치는 와중에도 추동평은 소사란을 보고 비웃었다.

"뭐 하는 년이냐? 여자가 전쟁터에서 위세를 부리다니, 꼴사납구나."

"닥쳐라! 걸걸중상 장군과 고예의 원수를 갚아주마!"

추동평이 소사란을 노려보며 소리쳤다.

"더러운 계집년, 어디 한번 덤벼 보거라!"

제3부 무너진 제국 위, 다시 타오른 불꽃

"간다!"

소사란은 말을 몰아 추동평에게 돌진했다. 추동평 역시 칼을 뽑아 소사란에 맞섰다. 소사란의 창이 추동평의 가슴을 향했다. 추동평은 재빨리 피했으나 그만 말에서 떨어지고 말았다.

"망할 년!"

추동평은 소사란의 창을 계속해 막아냈다. 그리고 소사란의 허리를 향해 칼을 날렸다. 소사란의 갑옷이 칼끝에 스쳐 작은 갑옷 조각이 날아갔다. 추동평은 허리에 꽂혀 있던 비도를 소사란에게 던졌다. 소사란은 비도를 피하려 몸을 뒤로 젖히다 말에서 떨어졌다. 하지만 낙법으로 무사히 착지한 후 창을 다시 쥐었다. 승부는 이어졌다. 소사란의 창이 추동평의 칼을 찍었다. 추동평의 칼이 추동평의 손에서 떨어져 나갔다.

"원수야! 내 창을 받거라!"

"으악!"

창은 추동평의 가슴을 찔렀다.

"적장 추동평, 이 소사란이 죽였다!"

그 소리를 들은 대조영이 군사들을 독려했다.

"적장이 죽었다. 추격하라! 한 놈도 천문령을 빠져나가게 하지 마라!"

대조영은 사기 충만한 군사들을 이끌고 이해고의 군사들을 추격했다. 대조영의 공격을 저지하고자 황부가 약간의 군사를 데리고 맞서 응전했으나 대부분의 군사가 죽임을 당했고, 사기가 땅에 떨어진 주나라 군사들은 고구려 군사들에게 사정없이 짓밟혔다.

"거기 적장은 등을 보이느냐?"

대조영이 황부를 보고 소리쳤다.

이에 황부가 대조영을 향해 돌격했다. 두 사람은 대난전 속에서 대결을 벌였다. 공격을 막기에 급급했던 황부는 대조영의 창 놀림에 끝내 목이 베여 말 아래로 떨어졌다.

이해고는 색구, 낙무정과 함께 살아남은 군사들을 이끌고 천문령을 벗어나기 위해 도주 중이었다.

"저기 이해고가 도망치고 있다, 쫓아라! 어서!"

이해고는 말의 엉덩이에 채찍질을 해대며 달아났다. 그의 뒤에는 중랑장 색구가 따랐다.

추격 중이던 소사란이 활시위를 겨냥하여 색구의 등을 맞혔다. 그러나 색구는 말을 부여잡고 악착같이 달아났다. 대조영이 말을 몰아 색구에게 접근했다. 막아서는 주나라 군사들은 모두 베어버렸다. 그리고 창을 들어 색구를 향해 일격을 가했다.

"크어어억!"

색구의 등에 긴 창이 꽂혔다. 말은 창이 꽂혀 죽은 색구를 태운 채 계속 달려갔다. 대조영은 색구의 말에 자신의 말을 갖다 붙여 창을 잡아당겼다. 색구의 시신이 힘없이 뒤로 떨어졌. 이해고는 낙무정과 몇 기에 불과한 군사들만 데리고 간신히 천문령에서 도망쳤다.

천문령 전투를 승리로 장식한 대조영의 군대는 동모산으로 개선하였다. 대조영은 적장 색구의 목을 사람들에게 보였다.

"이것은 우리를 해치려 달려든 적장의 머리요. 나는 이 머리를 천문령 입구에 달아 감히 누구도 우리를 함부로 넘볼 수 없음을 알릴 것이오!"

그 광경을 본 대조영의 부인 고나를 비롯해 후차맹과 어부수계, 그리고 고구려 백성들이 모여 만세를 불렀다.

제39장

개국

천문령에서 대승을 거둔 후, 대조영은 군사들을 모두 불러 직접 포상했다. 다친 군사들에게는 약을 내려주고, 죽은 자들은 정중하게 장례를 치러주었다. 유가족들과는 손을 맞잡고 통곡하였기에 지켜보던 군사들도 함께 눈물을 흘렸다.

이어 대조영은 잔치를 베풀어 일일이 술잔을 따라주었고, 군사들을 위로했다.

"그동안 나를 따라다니느라 고생했다. 오늘 한잔 마시고 그간의 고생을 싹 풀도록 하라."

군사들에 대한 포상이 끝나자, 대조영은 새로운 국가를 선포할 준비에 착수하였다.

"이제 이 동모산에서 국가를 선포할 모든 준비를 다 해두었습니다. 왕궁과 각종 건물에는 고려를 계승하는 의미에서 고려의 문양을 새겨넣었습니다."

어부수계가 동모산의 완성된 건물들을 설명했다.

"새로운 국가에는 응당 국왕이 있어야 하오. 연륜과 인품을 보아서라도 대조영 장군이 국왕의 자리에 올라야 한다고 생각하오."

연수진이 대조영을 왕으로 추대하자고 적극적으로 나섰다. 대조영은 겸손히 사양했다.

"제가 돌아가신 걸사비우 추장과 걸걸중상 장군을 대신하여 지휘관에 섰으나, 제게 왕이 될 만한 자질은 없습니다."

"겸손의 말씀이오. 장군께서는 국왕이 되기에 충분한 자질을 갖추셨소이다. 천문령에서도 대승으로 적을 물리친 장군께서 왕이 되시는 것에 그 누구도 반대하지 않을 것이오. 게다가 장군께서는 이전까지 고려 유민들을 이끌었던 걸걸중상 장군의 아드님이시지 않소?"

연수진이 대조영에게 왕위에 오르길 계속해 권하자, 양천필이 나섰다.

"그렇소. 대조영 장군, 그대는 생사를 함께한 이 사람의 지기이기도 하지만 그대의 역량은 한 나라의 군주로서도 제격이오."

"국왕이 되십시오, 형님."

대야발이 대조영의 앞에 무릎을 꿇고 왕이 되길 청했다. 이에 다른 장수들도 모두 무릎을 꿇고 대조영에게 왕이 되길 청했다.

"백성들을 생각해서라도 군주가 되어주십시오."

임아가 말했다.

"간곡히 청하옵니다."

장미은과 소사란이 간곡히 청했다.

마침내 대조영은 그들의 청을 받아들였다.

"좋소. 그대들의 청을 받아들이겠소."

그리하여 마침내 고구려의 재건이 이루어졌다. 새로운 국가, 새로운 고구려를 되찾아 선포하는 날이었다.

대조영은 태왕관을 쓰고 황궁에서 즉위식을 거행했다. 문무백관들이 질서 있게 자리하고 군사들은 절도 있게 서서 그 위용을 자랑했다.

"국호는 밝은 해를 떨치는 고려, 진발해고려振渤海高麗라 명하며 연호는 천통天統으로 한다. 밝은 해가 솟아 세상에 떨친다는 뜻이자 흘한해 주변의 모든 백성이 함께한다는 뜻이며, 우리가 옛 고려를 계승했다는 것을 분명히 밝히는 바이다!"

서기 698년, 고구려가 멸망한 지 30년 만의 일이었다.

발해는 이두문으로, 우리말 발음과 한자를 접목해 '밝은 해'라는 뜻이었고, 고려는 옛 고구려의 명맥을 그대로 이었다는 표현이었다. 국호에 '진'이란 이름을 내세운 것은 중국과 대등한 독립적인 황제국임을 알리기 위해 쓴 것이었다. 중국에서는 한 글자 이름으로 국호를 짓는 관습이 있었는데, 이는 황제국임을 나타내기 위한 표시였다. 대조영은 중국에 국호를 '진'이라고 알림으로써 그들과 동등한 힘을 보이려 한 것이다.

발해고려의 첫 황제는 대조영이 되었고, 개국공신은 대야발, 대일하, 대무예, 연수진, 장미은, 임아, 소사란, 어부수계, 양천필, 후차맹 등이었다.

이로써 고구려의 명맥은 다시금 이어졌고, 발해는 동북아시아의 새로운 주역으로 자리 잡게 되었다.

개국 후, 대조영은 고나를 황후로 삼고 아들 대무예를 태자로 삼았다. 그리고 대무예를 임아의 딸과 혼인시켰다. 대야발의 아들 대일하 역시 비슷한 시기에 혼례를 올렸는데, 상대는 양천필의 딸 양령이었다.

대조영은 동모산이 험지이기에 주나라 군사들의 접근이 어렵고, 방어하기 좋은 것을 잘 알았다. 그렇기에 단순히 고구려의 명맥을 이었다는 것을 넘어 중국과는 다른 완전한 독립 황제국임을 선포했다. 이렇게 발해는 국가의 기틀을 점점 다져가고 있었다.

어느 날, 소사란이 대조영의 집무실에 들어왔다.

"소사란 장군, 무슨 일로 왔는가?"

"주나라 쪽 국경을 넘어 한 밀사가 와서는 폐하께 드리는 편지를 전했사옵니다."

소사란이 편지를 내밀었다.

"무슨 내용이던가?"

"고리운이라는 사람이 보낸 것이옵니다."

대조영은 고리운의 이름을 듣는 순간 깜짝 놀랐다.

"고리운!"

"아십니까?"

"잘 알지. 함께 고려를 부흥시키고자 한 장군이었네. 영주에서 탈출하던 중 소식이 끊겼는데 이렇게 반가울 수가!"

대조영은 편지를 펴 보았다.

> 진발해고려의 태왕 폐하께 올리옵나이다.
>
> 소인 고리운은 영주에서 폐하와 헤어져 주나라로 압송되었사옵니다. 소인은 고려의 구장이었기 때문에 주나라에서는 고려인 회유책으로 소인에게 장군직을 하사하여 하서군의 장수로 기용되었사옵니다. 제 아들 사계 역시 하서군의 군인으로 복무하고 있으나 마음만은 늘 고려를 품고 있사옵니다. 폐하와 함께하지 못한 불충을 용서하시고 비록 멀리 타국에 있는 몸이지만 항상 폐하의 안녕과 새 고려의 번성을 기원하옵나이다.

"고리운 장군······."

대조영의 눈시울이 뜨거워졌다. 비록 멀리 주나라의 군인이 되었으나 자신의 조국을 잊지 않았다는 것이 대조영에게는 가슴 뜨거워지는 일이었다. 대조영은 언젠가 뿔뿔이 흩어진 고구려 유민들을 완전히 규합하겠다는 꿈을 품었다. 그러기 위해서는 현재의 진발해고려가 진정한 고구려가 되도록 만들어야 했다. 우선 필요한 것들이 있었다. 나라의 진정한 뿌리를 새기는 일! 이것이 바로 대조영이 해야 할 일이었다.

고구려 재건 세력을 토벌하겠노라 큰소리쳤던 무측천의 군사 작전이 실패로 돌아가면서, 신하들 사이에서 점점 불만이 고조됐다. 그러던 중, 무소불위의 권력을 휘두르던 무측천이 병으로 몸져누웠다. 재상 장간지張柬之는 그동안 무측천이 고구려 세력 토벌 작전에 많은 전력을 소모하여 재정을 피폐하게 만들면서도 남총男寵[31]들을 데리고 쾌락에 빠져 지내는 것에 불만을 품고, 무측천을 몰아내고자 했다. 그는 우임위대장군 이다조에게 쫓겨났던 당중종 이현李顯을 복위하자고 제안, 결국 군사를 일으켜 이현을 데리고 와서 무측천에게 퇴위하라는 압박을 가했다.

노쇠하여 주름이 자글자글해진 무측천이 간신히 침상에서 몸을 일으켜 자신을 쏘아보는 군사들을 바라보았다. 그곳에

---

31) 남첩(男妾).

칼을 찬 채 서 있는 이다조가 보였다. 지난 세월이 주마등처럼 스쳐 지나갔다. 자신의 권력을 위해 남편을 바꾸고, 딸을 살해했으며, 대외적으로 고구려를 정벌해 군사적 역량을 과시하려 했던 자신의 야망이 허망하게 느껴졌다.

"이다조 대장군, 그대는 고구려 출신이지?"

무측천의 물음에 이다조가 나직이 대답했다.

"그렇사옵니다."

"내가 황제가 되어 여인의 몸으로도 군재軍才가 충분함을 알리기 위해 고구려를 완전히 멸하려 했거늘, 결국 이렇게 고구려인에게 쫓겨나는구나. 나의 부군이셨던 태종 황제께서도 고구려 때문에 세상을 등지셨는데, 나 역시 이렇게 끝나는구려. 이렇게 될 것을 왜 그리 고구려에 집착했을꼬……."

무측천에게 더 이상 예전과 같은 기력은 남아 있지 않았다. 그녀가 황제의 자리에서 물러나고 당중종이 복위되면서 국호는 주에서 당으로 회귀한다. 이 사건을 신룡정변神龍政變이라 부르며, 서기 705년의 일이었다.

제40장

발해, 새벽을 열다

진발해고려는 나라 기반이 잘 닦여 안정되고 있었다.

대조영은 왕궁에서 동생 대야발과의 술자리에서 옛 추억을 회상하였다.

"우리가 여기까지 오는 데 참으로 오랜 시간이 걸리지 않았나? 그야말로 유수 같은 세월이었어. 참 모진 세월이었지."

"그러하옵니다. 고려가 멸망한 지 30년이 지나서야 새로운 고려를 선포할 수 있었지요."

"한데 아우, 아직 우리에게는 제대로 된 역사서가 없네. 고려가 멸망하면서 당나라 놈들이 모조리 사서를 불살라버리고 훼손해버렸네. 너무나 안타까운 일일세."

"그러게 말입니다. 앞으로의 후손들에게 우리의 뿌리를 전해야 할 텐데 그에 관한 기록이 없으니……."

대조영은 대야발에게 역사서 편찬을 제안했다.

"아우가 편찬해 주시겠는가?"

"역사서를 말입니까?"

"그렇네. 단군조선부터 고려에 이를 때까지의 역사를 기록해야 하지 않겠는가?"

대조영이 대야발을 보며 진심 어린 목소리로 말했다.

"예전부터 염두에 두었던 생각이었사옵니다. 신에게 그런 말씀을 해주시니 황공할 따름이옵니다."

"고맙네, 아우!"

대조영이 대야발의 손을 잡았다.

"역사가 없다면 나라 또한 무의미해지옵니다. 우리는 고려, 나아가 조선을 계승했음을, 그 명맥이 끊어지지 않았다는 것을 보여주어야 하옵니다. 옛 전한이 멸망했으나 곧 후한이 그 뒤를 이어 400년의 한나라 역사를 만들었듯이 우리도 설령 고려는 멸망했으나 엄연히 그 뒤를 잇는 국가가 존재함을 보여주어야 할 때이옵니다."

대야발의 말에 대조영은 깊이 감격했다. 동생임에도 그 현명한 마음이 대조영은 고마울 따름이었다.

며칠 뒤, 대야발은 먼 여행을 준비했다. 고구려의 역사서는 모두 고구려의 멸망과 함께 사라졌으나 아직 남아 있는 유물과 다른 나라의 기록을 전부 수집해야 했기 때문이었다. 분주한 대야발에게 장미은이 찾아왔다.

"각하!"

"장미은 장군, 무슨 일이십니까?"

"각하께서 당나라와 돌궐 일대도 둘러보실 것이라 들었습니다. 저도 동행할 수 있도록 해주십시오."

"장군께서는 이미 고령이시라 힘들 수도 있습니다."

대야발은 나이가 많은 장미은을 걱정했다.

"제가 일흔을 바라보는 나이지만 지금 가지 않으면 영원히 제 가족들의 얼굴을 한 번도 보지 못하고 죽게 될 것입니다. 저의 낭군과 아들이 당나라 하서에 있다고 들었습니다. 지금 가지 못한다면 언제 갈 수 있겠습니까? 부디 저도 동행하게 해주십시오."

"하오나……."

대야발은 난처했다.

"이 늙은이가 방해되지 않도록 하겠습니다. 부디 제발 데려가 주십시오."

장미의의 의지는 확고했다. 더 이상 그녀를 만류할 수 없었다.

"알겠습니다. 일단 폐하께 말씀드려보겠습니다."

대야발은 궁으로 가 대조영을 만났다.

"폐하."

"오오, 아우. 무슨 일인가?"

"고리운 장군의 부인이신 장미은 장군께서 저와 동행하기를 청하고 계시옵니다. 하서에서 연통이 온 고리운 장군과 고사계가 그리우신 모양이옵니다."

"그렇겠지. 그들과 헤어진 지도 벌써 10년이 지났으니 이제 나이도 있으시고 무척이나 외롭고 그리우실 게야. 모시고 가서 아예 그곳에 정착해야 한다면 그리할 수 있도록 해드리게. 그러면 당나라 하서로 먼저 가게. 잘 모셔야 하네."

"그리하겠사옵니다."

그리하여 대야발은 장미은과 후차맹, 새로 들어온 젊은 신하 미발계味物計와 총물아蔥勿雅를 데리고 여행길에 올랐다.

당의 국경을 넘어 제일 먼저 간 곳은 당나라 하서였다. 그곳의 고리운과 고사계를 만나기 위함이었다. 하서의 병영으로 간 일행은 무장한 군사들에게 가로막혔다.

"말씀을 여쭙겠소. 고리운 장군이 여기 계시오?"

미발계가 군사들에게 물었다.

"고 장군을 찾다니 무슨 일이시오?"

"고 장군을 만나게 해주시오."

후차맹이 말했다.

"일개 나그네 같은 당신들에게 어찌 고 장군과 만나게 한단 말이오? 그대들은 대체 누구요? 누구길래 고 장군을 만나겠다는 거요?"

"우리는 고 장군의 친척 되는 사람들이올시다."

미발계가 여유롭게 말했다.

"으음, 하나 함부로 들여보내 줄 수는 없소."

"아무리 경비를 삼엄하게 해야 한다고 하나 고리운 장군은 그대의 상관, 상관의 가족들이 왔는데도 아뢰지 않는다면 그대의 목이 무사할 성싶으오?"

미발계의 말에 군사들이 주춤했다.

"아, 알겠소. 장군께 말씀드리겠소. 뭐라고 전해드리면 되오?"

"거, 고리운 장군의 친척이라고 말하지 않았소이까? 낙양에 거주하고 있는 가족이라 전해드리시오."

"알겠소이다."

군사는 병영 안으로 들어가 고리운에게 전했다.

"장군, 병영 밖에 낙양에서 오신 장군의 친척이라는 분들이 계십니다."

"내 친척이라고?"

고리운은 흰 수염을 쓰다듬으며 잠시 생각하더니 자리에서 일어나 밖으로 나갔다. 병영 입구에 선 고리운은 그의 처 장미은과 눈이 마주쳤다.

"당, 당신은!"

고리운이 장미은에게 다가갔다.

"서방님."

"오오, 부인! 부인이셨구려."

두 사람은 뜨겁게 끌어안으며 눈물을 흘렸다. 백발 성성한 머리에 깊게 팬 주름살로 가득한 얼굴이었지만 두 사람은 서로를 쓰다듬으며 눈물을 하염없이 쏟았다.

"무사하셨구려."

"서방님도요."

고리운은 함께 온 일행들을 바라보았다.

"오오, 야발과 후차맹이 아닌가!"

고리운은 반가움을 금치 못했다. 그들의 손을 잡으며 눈물을 훔쳤다. 눈에서 눈물이 흘렀으나 입가에는 웃음이 끊이지 않았다.

"오랜만에 뵙겠습니다, 장군."

대야발과 후차맹도 고리운에게 반갑게 인사했다.

"자, 딱딱한 격식은 그만 차리고 일단 안에 들어 계속 얘기를 하세. 안에 사계도 있다네."

일행은 고리운과 함께 병영 안으로 들어섰다. 군사들은 각종 병장기를 다루며 훈련하느라 여념이 없었다. 병영 안에는 어느덧 출중한 무장이 된 고사계가 있었다. 고사계는 그의 어머니 장미은을 보고 차마 말을 잇지 못했다.

"어, 어머니!"

"사계야."

극적인 해후였다. 오랫동안 만나지 못했던 이들인지라 밤이 깊어도 이야기는 멈출 줄 몰랐다.

"그래, 이곳에는 어찌 온 것인가?"

고리운이 대야발에게 물었다.

"새로운 고려를 선포한 후, 과거 고려의 역사를 찾다 보니 안타깝게도 역사서가 남아 있지 않았습니다. 고려가 멸망할 때 당나라 군사들에 의해 모두 소실되었기 때문이지요."

"나도 잘 알고 있네."

"그래서 고려와 관련된 역사가 기록된 사서나 문서를 모조리 구해 역사서를 편찬할 생각입니다. 그리고 장군께서 여기 계신다는 말도 들었기 때문에 온 것이기도 하구요."

"참으로 뜻깊은 일을 하고 있구먼. 비록 내 몸은 당나라에 있지만 마음은 여전히 고려에 있네. 자네와 함께하지 못해 영 아쉽구먼."

"아닙니다. 먼 타국에서 장군께서 고생이 많으십니다."

"허허허, 아무튼 이곳에도 고려와 관련된 문서는 있네. 내일이라도 당장 구해다 주겠네."

"고맙습니다, 장군."

고리운의 도움으로 대야발은 당나라에 보관되어 있는 고구려 사료를 구할 수 있게 되었다.

얼마 뒤, 대야발은 후차맹, 미발계, 총물아와 함께 하서를 출발하게 되었다.

"이렇게 또 헤어져야 한다니 섭섭하구먼. 부디 몸조심하게."

고리운이 작별 인사를 했다.

"장군께서도 무탈하십시오. 장미은 장군께서도 무탈하십시오."

노구가 된 장미은은 이곳에 머물기로 결정했다.

"저 때문에 고생이 많으셨습니다. 송구스럽습니다."

"무탈하십시오, 장군."

후차맹이 인사를 건넸다.

"조심히들 가게."

"무탈하십시오."

고사계도 대야발에게 인사했다.

"고맙네, 사계. 자네도 무탈하시게. 그러면 이만 가보겠습니다."

대야발은 일행들과 함께 말을 몰았다. 그리하여 이들은 당나라 국경을 넘어 돌궐국의 영토로 들어서게 되었다.

돌궐 제국에 들어선 그들은 여러 상인과 백성들에게 물어가며 고구려와 관련된 사료를 수소문했다. 그러던 중 어느 장사꾼에게 중요한 정보를 얻었다.

"보아하니 글이나 읽는 글쟁이들인가 본데 내 친척 중에 나라 관리로 있는 이에게 들은 적이 있는 이야기요. 톤유쿡 재상께서는 일찍이 당나라에서 교육을 받으셨는데 그때 고구려와 조선, 부여와 관련된 역사를 배웠고 그 책을 가지고 계신다고 들었소. 그 자료를 구하려면 톤유쿡 재상을 만나야 하오. 하나 톤유쿡 재상을 어떻게 만나겠소……."

"음, 역시 소문대로구먼."

자세히 듣고 있었던 대야발이 입을 열었다.

총물아가 물었다.

"무엇이 말입니까?"

"내가, 이 돌궐국에 미리 오기로 한 것도 돌궐 재상 톤유쿡이 당나라에서 교육을 받을 때 고려 사료를 공부했다는 정보를 입수했기 때문일세. 그런데 실제 와 보니 그 정보가 사실인 듯하군."

후차맹이 머리를 긁적대며 말했다.

"그러나 재상 톤유쿡을 어찌 만나오? 만난다 해도 과연 우리에게 그 사료를 보여줄지 의문이오."

그러자 미발계가 말했다.

"하나 그렇다고 포기할 수는 없습니다. 톤유쿡이라는 자는 조선, 그리고 부여와 관련된 자료도 가지고 있다지 않습니까?"

대야발이 미발계를 보며 고개를 끄덕였다.

"옳은 말이네. 고려뿐만 아니라 조선과 부여 사료도 있다면 우리에게는 큰 도움이 될 것일세. 어쨌든 톤유쿡이란 자를 만나야 하네."

일행은 여관에 머물면서 톤유쿡을 만날 방법을 모색했다. 총물아는 톤유쿡의 저택을 탐문했다.

"공적인 일을 많이 하는 톤유쿡을 대면한다는 것은 쉽지 않을 것입니다. 그의 저택에 가서 직접 담판을 지어야 합니다."

미발계가 대야발에게 말했다. 대야발은 고개를 끄덕였.

얼마 후, 총물아는 톤유쿡의 저택 위치를 파악했다. 일행은 총물아와 함께 톤유쿡의 저택 앞에 왔다.

"재상의 집이라서 그런지 경비가 삼엄하군."

대야발이 말했다.

"톤유쿡은 아침 일찍 집을 나서 저녁 늦게 집에 들어오는 것 같습니다."

총물아가 그동안 염탐한 것을 바탕으로 말했다.

"아무래도 그렇겠지."

미발계가 말했다.

"여기서 톤유쿡이 올 때까지 기다려보시지요."

"그러세."

저녁이 되자 톤유쿡이 수행원들을 이끌고 저택을 향해 오고 있었다.

"저자가 톤유쿡인가?"

"그렇습니다. 가볼까요?"

총물아가 말했다.

이에 미발계가 나서며 말했다.

"저 혼자 한번 해보겠습니다. 다 같이 가는 것이 오히려 위험할 수도 있습니다."

"괜찮겠나?"

"걱정하지 마십시오. 그럼 가보겠습니다."

미발계는 뛰쳐나가 톤유쿡의 행차를 가로막았다.

"웬 놈이냐?"

톤유쿡의 수행원들이 칼을 뽑아 미발계에게 들이댔다. 그러나 미발계는 얼굴빛 하나 변하지 않고 말했다.

"톤유쿡 재상이십니까?"

"아니, 이런 무례한 놈을 보았나!"

수행원들이 흥분하여 미발계를 노려보았다.

"재상이시면 제 말을 들어주십시오!"

"뭣하나! 이 미친놈을 끌어내라!"

수행원들이 미발계를 끌어내려 하자 톤유쿡이 이를 저지하며 말했다.

"잠깐! 내가 재상 톤유쿡이다. 그대는 누군가?"

"저는 진발해고려의 미발계라는 사람입니다."

"뭣이, 발해인이라고?"

톤유쿡이 깜짝 놀라며 되물었다.

"그렇습니다. 재상 각하께 꼭 드려야 할 말씀이 있어서 무례를 무릅쓰고 찾아왔습니다!"

"대체 무슨 일인가?"

"재상 각하와의 독대를 청합니다."

"나와 독대하고 싶다고?"

톤유쿡은 재밌다는 듯이 미발계를 쳐다보았다.

"좋다, 이자를 내 집으로 정중히 모셔라."

미발계는 톤유쿡의 방으로 안내받았다.

"그대의 말대로 이렇게 독대를 했다. 내게 무슨 볼일인가?"

톤유쿡의 물음에 미발계가 조용히 답했다.

"각하, 소인은 고려 출신으로 진발해고려국의 관리 미발계이옵니다. 제가 이 돌궐국까지 온 것은 고려의 역사를 찾기 위해서입니다."

"이 돌궐국에서 멸망한 고려의 역사를 되찾겠다고?"

미발계가 고개 숙여 청했다.

"그렇습니다. 듣기에 각하께서는 고려는 물론이고 조선과 부여에 관련된 역사서를 가지고 계신다고 들었습니다. 각하께 감히 그 역사서를 청하옵니다."

"흠, 참으로 당찬 사람이군. 내가 가지고 있는 역사서를 얻기 위해 이 먼 길을 왔단 말인가?"

"그렇습니다."

"그렇다면 함께 온 일행도 있겠구먼?"

"그렇습니다."

"그들은 어디 가고 그대 혼자 왔는가?"

"일행들과 함께 나왔다가는 오히려 위험에 처할 수도 있기 때문입니다."

"위험? 왜 위험에 처한다는 것이지?"

"저 혼자 행차를 가로막는 무례를 저질러 그 자리에서 죽는다면야 그것으로 괜찮지만, 다른 일행들도 함께 나와 모두 죽는다면 그동안의 고생이 모두 물거품이 되어버리지요. 도량이 좁은 이라면 자신에게 무례를 저질렀다고 모조리 죽이려 들 테니까요."

톤유쿡은 미발계의 말에 웃으며 말했다.

"허허허, 꽤 역사서가 필요한 모양이구먼."

미발계가 진심이 담긴 목소리로 머리 숙여 간청했다.

"재상 각하, 도와주십시오."

"하지만 그대의 말을 어찌 다 믿는다는 말인가?"

"보시기에는 일개 나그네 같을지 몰라도 저 역시 발해국 신하라는 증패가 있습니다."

미발계는 증패를 톤유쿡에게 보여주었다.

"흠, 그렇다면 다른 일행들도 데려와 주시게."

미발계는 곧 대야발과 후차맹, 총물아를 데리고 들어왔다.

"모두 앉으시오."

톤유쿡은 술을 내오라 한 후 천천히 이야기를 나누었다.

"그대들의 이름과 직책을 알고 싶소."

세 사람은 잠시 서로 눈치를 보았다. 대야발이 후차맹에게 먼저 눈짓을 하자, 후차맹이 걸걸한 목소리로 말했다.

"발해고려의 장군 후차맹이라 합니다."

"발해고려의 교위 총물아라 합니다."

총물아의 말이 끝나자 대야발이 반짝이는 눈빛으로 톤유쿡을 응시하며 자신을 소개했다.

"발해고려 황제 폐하의 아우 대야발이라 합니다."

"황제의 아우? 그러면 증패가 있소이까?"

톤유쿡이 대야발이 황제의 동생이란 말에 깜짝 놀라 되물었다. 이에 대야발은 여유롭게 황제의 동생으로서 제수된 제후

증패를 보였다.

"오오! 이럴 수가. 대야발, 당신은 일개 관리도 아니고 제후의 작위를 받은 귀한 신분이거늘 어찌 이런 일을 직접 하시는 겁니까?"

대야발이 진중하게 답했다.

"나라의 역사를 찾는 일에 어찌 신분이 높다 하여 고생을 마다한단 말입니까? 우리 스스로 역사를 찾기 위해 끊임없이 움직여야 한다고 생각합니다."

깊은 감명을 받은 톤유쿡은 아무 말 없이 대야발을 바라보자, 미발계가 옆에서 톤유쿡을 떠보며 말했다.

"각하께서 저희를 인질로 잡으신다면 아무런 무장도 하지 않고 단지 길이나 떠도는 나그네를 잡아두는 것과 똑같을 것입니다. 세상의 비웃음거리가 되겠지요."

톤유쿡이 호탕하게 웃었다.

"하하하, 걱정 마시오. 난 그렇게 도량이 좁은 자가 아니올시다. 그대들을 잠시 의심한 것은 혹여나 첩자가 아닌가 하는 우려 때문이었소. 우리 돌궐국에도 그대들 같은 신하들과 관리들이 많다면 참된 국가로 발전할 것 같소이다. 그대들의 의지에 감복했소. 역사서를 먼저 보여드리겠소."

톤유쿡은 서재에서 역사서 몇 권을 가지고 왔다.

"이 책은 당나라 군사가 고려를 멸망시켰을 때 전리품으로 빼온 고려 유기 중 한 권이오. 이것은 내가 당에서 유학할 때

얻은 조선에 대한 기록이 담긴 책이고. 그리고 이 책 역시 조선에 대한 역사서요. 단군이 세웠다는 조선에 대한 기록이 자세할 것이오. 이 책들 모두 그대들에게 주겠소. 부디 나라의 기반을 다지는 데 전력을 다하시오. 길을 닦고 끊임없이 이동하는 자는 반드시 흥할 것이외다."

"고맙소, 재상. 그리고 무례를 용서하시오."

대야발이 고개 숙여 감사의 인사를 했다.

"아니오. 무례라니요. 오히려 제가 더 무례를 범한 듯합니다."

"진발해고려국과 돌궐국은 형제라는 것을 그대는 항상 기억해주시오. 우리 진발해고려국에도 그대 나라의 백성들이 거주하고 있고 이 돌궐국에도 고려가 멸망한 후 이곳으로 와 거주하고 있는 고려인들이 많다고 들었소이다. 진발해고려국으로 돌아간다면 그대 돌궐국과 친선 관계를 더욱 강화하겠소."

대야발이 톤유쿡과 악수했다.

대야발과 일행은 톤유쿡에게 거듭 감사 인사를 했고 톤유쿡은 그들을 정중히 모시며 자신의 저택에서 며칠간 묵을 수 있도록 해주었다.

그렇게 대야발과 미발계, 후차맹, 총물아는 톤유쿡이 건네준 사료를 챙겨 말을 몰았다. 그들의 여행은 끝나지 않고 서역과 당나라를 거치고 신라 역시 거쳤다. 그렇게 7년이란 시간이 흘러 마침내 발해국에 도착하였다.

"수고가 많았네! 고마우이. 다들 고마우이!"

대조영은 돌아온 대야발과 미발계, 후차맹, 총물아의 손을 덥석 잡으며 기쁨을 나누었다. 그리하여 대야발은 조선과 고구려, 그리고 발해를 잇는 역사서를 편찬하게 된다.

"성을 쌓는 자는 반드시 망하고, 길을 닦고 끊임없이 이동하는 자는 반드시 흥한다."라는 톤유쿡의 말처럼 발해는 끊임없는 외교와 발전으로 그 번영기 때에는 '해동성국^{海東盛國}'이라는 칭호를 얻을 정도로 융성한 국가로 발전하게 되었다.

에필로그

상경용천부, 두 번째 안학궁

대조영은 백마가 이끄는 수레를 타고 수많은 사람들의 호위를 받으며 속말수를 따라 움직이고 있었다. 대조영의 수레는 황금으로 장식되어 있었다. 황제만이 탈 수 있는 수레였다. 대조영은 자신을 고려의 황제라고 선포하여 발해고려를 황제국으로 선언, 완전한 독립국임을 만천하에 알렸다. 그리고 이제 황제 대조영은 새로운 도약을 위해 속말수를 따라 신하들을 데리고 긴 행렬을 이끌었다.

이윽고 대조영이 시종에게 멈추도록 손짓했다. 대조영이 멈춘 자리는 강을 끼고 드넓은 평야가 있어 사람들이 농사를 지어 먹고 살기에 적합한 땅이었다. 대조영은 사방을 둘러보며 만족스러운 표정을 지었다. 황제의 수레 옆을 따라오던 적색 수레의 황후 고나가 그 모습을 보더니 대조영을 향해 조용히 입을 열었다.

"폐하, 이 땅이 좋으십니까?"

황후가 부드럽게 물어오자, 대조영이 나직한 목소리로 대답했다.

"강이 바로 옆에 있어 땅이 기름지고 또한 농사를 짓기에도 넓고 좋으니 이만한 곳이 없겠습니다."

"그러면 이곳으로 하시지요."

대조영이 가만히 그녀를 바라보며 말했다.

"짐의 마음에는 이곳이 아주 좋아 보이지만, 안학궁에 살던 이는 바로 황후였소. 어떻소? 이곳이 새로운 안학궁을 짓기에 좋습니까?"

고나가 미소를 보이며 고개를 끄덕였다.

"예, 폐하. 새로운 안학궁을 짓기에 이만한 곳이 없겠습니다."

"황후의 뜻이 그렇다니 참으로 다행이구려."

"황공하옵니다, 폐하. 자, 그러면 연수진 장군을 부르겠습니다."

"그리하시구려."

황후 고나의 부름을 받은 연수진이 수레로 다가왔다.

"찾으셨습니까?"

고나가 백발의 연수진을 보며 부드럽게 말했다.

"연수진 장군, 안학궁의 마련그림[32]을 주시겠소?"

"예, 황후 전하."

연수진이 품에서 마련그림을 꺼내 고나에게 바쳤다. 연수진은 고나로부터 옛 평양성의 안학궁 설계 모습이 담긴 그림을 받아 지키고 있었다. 고나가 특별히 그동안 비밀리에 품고 온 고구려 궁성의 모습이었다. 이를 꼭 품 안에 숨기고 있다가 다시 고구려의 명맥을 잇게 되는 때가 오면, 새로운 고구려 안학궁을 짓겠노라 꿈을 품었던 고나였다. 마침내 그 꿈을 이룰 때가 온 것이다. 고나는 안학궁의 설계도를 대조영에게 바쳤다. 대조영이 안학궁의 모습이 담긴 마련그림을 지그시 바라본 후, 자리에서 일어나 신하들에게 우렁차게 외쳤다.

"짐은 이곳에 새로운 안학궁 건설을 명하노라. 이제부터 이곳을 상경上京이라 불러 우리나라의 가장 높은 수도로 삼을 것을 천명하는 바이다!"

상경. 발해는 국토가 넓게 뻗어 있어 국가를 다스리기 위해 수도를 다섯 군데에 두게 된다. 그중 상경은 발해의 최중심에 있었던 수도로 상경용천부上京龍泉府라고 불리게 된다. 상경용천부의 궁성은 고구려의 안학궁과 비슷한 구조로 총 7개의 궁전이 자리 잡게 되었고, 정문은 오봉문五鳳門, 첫 번째 궁전은 금란궁金鑾殿이라 이름 짓게 된다. 이는 고구려를 잇고자 했던

---

32) 설계도의 순우리말.

발해고려 사람들의 의지가 담긴 대규모 사업이었다.

대조영이 상경용천부의 완성을 보았는지는 역사의 기록이 없는 까닭에 정확히 알 수는 없지만 앞서 언급한 것처럼 상경용천부의 궁성은 고구려 평양성의 안학궁과 그 구도가 유사하다. 이는 발해를 건국한 주체가 고구려 세력이었음을 분명히 보여주는 근거가 된다.

고나는 그리운 고향의 품에 안긴 것 같았다. 어린 시절 형제자매와 철없이 놀았던 궁궐의 향기가 귓가로 흘러들어왔다. 이제야 모든 것이 다 제자리로 돌아오는 듯했다. 치열했던 순간이 언제 있었냐는 듯, 모든 게 평화로웠다. 아무 생각이 나지 않았다. 놀라울 정도로 평온했다. 생각할 필요가 없었다. 그냥 가만히 있어도 모든 게 물 흐르듯 자연스럽게 흘러갔다. 자신을 바라보는 남편 대조영의 온기가 손끝을 타고 전해졌다. 뜨거운 기운이 가슴을 타고 온몸으로 퍼졌다. 자신을 바라보는 아버지의 눈이 보였다.

'아, 아버지!'

고나는 아버지의 품으로 달려가고 싶었다. 얼마나 보고 싶었던 아버지였던가. 격무로 고생하던 아버지, 보장태왕의 어깨를 이제야 감싸줄 수 있을 듯했다. 고나는 아버지의 품에 안졌다. 어릴 적 안겼던 그 따스했던 품이 고스란히 느껴졌다.

'딸아, 애썼다.'

보장태왕의 비단결 같은 목소리가 가슴을 통해 전해졌다. 보장태왕의 뒤로 언니 고현이 보였다. 오빠들의 모습도 보였다. 어머니도 있었다. 자상한 미소로 자신을 바라보는 어머니가 보이자, 고나는 울컥하는 가슴을 주체할 수 없었다.

'어머니!'

어머니는 고나의 마음을 다 안다는 듯 말없이 고개를 끄덕였다.

그리고 안학궁에 있던 사람들이 하나씩 모두 고나의 앞에 모습을 드러냈다. 연개소문도 있었고, 검모잠과 시대호, 그리고 먼저 간 아들 고예 역시 보였다. 그들은 고나에게 한쪽 무릎을 꿇으며 예를 표했다. 고나는 그들에게 일어나라고 말하고 싶었다. 하지만 입술을 떼기도 전에 고나의 몸이 서서히 하늘로 솟아올랐다. 다른 이들도 고나와 함께 공중으로 떠올랐다. 고나는 행복한 꿈을 꾸는 것 같았다. 고향의 따스한 품에서 꾸는, 세상에서 가장 행복한 꿈을.

작품 이야기

발해, 역사와 허구의 경계에서

　역사 소설인 만큼 가급적 역사적 사실에 부합하게, 실존 인물을 위주로 이야기를 꾸미고 싶었다. 하지만 사료가 부족한 발해 건국 당시 상황을 표현하는 것은 쉽지 않았다. 따라서 기록이 없는 부분은 다양한 상상력을 동원해 살을 입힐 수밖에 없었다. 그로 인한 왜곡과 오해가 발생했다면 그것은 나의 부족함이니 독자들의 양해를 구한다.
　발해는 지금까지 정체성에 논란이 있는 고대 국가다. 사서마다 발해의 건국 주체에 대한 기록에 차이가 있다. 가장 대표적인 문제는 바로 발해의 건국자 대조영의 출신이 고구려계냐, 말갈계냐 하는 문제다. 이 문제로 인해 지금까지 한국, 중국, 러시아 등 여러 나라에서 역사 귀속 문제로 논란이 발생하고 있다. 『구당서』는 대조영을 고구려 별종으로 기록했는데, 이는 고구려에서 갈라져 나온 일파라는 의미로 해석된다. 하지만 『신당서』에서는 발해 건국 주체가 속말말갈이며, 성은 대씨라는 기록을 남겼다. 똑같은 『당서』의 신·구 판본임에도 기록에 차이가 있는 것이다. 하지만 『신당서』에서도 속말말갈이 고구려에 붙은 사람들이라고 기록한 바, 발해가 고구려와의 연관성이 확실하게 존재하고 있음을 알 수 있다. 『삼국유사』의 경우, 대조영을 고구려의 장수 출신이라 기록하고 있는데, 대조영이 고구려의 장수였다는 것 외에 고구려에서 대조영이 어떤 일을 했는지는 전혀 남기지 않아 그의 초기 생애를 파악하는 데 어려움이 있다. 결국 대조영의 초기 생애는 대부분 허구를 가미할 수밖에 없는 한계가 있었다. 오늘날 우리는 말갈이란 존재를 고구려와 별개의 종족으로 파악하는 경우가 많지만, 애초에 고구려는 영토가 넓고 정착민과 유목민이 나뉘어서 공존하는 국가였다. 그렇기에 필자는 말갈인은 고구려와 별개의 종족이 아닌, 고구려 내에서 유목 생활을 하는 사람으로 보았다. 특히 고구려와 발해사를 연구한 전문가분의 강의를 직접 들었는데, 말갈이란 국가의 수도 외 변방에 사는 지방민을 지칭하는 말이라는 견해에 따라 필자의 상상력을 가미하여 표현하였다. 정착 생활을 하는 사람은 국가명이 들어가는 사람으로 불리고, 그렇지 않은 유목민은 '말갈'이라는 이름으로 불렸다고 가정했다.

  소설 속에서 등장하는 '대문大文'이라는 인물은 『삼국사기』에 기록된 실존 인물로 고구려 부흥 운동으로 만들어진 보덕국의 장군이었다. 이 인물은 684년 반역을 꾀하다 처형당한 사람이었다. 그런데 고려 시대 이승휴가 쓴 『제왕운기』에서 발해의 개국을 684년으로 적고 있었다. 일반적으로 우리의 역사 교과서에서는 대조영이 698년에 동모산에서 발해를 개국하였다고 가르친다. 이는 『속일본기』에 나오는 내용인 동시에 『당서』의 기록과도 교차 검증이 되기 때문에 이것이 교과서에 채택된 것이다. 그러나 『제왕운기』의 기록은 교차 검증이 어렵기 때문에 명확하다고 보기 어려웠다. 하지만 684년에 발생한 '대문의 반역'과 발해가 무언가 연관성이 있었지 않았을까 하는 상상력을 첨가했고, 대문을 대조영의 할아버지로 설정하여 역사의 조각을 이어 붙였다. 대문이 실제 대씨인지는 확인할 길이 없으므로 이 부분은 필자의 창작이란 것을 밝힌다.

  또한 등장인물 중 양만춘을 여자로 묘사한 것은 필자의 상상력이나 필자 나름대로 역사적 기반을 토대로 추측한 것이다. 양만춘이라는 이름은 정사正史에는 전하지 않는 이름이다. 송준길의 『동춘당선생별집』과 박지원의 『열하일기』에 등장하는데 이는 모두 안시성 전투가 있은 지 1000년이 흐른 조선 시대에 적힌 야사들이다. 고구려가 멸망했을 당시, 당나라에 의해 역사서가 모조리 불살라졌을 가능성이 높다. 『삼국사기』를 저술한 김부식도 중국 측 기록을 바탕으로 고구려본기를 적어 냈다. 『삼국사기』에도 안시성 성주라고만 되어 있을 뿐 양만춘이라는 이름은 없다.

필자의 견해로 볼 때 유교 국가인 중국에서는 여자가 사회생활을 한다는 것이 용납되지 않았다. 그러나 고구려는 그렇지 않았다. 중국에서 발견된 비문에서는 고구려 대막리지 연개소문의 여동생 연수영이 군대를 이끌었다는 전설이 있다. 이를 볼 때 고구려에서는 여자가 군사를 지휘하는 일이 있었을 수도 있다고 보았다. 하지만 중국 측에서는 달랐을 것이다. 당시 당 황제 이세민이 직접이 이끈 군대가 안시성이라는 성에서 패퇴한 것도 모자라 여자 성주에게 패했으니 그 치욕은 이루 말할 수 없었을 것이다. 그래서 고의로 그 성주의 이름을 삭제했을 수도 있을 것이다. 그렇기에 필자는 역사에 기록되지 못하고 후대에 들어서야 이름을 얻은 안시성 성주 양만춘을 여자로 묘사했다. 하지만 확실한 근거는 없음을 밝힌다. 이 부분만큼은 필자의 상상력임을 다시 한번 전한다.

필자가 이 소설을 쓰면서 전하고 싶었던 바는 우리 스스로 역사를 알아야 미래를 펼쳐나갈 수 있다는 것이다. 역사는 곧 우리의 과거이자 우리의 거울이며 또 다른 미래인 것이다. 단순히 자국에 대한 애국심으로만 역사를 읽을 것이 아니라 우주宇宙의 흐름을 기록한다는 것으로 생각해 주면 좋겠다. 자국인만이 아니라 모든 세계인의 지표가 되는 그러한 역사를 말이다. 또한 역사는 단순히 흘러간 과거가 아니라 현재의 우리에게 길잡이가 되는 것이 역사이다. 역사를 알아야 현재를 바로 알 수 있다. 그 이유는 역사의 흔적이 결국 오늘날의 우리를 만들고 있기 때문이다. 결과는 원인 없이 일어나지 않는다. 그렇기에 우리는 계속하여 역사에 대해 올바른 인식을 가져야 하며 우리 스스로 역사를 바로 알기 위해 끝없이 연구하고 노력해야 할 것이라 감히 말해본다.

  사실 상상력의 나래를 더 펼친다면 조금 더 극적인 내용을 첨가할 수도 있었다. 하지만 그렇게 된다면 필자가 기존 의도했던 것과는 다른 작품이 될 것 같았다. 그래서 역사의 결과 자체를 변경시키는 상상력을 배제하는 것으로 결정했다. 물론 이조차도 왜곡이 될 수 있기에 다시 한번 독자들의 양해를 구한다. 그렇지만 나의 글을 통해서 우리가 기억해야 할 역사가 대외적으로 알려져서 많은 사람들에게 발해가 알려지고, 나아가 실제 역사의 진실을 찾아내는 연구가 지속적으로 진행되는 데 나의 글이 작은 보탬이 된다면, 그것이야말로 나의 진정한 보람이 아닐까 싶다.

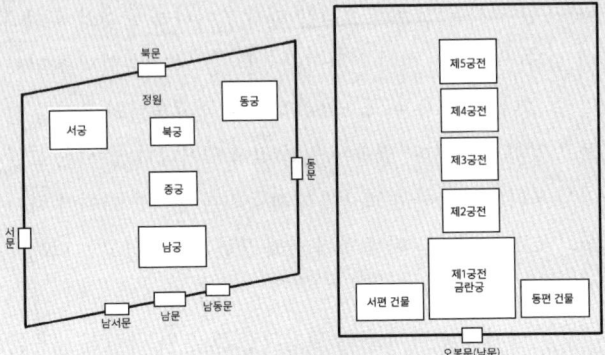

고구려 안학궁(좌)과 발해 상경용천부 궁성(우) 비교

작품 속 등장인물들의 실제 이야기

 <작품 속 등장인물들의 실제 이야기>에서는 작품에 등장하는 주요 인물들의 행적을 간략히 정리했다. 화살표(→) 표기는 인물의 소속이 변해 온 흐름을 뜻한다. 또한 생몰년도가 확인되지 않는 인물은 표기하지 않고 생략하였다. 실존 인물의 경우, 작품 속 행적과 실제 역사 속 행적을 구분하여 설명하였다.

실존 인물

대걸걸중상(?~698) 고구려

[작품] 속말수 일대에서 말갈군을 이끌던 고구려 장수. 고연수 휘하에서 당 태종 이세민의 군사와 싸우다 패하여 안시성으로 몸을 피한 뒤, 적의 형세를 파악해

전투의 승리를 가져오는 데 기여했다. 고구려 패망 후, 영주로 끌려가 고구려 유민들의 수장 역할을 한다. 그에 따라 거란으로부터 '사리'라는 칭호를 받게 되는데, 이는 북방 민족들이 집단의 우두머리에게 주는 일종의 벼슬이다. 대걸걸중상은 발해 건국 직전, 전투 후유증이 커지며 숨을 거두고 그의 뒤는 아들 대조영이 잇게 된다.

[역사] 실제 기록을 살펴보면, 『신당서』에는 '사리걸걸중상', 『신오대사』와 『발해고』에는 '대걸걸중상', 『오대회요』에는 '대사리걸걸중상'이라 적혀 있는데, '걸걸중상'은 이름이 확실하고, '사리'는 칭호임을 알 수 있다. 『신당서』에는 '사리걸걸중상'이라는 명칭 외에 '대씨'를 별도로 언급하고 있다. 이러한 기록들을 종합해 볼 때, 성은 대씨, 이름은 걸걸중상, 벼슬은 사리로 볼 수 있다. '대사리걸걸중상'이라는 칭호 자체가 '대씨 성을 가진 사리 벼슬의 걸걸중상'라는 의미다. 우리에게 잘 알려진 충무공 이순신李舜臣 역시 '이공순신'이라 적기도 하는데, 성 뒤의 존칭에 해당하는 것을 붙이기 때문에 이러한 표기가 나오는 것이다. 따라서 이 작품에서는 '대걸걸중상'이라는 이름으로 표기하였다.

> 대문(?~684)   고구려 → 보덕국

[작품] 영양왕의 후손으로 고구려 왕실의 혈족. 대걸걸중상의 아버지.

대문은 영류왕파 신하였고, 연개소문의 정변으로 인해 속말수로 쫓겨난다. 그곳에서 자신의 힘을 기르기 위해 고군분투한다. 후일 안승의 보덕국에서 장군직을 역임하지만, 보장왕을 구하지 않고 주색에 빠진 안승에게 실망, 단독으로 군사를 움직이려다 실패하여 참수당한다.

[역사] 대문이 대걸걸중상의 아버지란 기록은 없으며, 성씨도 정확하지 않다. 하지만 『제왕운기』에 적힌 684년 발해 건국 기록을 바탕으로 상상력을 더해 둘을 부자 관계로 표현했다.

> 대조영(?~719)   고구려 → 발해

[작품] 강골의 무인으로 대걸걸중상의 아들이다. 사람을 이끄는 통솔력이 뛰어났고, 빠른 상황 판단력과 예리한 정치 감각을 지녔다. 목적을 위해서 냉정한 결단을 내리기도 하지만, 부하들에게 덕스러운 지휘관이다.

[역사] 대조영은 『삼국유사』에서 고구려의 옛 장수라고 기

록되어 있지만 그가 과연 고구려에서 어떤 벼슬, 어떤 역할을 했는지는 알 수 없다. 다만 고구려와 연관성이 있었다는 기록이 공통으로 나오므로 이 인물이 고구려계 인물임은 확실해 보인다. 대조영이 말갈 출신이라는 기록도 있지만, 그조차도 고구려에 붙은 말갈인으로 기록되어 있기 때문에 대조영을 이민족으로 볼 필요는 없다고 본다. 또한, 필자는 말갈을 고구려 내에서 유목민을 부르는 칭호라 판단했기 때문에 고구려와 말갈의 구분을 명확하게 보지 않았다.

(대야발) 고구려 → 발해

[작품] 대조영의 동생으로 지혜로운 인물이자 고구려 재건을 위한 책략을 지속적으로 제시하는 인물. 발해 건국 후, 고구려의 역사를 정리하기 위해 여러 자료를 모아 역사서를 편찬한다.

[역사] 실제 대야발에 대한 기록은 거의 없으므로 필자의 상상력을 많이 동원했다. 대야발은 발해 10대 국왕 대인수의 조상으로 기록되어 있다. 일부 주장에서 그가 『단기고사』라는 책을 썼다고 말하지만, 이는 명확한 내용이 아니므로 필자는 채택하지 않았다. 하지만 대조영의 옆에서 조력해 주는 책사 역할을

해줄 캐릭터로 대야발을 설정했으며, 이에 따라 그를 고구려의 역사를 정리하는 인물로 묘사했다.

걸사비우(?~698) 고구려

[작품] 말갈 정예군을 이끈 추장. 고구려 유민을 이끄는 거물급 수장이었으며, 무측천으로부터 허국공이라는 작위를 받았으나, 거부했다. 이에 분노한 무측천이 이해고를 출동시켜 걸사비우를 공격했고, 걸사비우는 전투 중 이해고에 의해 전사한다.

[역사] 걸사비우는 사서에서 말갈을 이끄는 수장으로 기록되어 있으며, 이진충의 난을 틈타 고구려 유민이 영주를 벗어나자, 무측천이 이들을 달래기 위해 걸사비우에게는 허국공, 걸걸중상에게는 진국공의 작위를 내렸다. 그만큼 유력한 인물이었던 것으로 보인다.

시녕(시씨) 고구려

[작품] 대걸걸중상의 부인. 대조영, 대야발의 모친. 고구려의 여군으로 주필산 전투에서 살아남은 대걸걸중상을 안시성으로 들어오게 했다. 이후 이세민을 추격하던 중, 대걸걸중상에게 목숨을 빚지면서 그에게 연정을 품었다. 대걸걸중상이 포부가 큰 인물임을

알고 그와 결혼한다.

[역사] 정사 사서에는 기록이 없으며, 협계陝溪 태씨太氏 족보에 나온다. 실제로 어떤 행적이 있었는지 확인되지 않기에 본작에서 나오는 시녕의 활동은 필자의 창작이다.

(안승) 고구려 → 보덕국

[작품] 고구려 멸망 후, 유일하게 고구려 땅에 남은 왕족. 검모잠 등의 추대로 고구려 부흥을 위해 왕위에 올랐지만, 나라를 되찾겠다는 열의보다는 부귀영화와 주색에 더 관심이 컸던 인물. 결국 다식과 함께 신라에 항복하기로 결정, 검모잠을 살해한다.

[역사] 안승의 출신은 기록마다 차이를 보이고 있지만, 대체적으로 고구려 왕실의 혈통임은 맞는 것으로 보인다. 보장왕의 서자, 혹은 외손자, 또는 연정토의 아들이란 기록이 있는데 그가 고구려 왕실의 핏줄이 아니었다면, 고구려 부흥 운동을 주도한 이들이 그를 왕으로 추대한 이유가 설명되지 않는다.

(검모잠(?~670)) 고구려

[작품] 고구려의 대형 벼슬을 역임했던 인물. 고구려가 멸망하자 안승을 추대하여 고구려 부흥에 앞장섰다. 하지만 안승과는 다르게 강한 고구려 부흥의 의지가 있었고, 결국 안승의 함정에 빠져 죽는다.

[역사] 고구려 멸망 후, 유민들을 규합하여 당나라 관리들을 참살하고 안승을 왕으로 추대했다. 하지만 안승과의 정치적 노선이 달랐으며, 결국 살해당했다.

(연수진) 고구려 → 발해

[작품] 고구려의 최고 권력자 대막리지 연개소문의 여동생. 당의 침공에 맞서 싸웠으나 중과부적으로 밀려 안시성으로 피신, 고구려 부흥 운동에 참여한다. 이후, 영주로 끌려갔으나 대걸걸중상과 걸사비우 등과 함께 탈출, 발해 개국공신이 된다.

[역사] 중국에서 전설로 전해지는 여장군으로, 그녀의 오빠는 고구려의 대막리지 연개소문이었다고 한다. 하지만 실존 여부가 불명확해서 이 인물이 확실히 존재했는지는 의문이 든다. 그러나 본작을 집필할 때, 실존 인물설을 채택하여 집필했다.

연수영) 고구려

[작품] 연개소문의 여동생이자 연수진의 언니. 고구려의 수군을 이끌었으며, 해로로 침공해 온 당의 장량이 이끄는 수군을 격파했다.

[역사] 연수진과 마찬가지로 전설로 전해지는 연개소문의 여동생. 연정토 등과 권력 다툼에 밀려 자살했다는 내용이 있으나 확인하기 어렵다.
본작에서는 고구려의 수군을 이끌었던 장수로 묘사했고, 최후까지 싸우다 전사한 것으로 그렸다.

고돌발) 고구려

[작품] 당의 장수 계필하력과 직접 싸운 맹장. 백암성에 있었으나 성주 손대음의 항복으로 인해 포로로 잡혔다가 석방된다. 이후, 안시성으로 가 양만춘과 함께 당군에 맞서 싸우는 데 공을 세운다. 고구려가 멸망하자, 부흥 운동에 참여했으나, 결국 전사한다.

[역사] 1차 고당전쟁 당시 계필하력과 싸워 그에게 부상을 입혔다. 그러나 백암성의 성주 손대음이 항복하면서 고돌발도 포로로 잡히는데, 이때 계필하력이 이세민에게 간청하여 그를 풀어달라 하여 석방된다. 사서의

기록은 이게 전부이지만 본작에서는 안시성 전투와 고구려 부흥 운동까지 참가하는 것으로 묘사했다.

연개소문(?~665) 고구려

[작품] 고구려의 대막리지. 막강한 권력을 휘둘렀던 인물로 영류왕과 그의 신하 180여 명을 살해했다. 영류왕의 측근이었던 대문을 축출하여 말갈의 땅으로 보냈다. 대걸걸중상에 의해 위기를 모면하여 대씨 부자를 사면해 주지만, 끝내 평양으로 불러들이지는 않는다. 능력은 있었으나, 스스로에 대한 자부심이 지나치게 강해 자신을 신격화하려는 성향까지 있었다.

[역사] 고구려의 최고 권력자였던 인물로 영류왕을 시해하고 보장왕을 옹립했다. 연이은 당의 침입을 막아내는 데 큰 공을 세웠다. 한국사 최고의 전쟁 영웅으로 평가되거나, 왕을 죽이고 지나친 전쟁으로 국력을 소모한 역적으로 평가되는, 엇갈리는 평가를 받기도 한다. 연개소문은 생전 고구려를 지키는 능력이 뛰어났으나, 자식들의 권력 분배에 실패하였고, 그의 죽음은 고구려 멸망의 신호탄이 되었다.

(연남생(634~679)) 고구려 → 당

[작품] 연개소문의 장남. 연개소문의 사망 후, 대막리지에 올랐지만 고구려 내 순시를 나갔다가 동생 연남건과 연남산의 배신으로 당에 투항한다. 이후 고구려 멸망의 선봉장이 되었으며, 고구려 부흥군을 토벌하는 데도 앞장선다.

[역사] 연개소문의 장남으로 그가 죽은 뒤 직위를 이어받았다. 하지만 두 동생과 권력 다툼이 발생하였고, 이에 연남생은 당에 투항했다. 투항한 연남생은 고구려 정벌전에 참전하여 고구려를 멸망시키는 데 일조한다.

(연남건) 고구려

[작품] 연개소문의 차남이자 연남생의 동생. 연남생의 직위를 노려 그가 평양을 비웠을 때 반란을 일으켜 실권을 장악한다. 연남건은 형의 부인이자 자신의 형수는 물론, 연남생의 장남이자 자신의 조카인 연헌충을 죽였다. 연남생이 당에 투항하면서 고구려의 실권자가 되었지만, 당의 침공에 속수무책으로 무너져 결국 포로 신세가 된다.

[역사] 연남건은 연남생을 배신했지만, 형과 동생 연남산과

는 달리 끝까지 당에 싸우다가 패했다. 스스로 목숨을 끊으려 했지만 실패하고 붙잡혔으며, 이후 그의 행적은 역사에 기록되지 않았다.

> 연헌성(651~692)   고구려 → 당 → 주

[작품] 연남생의 아들. 연개소문의 손자. 연남생이 연남건에 의해 수세에 몰리자 당으로 급파되어 부친의 항복 의사를 전한다. 이후 연남생과 함께 당의 장수로 활약하며 고구려군과 치열하게 싸운다. 연남생이 죽은 뒤, 그 틈을 노려 모반을 시도한 보장태왕을 사로잡는다.

[역사] 나이 아홉 살에 '선인' 관등에 임명되었다. 아버지 연남생을 따라 지방 순시 중, 연남건과의 대립으로 인해 당에 투항한다. 고구려 원정의 앞잡이가 되었고, 당에서 좌위대장군까지 지낸다. 혹리(고문 기술자) 내준신의 뇌물 요구를 거절했다가 역모로 모함받아 처형당했다.

> 고보장(보장태왕, ?~682)   고구려 → 당

[작품] 고구려의 마지막 태왕. 연개소문에 의해 옹립되었지만 나름대로 국가에 대한 애정이 있었던 인물. 고구

려가 멸망하자 당으로 끌려갔다가 안동도호부에 '요동주도독 조선왕'이란 직위로 부임한다. 이때, 고구려를 재건하려고 했으나 실패하고 파촉 지방으로 유배되어 죽었다.

[역사] 연개소문에 의해 옹립된 인물이었지만, 마냥 무능한 인물은 아니었다. 여러 차례 당의 침공을 맞아 방어하는 데도 애를 썼으며, 연개소문 사후에도 당의 침공에 항전하다가 결국 붙잡혔다. 보장태왕은 당에 있으면서도 고구려를 되찾기 위해 말갈과 밀통을 하고 있었는데, 이것이 사전에 발각되어 결국 먼 파촉까지 끌려가 죽음을 맞이했다. 그가 죽은 후, 그의 시신은 돌궐 힐리 가한 무덤 옆에 묻혔다.

양만춘(안시성주) 고구려
[작품] 안시성을 지키던 여군 성주. 냉철하지만, 부하들의 작은 의견도 경청하고 이를 바탕으로 전략을 유용하게 구상한다. 대걸걸중상을 처음에 세작으로 의심했으나, 그가 고구려의 역사를 정확히 알고 있는 것을 보고는 의심을 거둔다. 당나라 군사들이 토산을 쌓아 올려 안시성이 함락의 위기에 놓였을 때도 대범한 모험을 감행하여 토산을 무너지게 만들어 승리를

이끈다.

[역사] 역사 기록에 '양만춘'이란 이름은 없고, '안시성주'로만 전한다. '양만춘'이란 이름은 명나라 시기 소설에서 등장하며, 조선인들이 명나라에 가서 전해 들었다는 내용으로 나타난다. 따라서 고구려 당대의 기록에서 찾아볼 수 없는 이름이 1000년이 지나서 등장하기 때문에 신빙성에 의문이 든다. 따라서 이러한 기록의 부재가 혹시 이 인물이 남성이 아닌, 여성이었기 때문은 아닐까 하는 상상력을 더해 여성으로 묘사했다.

당태종 이세민의 대군을 막아낸 활약이 유명하다. 본 작에서는 고구려가 멸망하자 노구의 몸으로 안시성을 지키다가 결국 전사하고 마는 것으로 표현했다.

(이해고) 거란 → 주 → 당

[작품] 올가미의 달인. 전투에서 올가미를 날려 적군을 떨어뜨리는 무예에 능했다. 개인의 무용은 뛰어났으나, 지나치게 출세 지향적이다. 자신의 이익을 위해서는 동족을 배신하는 일도 서슴지 않는다. 거란이 불리해지자 결국 주나라에 투항, 자신의 입지를 다지기 위

해 대조영을 잡기 위한 강행군을 진행한다. 걸사비우를 참살하는 데는 성공했으나, 천문령에서 대조영에게 대패하여 간신히 목숨을 부지하고 도망친다.

[역사] 거란 출신으로 이진충의 난에 참가했다. 이진충이 사망한 후, 손만영이 뒤를 이었으나 주나라와의 전투에서 패배, 이때 이해고는 주나라에 항복했다. 투항 직후 이해고는 죽임을 당할 뻔했는데 적인걸의 사면 요청으로 목숨을 건졌다. 그 뒤 무측천의 명을 받고 걸사비우를 공격해 죽였지만, 대조영에게 대패하여 도주한다. 큰 추궁 없이 넘어간 이해고는 이후 거란 잔당을 토벌하는 데 앞장섰고, 무측천으로부터 무씨 성을 하사받는다. 하지만 무측천의 권세가 약해지자, 무씨 성을 버리고 당중종 이현에게 붙었다. 이해고가 걸사비우를 패사시키고, 거란 잔당들을 소탕하는 등 전투에 능한 부분도 있었지만, 권세에 잘 붙으려 들었던 것으로 보인다. 특히 대조영에게 전멸에 가까운 대패를 당하자, 자신의 동족인 거란족을 소탕하며 공을 세운 것을 보면 자신의 안위를 위해 과거의 동료조차 버리는 비정한 면모도 있었던 것으로 사료된다. 『태평광기』의 기록에는 이해고가 재물을 탐하고 여색을 밝혀 결국 중앙 정치에는 진

출하지 못했던 것으로 적고 있다.

이진충(?~696)   거란

[작품] 야심만만한 거란의 지도자. 자존심이 무척 강했다. 자신을 오랑캐라고 깔보는 영주도독 조문홰를 없애기 위해 대걸걸중상을 포섭해 사리 벼슬을 주었다. 결국 영주에 있던 당나라 세력을 척살하고, 스스로 무상가한의 자리에 오른다. 하지만 얼마 못 가 급사한다.

[역사] 거란의 가한으로 당나라에 협조했다. 후일 영주도독으로 온 조문홰와 갈등이 생겼고, 결국 반란을 일으켜 그를 죽였다. 이진충은 거란을 토벌하기 위해 온 주나라 군대를 패퇴시켰으나, 반란을 일으킨 그해 사망했고, 그가 죽은 뒤 거란은 그의 처남 손만영에게 이어졌다.

손만영(?~697)   거란

[작품] 이진충의 처남. 이진충과 함께 조문홰를 처단하고 주나라에 맞선다.
거란의 막강한 세력가였으며, 이진충이 사망하자 그의 뒤를 이어 무상가한이 된다. 주나라가 돌궐과 연

합하여 공격해 들어오자 이를 막다가 패배, 결국 도주 중 부하에게 살해당했고, 그의 머리는 낙양으로 전해졌다.

[역사] 손만영은 거란의 막강한 세력가였으며, 이진충도 자신의 아들이 아닌 처남에게 뒤를 잇게 했다. 손만영은 노련한 전력가였고, 주나라의 공격을 잘 막아내는 동시에 역습을 가하기도 했다. 하지만 예상치 못한 해족의 배신과 돌궐의 기습으로 인해 타격을 입은 손만영은 결국 도망치다가 자신의 가노에게 죽었다.

(낙무정) 거란 → 주
[작품] 거란의 장수. 손만영과 함께 주나라군과 맞서 싸웠으나 전세가 불리해지자 이해고와 함께 주나라에 투항했다. 적인걸의 구명으로 이해고와 함께 주나라의 장수로 등용된 낙무정은 고구려 유민을 격파하기 위해 출전, 걸사비우를 죽게 만든다. 하지만 천문령에서 대패하여 도주한다.

[역사] 거란의 장수였으며, 이해고와 함께 주나라에 투항한다. 이후 낙무정은 이해고와 함께 고구려 유민 세력을 토벌하러 나서지만, 대조영에게 패한다. 고구려

유민 토벌에 실패한 후, 이해고와 함께 동족이었던 거란족 토벌에 나선다.

색구 주

[작품] 주의 장수. 중랑장으로 이해고와 함께 움직인다. 오루하 전투에서 뇌음신을 죽였고, 이후 대걸걸중상에게 중상을 입혔다. 대걸걸중상을 죽이려던 순간, 대고예가 그를 막아섰고 결국 대고예는 색구의 손에 죽는다. 이해고와 함께 천문령으로 진격했으나, 대조영의 공격에 대패하여 도망친다. 추격해 오는 소사란에게 화살을 맞고도 말을 몰아 도망쳤으나, 따라온 대조영의 창에 맞아 죽임을 당했다. 대조영은 색구의 목을 잘라 고구려 유민들에게 보인 후, 천문령에 걸어 주나라의 간담을 서늘케 했다.

[역사] 주의 중랑장으로 이해고와 함께 고구려 유민 토벌에 나섰다. 이때, 걸사비우를 죽이는 전과를 올렸으나 대조영 공격에 나섰다가 대패했다.

신성 고구려 → 당

[작품] 고구려 말기의 승려로 연남건의 심복. 비선 실세가 되기 위해 연남건을 조종, 연남생을 축출하는 데 일

조한다. 그 뒤 평양성이 당군에 의해 포위되자 오사, 요묘와 함께 성문을 열고 항복, 고구려의 숨통을 끊어지게 한다.

[역사] 평양성 전투에서 성문을 열고 당나라에 항복한 공으로 은청광록대부에 제수된 인물. 연남생과 연남건을 이간질한 인물이 사서에는 정확히 기록되어 있지 않다. 따라서 필자는 이를 신성이 한 것으로 처리했다. 그리고 신성을 연개소문의 반불교 정책에 불만을 품었던 승려로 그렸다.

고요묘(?~673) 고구려 → 당

[작품] 신성의 심복. 신성의 밀명에 따라 연남생과 연남건을 이간질하는 데 일조한다. 고구려가 수세에 몰리자, 신성과 오사와 함께 평양성 문을 열고 당군을 맞이한다. 이후, 당의 장수로 활약하며 고구려 유민들을 압송하다가 걸사비우의 대도를 맞고 큰 부상을 입은 채 도주한다. 그 뒤, 상처가 덧나 결국 죽음을 맞이한다.

[역사] 668년 평양성 전투에서 신성, 오사와 더불어 평양성 문을 열고 당군에게 투항했다. 당에서 좌령군원외장

군의 직을 받았고, 당 황제를 모셨다.

다식   고구려 → 보덕국
[작품]   고구려에서는 소형 벼슬에 있었다. 검모잠과 함께 안승을 추대하여 고구려 부흥에 나섰으나, 점차 안승과 검모잠의 이상이 다른 것을 알게 된 다식은 안승의 편에 선다.

[역사]   안승의 사신이 되어 신라에 구원을 요청한 인물이다.

고연무   고구려 → 보덕국
[작품]   실제 사서에는 고구려 존속 당시 어떤 역할을 했는지 나오지 않으나, 본작에서는 대형 벼슬에 있다가 검모잠과 함께 안승을 추대하여 고구려 부흥에 나서면서, 태대형 겸 대장군이 되는 것으로 그렸다. 안승의 편에 서서 검모잠을 제거하고, 보덕국의 2인자로 권세를 누리던 중 대문의 등장으로 그를 경계하다가 그의 반란을 눈치채고 결국 대문을 죽음으로 내모는 인물로 그렸다.

[역사]   고구려 멸망 후, 신라군과 함께 나당전쟁에 참전했다. 안승의 보덕국에서 태대형이 되어 고위 권력자

가 되었다.

(생애) 고구려
[작품] 말갈군을 이끌던 장수. 신라의 북한산성을 공격한 바 있다. 고구려가 멸망하자 따로 군사를 양성하여 보장태왕과 함께 고구려 재건을 꿈꿨으나 실패로 돌아가고 영주에 억류된다. 대걸걸중상, 걸사비우, 대조영 등과 함께 다시 고구려 재건을 위해 움직였으나 이해고의 공격에 전사한다.

[역사] 『삼국사기』 신라 본기에서 이름을 찾을 수 있는 인물로, 뇌음신과 함께 술천성을 공격했다. 하지만 신라의 동타천이 분전하여 결국 성의 함락에는 실패했다.

(고사계) 고구려 → 주 → 당
[작품] 고구려 유민으로 영주에 억류되어 있다가 고구려 재건을 위한 움직임에 참여했으나 전투 중 붙잡혀 주나라로 끌려간다. 이후 무측천이 물러나고 다시 당나라로 국호가 바뀌었을 때, 안서 하서군 사진교장이 된다.

[역사] 고구려 유민 출신으로 하서에서 종군했다. 사진교장이 되었고, 아들 고선지를 두었다. 훗날 고선지는 탈

라스 전투를 이끈다.

> **고질(고문, 626~697)**　고구려 → 당 → 주

[작품]　고구려 중앙의 장수. 본작에서의 원래 이름은 고문이었으나 후일 고질로 개명한 것으로 그렸다. 당군이 박작성으로 쳐들어오자 보장태왕의 명으로 오골성과 안시성의 군사들을 규합해 지원했다. 이때, 함께 간 대걸걸중상이 적장에 의해 위기에 빠지자 직접 나서서 당나라 장수의 목을 베고 목숨을 구해주었다. 고구려의 사정이 나빠지자 가족을 이끌고 당에 투항, 장군직에 오른다. 훗날 요동의 마미성 성주가 되었으나, 거란이 반란을 일으키자 성을 굳게 지킨다. 하지만 그와 맞서 싸운 군사는 고구려 부흥을 위해 나선 대걸걸중상의 군사들이었고, 결국 고질은 아들 고자와 함께 붙잡혀 대조영에게 참수된다.

[역사]　이 인물을 그릴 때 고민이 많았다. 『삼국사기』에는 648년 박작성 전투에 고문이라는 인물이 오골성과 안시성의 군사들을 데리고 지원을 나갔다고 기록되어 있다. 1917년 중국에서 고자高慈라는 인물의 묘지명이 발견되었는데, 그곳에 고자의 부친이 고문, 혹은 고성문이라 불리며, 고구려에서 위두대형 겸 장

군이었다고 기술되어 고자의 아버지 고문과 『삼국사기』에 기록된 고문이 동일 인물로 여겨졌다. 하지만 2000년대 후반 고질高質이란 인물의 묘지명이 출토되며 이 학설에 이견이 생기게 됐다. 고질은 고자의 아버지였고, 고구려에서 위두대형으로 있었고, 그의 이름은 질, 자는 성문性文이라 써놓은 것이었다. 이에 따라 현재 박작성 전투의 고문과 고자의 아버지 고질은 다른 인물로 보는 해석이 있다. 하지만 필자는 이를 고민 끝에 동일 인물로 표현, 고문이 당나라에 투항한 후 고질로 개명한 것으로 표현했다.

고자(665~697) 고구려 → 당 → 주

[작품] 고질의 아들. 고구려 유민이지만 고구려보다는 당과 주의 사람으로서의 정체성이 더 강한 인물. 마미성을 지키다가 대걸걸중상의 군사들에게 붙잡힌다. 고질이 옛정을 생각하며 대걸걸중상에게 자신의 아들 고자의 목숨을 부지하게 해달라고 하지만, 고자가 오히려 날뛰며 투항을 거부한다. 결국 고구려 유민들에게 독설을 퍼붓다가 대조영의 손에 참수되어 그 목은 조리돌림된다.

[역사] 고질의 아들로 사서에는 등장하지 않고, 묘지명으로

그 존재가 밝혀진 인물이다.

그가 태어난 지 얼마 되지 않았을 때 고구려가 멸망했고, 당에서 장군이 되어 부친과 함께 요동 마미성을 지키다 전사했다. 묘지명에는 임호林胡가 난리를 일으켜 이와 싸우다 죽었다고 되어있는데, 임호란 북방 유목 민족을 말하는 의미다. 필자는 이것이 거란이나 말갈을 의미하는 것으로 생각하여, 고자가 고구려 유민들과 혈전을 벌인 것으로 묘사했다.

어부수계 발해

[작품] 야존곤 휘하의 고구려 유민 장수. 야존곤과 함께 걸사비우와 대걸걸중상 세력에 합류한다. 걸사비우와 대걸걸중상이 죽자, 대조영을 도와 천문령 전투의 승리에 기여하고, 발해 개국공신이 된다.

[역사] 중국 북송 시기 『책부원구』에 기록된 발해인으로 728년 당에 파견되었다고 전해진다. 본작에서는 발해 건국에 참여한 젊은 장수로 묘사했다.

미발계 발해

[작품] 발해가 건국된 이후 등용된 젊은 지식인. 대야발과 함께 고구려 역사 정리 작업에 나선다. 책략과 꾀, 그

리고 담력이 있었기에 돌궐에서 톤유쿡을 대면하여 옛 역사 기록을 받아내는 데 일조한다.

[역사] 대조영의 아들 대무예 재위 시절 당에 파견되었던 발해 신하. 본작에서는 대야발과 함께 고구려의 역사를 찾는 일을 맡은 것으로 묘사했다.

총물아   발해
[작품] 발해가 건국된 이후 등용된 젊은 인재. 대야발과 함께 역사서 편찬 작업을 위한 여정에 동행한다.

[역사] 대조영의 아들 대무예 재위 시절 활동했던 발해 신하. 본작에서는 대야발과 함께 고구려의 역사를 찾는 일을 맡은 것으로 묘사했다.

무조(측천, 624~705)   당 → 주 → 당
[작품] 당의 2대 황제 이세민의 후궁. 이세민이 고구려 원정 후 건강이 나빠지자, 그의 아들 이치를 유혹했다. 이세민이 사망하자 비구니가 되었지만, 다시 궁에 복귀하여 결국엔 이치의 황후가 된다. 이치 사망 후, 아들이 황제에 올랐지만 몰아내고 자신이 황제에 오른다. 이후 국가 이름을 '주'로 바꾸고, 주나라에게 이

익이 되는 것이라면 가리지 않고 진행한다. 한족이 아닌 이민족 장수들도 기용했지만, 고구려 유민들을 회유하는 데는 실패, 분노하여 이해고를 시켜 고구려 유민을 공격하도록 명한다.

[역사] 당태종 이세민의 후궁이었으나, 이세민의 아들 이치와 정을 통하였고 결국 이세민 사후 당고종 이치의 황후가 된다. 정치 능력이 뛰어나 점점 조정을 장악했으며, 남편인 당고종이 사망한 후, 아들들을 차례로 재위에 올렸지만 결국 자신이 황제가 된다. 중국사에 유일무이한 정통성 있는 여황제로 등극한 것이었다. 즉위 후, 국호를 주로 고친다.

영주에서 이진충이 반란을 일으키자 크게 분노하여 그의 이름을 '이진멸'이라 부르며 토벌군을 보내 결국 진압한다. 이후, 고구려 유민들의 이탈이 발생하여 처음에는 회유하려 한다. 하지만 걸사비우가 반발하자 이해고를 보내 진압하도록 한다. 진압 전쟁에서 이해고는 대조영에게 대패하였고, 결국 발해의 건국을 지켜볼 수밖에 없게 된다.

설례(614~683) 당

[작품] 당태종 이세민의 신뢰를 받은 장수로, 무용만큼이나

지략도 뛰어나다. 연개소문의 괴력을 저지할 수 있는 몇 안 되는 인물이었다. 연개소문이 이세민을 잡기 위해 추격하자 설례가 나서 시간을 끌었다. 이후, 횡산에서 온사문을 화살로 쏘아 전사시키는 등 대고구려 전선에서 크게 활약한다.

[역사] 자는 인귀. 흔히 설인귀로 불린다. 당태종의 고구려 원정에 참여해 유격장군에 임명된다. 1차 고당전쟁 중 안시성 전투에서 패한 이세민이 도주할 때, 설례가 후방을 맡아 추격해 오는 고구려군을 막아내는 활약을 한다. 이후 당고종 시기에 끝끝내 고구려를 멸망시키기에 이른다. 이후 안동도호부사가 되었으나, 토번이 당 서북 국경을 위협하자 이를 토벌하기 위해 출전했으나 대패하여 삭탈관직당한다. 당고종이 만회의 기회를 주어 신라 전선에 투입되었으나 기벌포 전투에서 패배하여 유배당한다.

설눌(649~720) 당 → 주 → 당

[작품] 설례의 장남. 아버지를 닮아 전선에서 맹활약한 맹장이었다. 고구려 유민들이 영주를 탈출해 고구려 재건에 나섰을 때, 이를 토벌하기 위해 출전한 이해고의 후방에서 군량을 보급한다.

[역사] 698년, 돌궐의 침공이 있자, 무측천으로부터 안동도호로 임명된다. 이후 714년에는 토번 전선에서 활약하며 그들을 대파했다.

아사나묵철(666~716) 돌궐

[작품] 돌궐의 카간. 호전적이면서도 냉정하다. 용병술과 전략, 정치에 뛰어나 주나라와 손을 잡고, 거란을 수세로 몰아넣는다.

[역사] 튀르크어로는 '카프간'이란 이름으로 불린다. 주나라와의 동맹을 통해, 거란 공격에 동참한다. 거란의 무상가한 이진충과 손만영의 처자식을 붙잡는 등 전과를 세웠다. 그러나 주나라에서 파견 왔던 무연수를 억류하는 등 무리수를 두어 주나라와의 관계를 악화시킨다. 후일 주나라와 화친하지만, 폭정을 일삼다 결국 살해당한다.

톤유쿡(645~725) 돌궐

[작품] 돌궐의 재상. 자신의 앞을 가로막는 미발계를 집으로 불러들였고, 그의 일행과 마주하니 바로 발해인들이었다. 대야발이 역사서 편찬을 위해 도움을 요청하자 기꺼이 사료를 건네준다.

[역사] 돌궐의 명재상. 묵철과 함께 당나라에 맞섰다.
"성을 쌓으면 이점을 잃어 망할 것이며, 끊임없이 이동하는 자만이 살아남는다."라는 격언으로 유명하다.

주청) 당
[작품] 설례의 부하 장수. 설례를 따라 여러 전선에서 활약하며 그의 오른팔과 같은 역할을 한다. 횡산 전투에서 화공을 써서 온사문의 군대에 큰 타격을 입힌다. 설례와 고간의 뒤를 이어 안동도호부사가 되는 인물.

[역사] 주청이란 인물은 실존 여부가 모호했다. 이 인물이 등장하는 것은 중국 경극이었다. 사서를 통해서는 이 인물을 추적하기 매우 어려웠다. 하지만 분명한 건 이 인물이 경극을 비롯한 중국 전설에서 설례의 부장, 혹은 의형제에 가깝게 묘사된다는 점에서 실존 인물로 상정했다. 설례를 따라 종군하며 그 못지않게 무예와 지략이 있는 인물로 작품 속에서 묘사했다.

온사문) 고구려
[작품] 요동성을 지키다가 당군에게 포로가 된다. 이후 안시성 전투에서 패배한 이세민이 나름대로 격식을 차

리려는 계산하에 그를 석방했고, 비단 등의 선물과 함께 안시성 성주에게 그를 보냈다. 횡산에서 659년 설례와 전투를 치렀는데, 패배했다.

[역사] 고구려 말기의 장수. 설례와 횡산에서 싸웠으나 패배했다는 기록이 남아 있다.

임아 　고구려 → 발해

[작품] 영주에 억류된 고구려 유민. 대조영과 가까운 사이로, 대조영을 형으로 모신다. 발해의 개국공신이 되며, 대조영의 사돈이 된다.

[역사] 발해 무왕의 장인, 혹은 외숙부로 기록된 인물이다. 본작에서는 장인으로 그렸다.

적인걸(630~700) 　당 → 주

[작품] 위주자사 재임 중, 거란의 실상을 깊이 파악했다.
거란이 반란을 일으켰을 때, 그들을 토벌하기 위한 계책으로 돌궐과의 동맹을 추진했다. 거란의 수장 손만영이 사망하면서 이해고와 낙무정이 투항해오자 그들을 기용하자고 적극적으로 나섰고, 이로 인해 이해고와 낙무정은 대조영 세력을 정벌하는 데

앞장서게 된다.

[역사] 백성들에게 덕을 베풀어 칭송이 자자했다. 이해고와 낙무정을 사면하여 대조영이 이끄는 고구려 재건 세력 공격의 단초를 제공했다. 조정에 안동도호부를 없애고 고씨에게 고구려 군주직을 주자는 건의를 했으나, 받아들여지지 않았다.

(이다조(654~707)) 고구려 → 당 → 주 → 당

[작품] 개모성의 고구려 장수. 당군에게 개모성이 함락당하면서 가족들과 헤어진다. 안시성에 합류하여 대조영과 친구가 되지만, 가족들이 당에서 잘 살고 있다는 소식에 흔들려 당에 투항한다. 이때, 안시성의 성주 양만춘을 향해 화살을 쏘아 죽게 만든다. 후일 거란 가한 이진충의 반란에 군사를 이끌고 토벌에 나선다.

[역사] 개모성 출신의 말갈계 고구려인. 아버지 이변 등과 함께 당에서 활동했으며, 거란 토벌에 출정하여 전공을 세웠다. 신룡정변에 가담해 무측천을 퇴위시키는 데 일조한다.

가공인물

고리운

고사계의 아버지로 묘사한 고리운은 필자가 창작해 낸 인물이다.

고사계는 『당서』에서 고구려 유민으로 기록되어 있으며, 당의 장수로 활약하며 중앙아시아 탈라스 전투를 이끈 고선지의 아버지다. 고선지의 활동은 8세기 초중반인데, 이에 따라 그의 부친이 되는 고사계는 7세기 후반에 태어났다고 판단했다. 따라서 그의 할아버지 되는 인물로 고리운이라는 캐릭터를 만들어냈고, 그를 고구려에서 활동한 장수로 묘사했다.

후차맹

후차맹은 원래 짤막하게 등장할 캐릭터였다. 하지만 고구려사에서 빠지지 않고 등장하는 가장 큰 논란거리인 '말갈'을 묘사하는 데 필요한 캐릭터라 판단하여 비중이 올라갔다. '말갈'은 지금도 그 정체성이 무엇인지 정확하지 않다. 단순 고구려인이라는 설, 고구려와 별개의 민족이라는 설, 고구려에 복속된 민족이라는 설, 고구려에서 수도인 외 지방인을 부르는 멸칭(일명 '촌뜨기') 같은 의미라는 설 등 다양한 의견이 나오고 있다.

필자는 말갈을 고구려 내에 존재하는 유목민으로 봤다. 고구려의 경우, 북방의 넓은 영토를 다스리는 국가였고, 그에 따라 문화가 다른 집단이 함께 거주했다. 따라서 농경을 기반으로 삶을 이어가는 무리와 유목 생활을 바탕으로 살아가는 무리가 뒤섞여 있었던 것으로 보인다. 그래서 필자는 '말갈'을 고구려 내 유목민으로 보았고, 후차맹은 유목 생활을 한다는 이유로 정착민들에게 은근한 차별을 받은 경험이 있는 인물로 설정했다.

(야존곤)

말갈군의 장수로 걸사비우의 부장이었으나, 전투 중 헤어져 항당 세력을 규합해 합류하는 야존곤은 당시 멸망한 고구려 잔존 세력을 표현하기 위해 만든 인물이다. 고구려가 멸망한 이후에 당에 협조하지 않고 지속적으로 독립 세력을 구축한 이들이 존재했으며, 또한 대조영의 발해 건국이 당시 빠른 속도로 기반을 잡게 된 것도 이러한 무리가 대조영에게 적극 협조한 덕분이라 보는 시각도 존재하기 때문에 야존곤이란 캐릭터 창작에 모티브가 되었다.

(대고예)

대조영의 장남으로 설정한 인물로, 사서에는 관련 기록이 없다. 대조영의 아들로 기록된 대무예가 보통 장남으로 알려져 있는데, 필자는 대조영에게 대무예 이전에 아들이 하나 더 있었을 것으로 추측하여 작품에 넣었다. 이에 대한 근거는 대무예에게 사촌 형으로 대일하가 있었는데, 대조영의 형제는 동생 대야발이 있었기에 대일하는 대야발의 아들이 되는 것이 자연스럽다. 물론 대조영에게 기록되지 않은 형이 있었고 그의 아들일 가능성도 있다. 하지만, 이 작품에서 대조영은 고구려 말기에 무장으로 활동하는 인물로 설정한 만큼, 실제로는 알 수 없는 대조영의 생년을 651년생으로 설정함에 따라 대일하보다 나이가 많은 첫아들인 대고예를 창작했다.

> 소사란

발해의 전설인 홍라녀 이야기를 바탕으로 만들어낸 인물이다. 홍라녀는 열 가지가 넘는 이야기로 전해지는 발해의 여인인데, 내용이 제각각이라 어느 특정한 하나의 인물로 보기 어려웠다. 다만 알 수 있는 것은 이 인물이 무예에 조예가 있고, 발해 황실과 연관이 있는 사람이란 것이었다. 따라서 필자는 홍라녀가 발해 황제의 며느리라는 전설을 차용하여 대고예와 이룰 수 없는 사랑을 나눈 인물로 탈바꿈하여 소사란이란 인물을 만들었다.

> 고나

보장태왕의 딸로 설정한 고나는 대조영의 처가 되는 인물로 그렸다. 대조영의 처에 대해서는 알려진 기록이 없는 탓에 설정하기 쉽지는 않았다. 하지만 필자는 상경용천부에 주목했다. 상경용천부는 일반적으로 당나라의 장안성을 기반으로 만들었다고 알려졌지만, 실제 상경용천부의 궁성은 고구려 평양의 안학궁과 구조가 유사하다. 상경용천부의 궁성이 고구려 안학궁과 닮았음이 더 알려지지 않은 게 안타깝다. 이런 증거를 바탕으로 발해의 건국 세력이 고구려 평양에서 이주해 온 무리가 상당수 있었을 것으로 판단되며, 궁성을 건축할 수 있는 도면이나 기술, 그리고 양식 등은 평양의 귀족들에게 있었을 것으로 보인다. 그래서 필자는 고구려 왕족 중 누군가가 발해의 지배층에 있었을 것으로 추측, 그 인물을 고나로 설정했다.

감사의 글

 이 작품은 나의 첫 소설 『고구려 그 후의 영웅』을 개정한 작품이다.
 이 글을 처음 인터넷에 연재한 것이 2007년, 책으로 세상에 나온 것은 2013년이었다. 하지만 우여곡절 끝에 2025년에 개정본을 발표하게 되었다. 그 과정에서 이 작품을 위해 애써주신 분들을 다 열거하려면 끝이 없고, 감사함도 끝이 없다.
 먼저 나의 수호천사, 사랑하는 아내 이민지 님은 내가 작품에 온전히 집중할 수 있도록 큰 노력을 해주었다. 직장을 다니며 글을 쓰는 처지인 내가 집에 왔을 때, 다른 일에는 신경 쓰지 않도록 배려해 주었고 그 결과 작품에 집중할 수 있는 시간을 만들어 주었다. 그리고 옆에서 작품을 함께 보면서 문장을 다듬고 묘사에 관한 아이디어를 제시해 주었다. 이에 깊이 감사함을 느낀다.

부모님과 장인어른·장모님 역시 작품에 집중할 수 있도록 애써주었으며, 자식이 하는 일에 지지를 보내주심에 깊이 감사함을 느낀다.

처제·동서·여러 가족 역시 모두 한결같은 마음으로 좋은 조언을 해주었기에 이에 고마움을 표한다.

나의 부족한 글을 보고도 지지해 주고 용기를 북돋아 주었으며, 특히 글을 짜임새 있게 쓰는 법을 알려준 나의 은사이자 형님인 오현성 대표님께 깊이 감사하다고 말하고 싶다.

내 친구 정승환, 김종훈, 김종태, 정구연, 김태엽, 김태양, 김기헌, 최명탁, 김성준, 황교희, 황인혁, 박병무, 오경진, 박경민, 박재형, 이동섭, 송유진, 오정민, 정명준, 박준용 외 등등 작품에 크고 작은 의견을 내주며 도와주었고, 함께 직장에서 근무하면서 나의 이야기를 경청해 준 직장 동료분들, 그리고 모임이나 각종 자리에서 많은 지지를 주신 지인분들 모두에게 깊은 감사를 전하며, 일일이 이름을 모두 언급하지 못함을 송구스럽게 생각한다. 만약 읽으시다가 본인이라 생각되시면 그것이 맞다.

그리고 작품 속 역사 고증의 깊이를 더 해준 나의 지도 교수이자 한국 고고학의 대가 조수현 교수님, 경주대학교 문화유산학과의 도진영 교수님, 오세덕 교수님, 고석용 교수님, 하인수 교수님, 김현준 교수님, 천진기 교수님, 김주생 교수님 등 여러 교수님께 감사드린다. 또한, 함께 대학원 생활을 이어가는 나의 선·후배 및 동기 대학원생분들께도 깊이 감사드리며, 모두의 이름을 열거하지 못함을 양해 부탁드린다.

나의 학사 학부생 시절을 이끌어 준 이정재 교수님, 고윤화 교수님 등께도 감사드린다.

부족함이 많은 나를 이끌어 주시고, 친절하게 가르침을 주신 이정구 전임 회장님을 비롯한 김경수 교수님, 이동찬 교수님, 남기수 교수님 등 여러 한국고생물학회 회원분께 깊이 감사함을 전하며, 역시나 일일이 성함을 열거하지 못함에 양해 말씀을 전한다.

작품의 교정과 편집을 하며 더 나은 방향을 제시해 준 미다스북스 출판사 관계자분들, 임종익 본부장님, 김요섭 편집자님께 감사함을 전한다.

개정본을 내면서 원래 썼던 내용에서 부족한 부분을 수정하고 새로 살을 붙였다. 이 소설이 나의 첫 작품이다 보니 미숙한 부분이 많이 보였다. 마음 같아선 모두 갈아엎고 싶었지만, 나의 초심이 담긴 작품인 만큼 원래 내용에서 완전히 달라지도록 만들지는 않았다. 때가 되면 고구려와 발해를 주제로 새로운 글을 써보고 싶다는 생각도 한다.

이 소설은 역사적 사실을 기반으로 하여 상상력을 덧붙여 써 내려간 팩션(Faction) 소설이다. 그래서 나는 이 소설을 담백하게 쓰고 싶었다.

필자가 부족하나마 고심하여 이 글을 쓴 이유는 역사 자료가 부족한 발해의 건국 이야기를 최대한 사실에 가깝게 만들어 내고 싶었기 때문이다. 정사正史에 바탕을 두어 그에 어긋남이 없도록 최대한 써 내려갔음에도 부족한 부분이 보인다면 독자들께 양해 구한다. 기회가 닿으면 같은 주제를 다른 세계관의 내용으로 그려보도록 하겠다. 필자는 이 소설을 만들 때, 가능하면 자료가 부족한 역사의 장면이라도 가공의 인물보다는 실존 인물을 위주로 등장시키려 했다. 물론 몇몇 부족한 부분과 실존 인물로 대체되기 어려운 장면들에는 가공의 인물을 등장시키기도 했지만 대부분 실존 인물에게 초점이 맞도록 구성했다. 사료에 나오지 않는 내용을 첨가한 점은 작가의 소설적 표현으로 봐주었으면 한다.

끝으로 뜨거운 열정으로 이 땅을 살다 간 작품 속 등장인물들 모두에게 감사드리는 바다.